江湖苦行記
강호고행기

최한 新무협 판타지 소설

FANTASTIC ORIENTAL HEROES

강호고행기 1

최한 新무협 판타지 소설

초판 1쇄 찍은 날 § 2009년 4월 23일
초판 1쇄 펴낸 날 § 2009년 5월 4일

지은이 § 최한
펴낸이 § 서경석

편집장 § 문혜영
편집책임 § 정서진
편집 § 문정흠

펴낸곳 § 도서출판 청어람
등록번호 § 제1081-1-89호
등록일자 § 1999. 5. 31
어람번호 § 제2-1730호

주소 § 경기도 부천시 원미구 심곡2동 163-2 서경B/D 3F (우) 420-822
전화 § 032-656-4452 팩스 § 032-656-4453
http://www.chungeoram.com
E-mail § eoram99@chollian.net

ISBN 978-89-251-1782-9 04810
ISBN 978-89-251-1781-2 (세트)

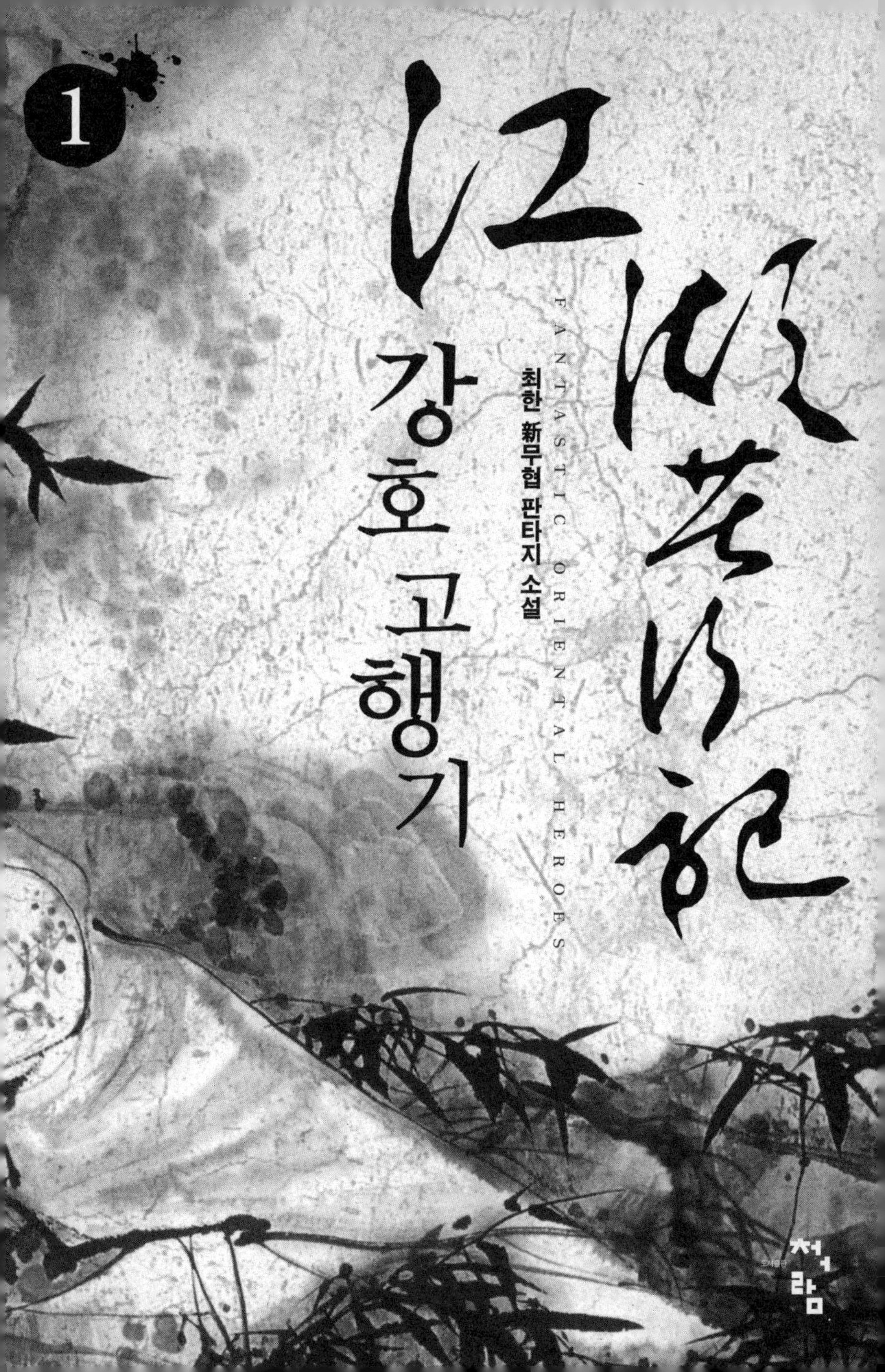
1
강호고행기
최한 新무협 판타지 소설
FANTASTIC ORIENTAL HEROES
도서출판 청어람

目次

서장   7

제1장. 달빛의 바람   9

제2장. 칠철각(七鐵閣)의 무인들   59

제3장. 독종 對 독종   101

제4장. 후예(後裔)들   133

제5장. 반월(半月)   177

제6장. 성하침투(盛夏浸透)   213

제7장. 여름비   259

제8장. 엇나간 인연   305

…산다는 것.

그것은 그리 만만하지 않다.

사내로서 살아간다는 것, 그보다도 칼을 손에 쥐고, 주먹을 말아 쥐어야 할 무인으로서 살아간다는 것은 만만찮은 삶이다. 그러한 사내와 함께하는 여인의 삶 또한…….

무인으로 산다는 것은 그리 만만하지 않다.

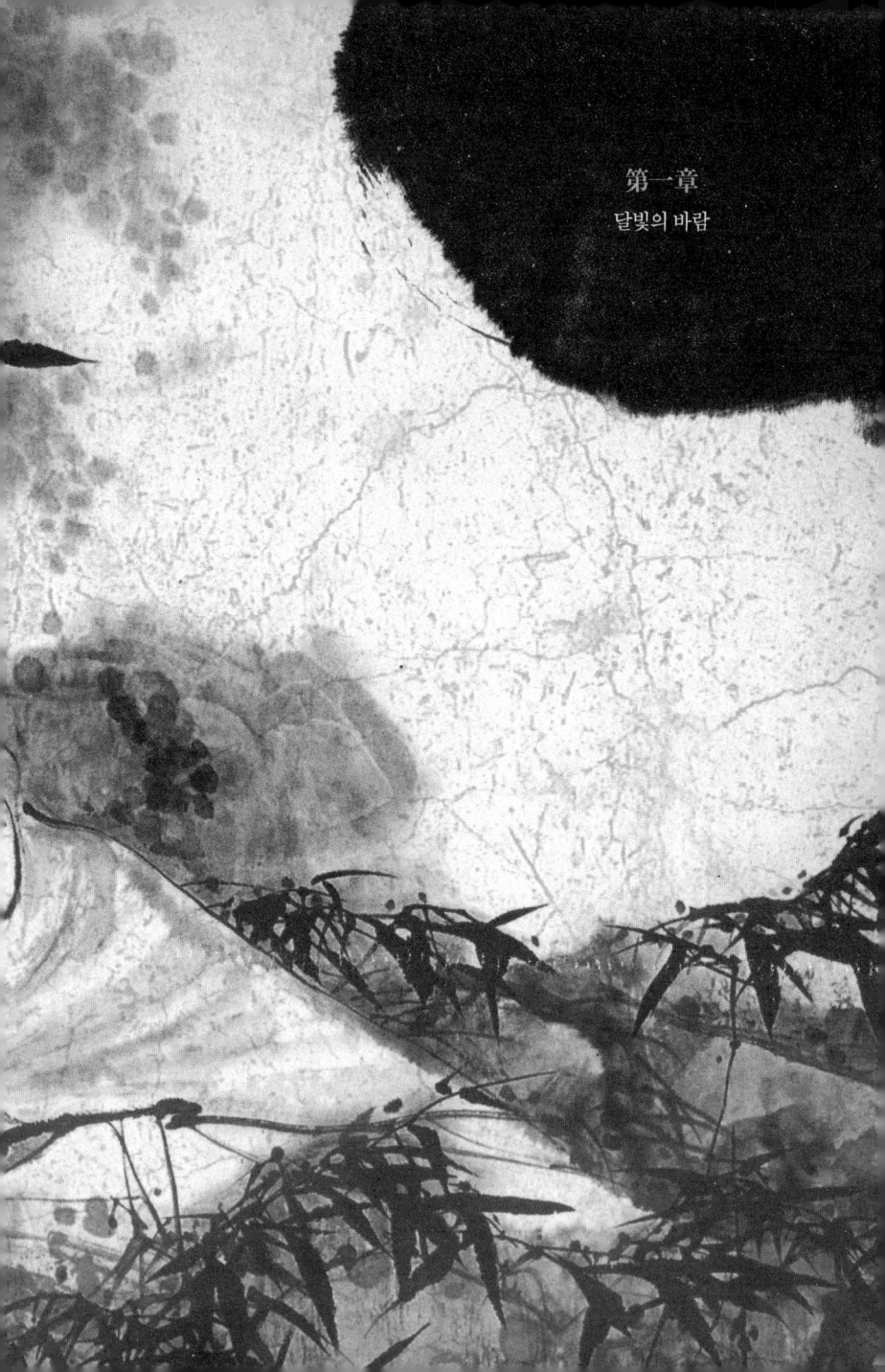

第一章
달빛의 바람

江湖苦行記

강호고행기

두메산골의 오후 나절은 나풀나풀 떨어지는 낙엽만큼이나 고즈넉했다. 기대면 허물어질 듯 엉성한 돌담 아래엔 동네 꼬맹이들이 온기 없는 늦가을 볕에 옹기종기 모여앉아 나무 꼬챙이로 네 땅, 내 땅 하며 호작질을 하고 놀았다.

심심하기만 한 산간벽촌이었고, 산골 마을 훈장 마호문의 집도 초가삼간이다.

마호문은 대빗자루로 마당을 쓸다가 인기척에 허리를 펴고 고개를 들어 올렸다.

싸리문에 서 있는 열다섯 살의 사내 아이. 아침밥도 먹지 않고 밖으로 뛰쳐나갔던 애물단지 외아들 놈이다.

마호문의 얼굴이 단박에 사나워졌다.

"이놈아! 하라는 글공부는 하지 않고 어딜 그렇게 싸돌아……."

노화를 내지르던 마호문의 입이 딱 벌어진 채 멈추었다.

만신창이가 되어 서 있는 아들의 모습.

아들은 서 있는 게 대견해 보일 만큼 옹차게 두들겨 맞고 돌아왔다.

"웅아? 네 꼴이 또 왜 그 모양이냐?"

마웅은 소맷자락으로 찔끔 나온 눈물을 쓱 닦아냈다.

"아버지, 저… 대처에 나가 무공 배울래요."

"뭐… 무, 무공?"

의아해하던 마호문의 얼굴은 다시 사납게 급변했다. 마호문은 손에 들고 있던 대빗자루로 마웅을 마구잡이로 두들겨 패기 시작했다.

퍽! 퍽!

"야, 이놈아! 없는 돈 들여서 기껏 싸움질이나 배우겠다고? 이런 못난 놈—!"

다른 때 같으면 아버지의 불호령과 매질에 저만치 꽁무니를 내뺐을 마웅인데, 웬일인지 대빗자루 매질을 고스란히 맞으며 버티고 섰다. 그 모습에 잠시 잠깐 당혹한 사람은 오히려 아버지 마호문이었다.

그렇게 멈추었던 매질도 잠시, 마호문은 대빗자루로 더욱 모질게 아들을 후려쳤다.

"이놈이 뭘 잘했다고 뻗대!"

퍽— 퍽!

매질 소리에 놀란 마웅의 어머니 강씨부인이 부엌문이 부서지 듯 열고 뛰쳐나와 마호문의 허리를 부둥켜안고 잡아당겼다.

"왜 이러세요! 그러다가 정말 애 잡겠어요!"

어머니의 만류에 짐짓 못 이기는 척 아버지가 물러나자 마웅은 제 방으로 뛰어 들어가 문을 꽝 닫아버렸다. 마호문은 어금니를 질끈 깨물고 아들의 방문을 노려보았다.

"아니, 저놈이—!"

세간이라곤 허름한 가구 몇 개뿐인 방 안.

마호문은 앉은뱅이 책상 위에 펼쳐 놓은 서책을 건성건성 넘기고 있었고, 윗목에 앉은 강씨부인은 그러한 지아비의 모습에 힐끔힐끔 눈치를 보고 있었다.

속이 바싹바싹 타 들어가던 강씨부인은 마른침을 한 번 삼키더니 하던 삯바느질을 잠시 물려놓았다.

"여… 보? 웅이가……."

마호문은 아내의 말에 대뜸 헛기침이다.

"크—흠!"

마호문이 불편한 심기를 내보였음에도 강씨부인은 작심을 했는지 책상머리까지 무릎걸음으로 다가와 앉았다.

"저러다가 하나뿐인 자식 놈, 정말 병신 만들겠어요."

"그래서 어쩌라고? 우리 형편에 대처에 나가 살자고? 대처의 물가가 얼마이며, 또 무관에 꼬박꼬박 넣어줘야 할 돈이 얼마인데? 그리고 내가 명색이 훈장이야. 훈장의 아들놈이 꼴사납게 무공이 다 뭐야! 안 돼!"

"그렇다고 번번이 몰매만 맞고 돌아오게 할 수는 없잖아요."

"정 안 되면 어쩌겠어! 내 손으로라도 그놈의 다리몽둥이를 댕강 부러뜨려 대처에 얼씬도 못하게 만들어놓아야지!"

"여, 여보, 방법을 좀……."

울음까지 섞어내는 아내의 성화에 마호문은 펼쳐 놓았던 서책을 짜증스럽게 탁 덮어버리곤 길게 한숨을 내쉬었다.

"휴우—!"

하나뿐인 아들이 미쳐 날뛰기 시작한 것은 요 근래다.

훈장의 아들 마웅은 동네 또래들과 섞여 마을 훈장인 아버지 밑에서 글공부나 착실히 하며 지내던 아이였다.

작은 산골마을이지만 제 또래의 아이들 중에선 힘깨나 쓰고 글깨나 읽는 아이였다. 신동 소리를 들을 만큼 특출 난 아이는 아니었지만 훈장인 아버지의 낯을 세워줄 정도의 영특한 구석과 씩씩한 기상을 가지고 있는 아이였다.

춘란이란 이름의 동네 계집애가 하나 있었다.

마을 촌장의 딸이던 춘란이는 어린 나이임에도 인근 마을에서 첫손에 꼽힐 만큼 미색을 갖춘 계집애였다.

코흘리개 시절부터 마웅과 춘란은 유독 붙어 다녔다.

마웅과 춘란이는 조금씩 크면서 양가 모두가 은근히 두 아이의 연분을 인정하고 지낼 만큼 깊은 사이로 발전했다.

문제의 발단은 올해 가을로 접어들면서 춘란이가 십 리 길 밖 대처에 있는 제 숙부의 집에 의탁이 되면서부터 시작되었다.

대처에서 내로라하는 부잣집이던 숙부의 집에 살게 된 춘란은 대처에 있는 무관에 관심을 보이고 무관에 입문까지 하더니 아이가 변해 버렸다.

원래 여자란 한번 변하기 시작하면 못 알아볼 만큼 순식간에 변하는 법이다.

대처에서 다리 좀 흔들고 침깨나 뱉는다는 불량스런 계집애들과 어울려 다니던 춘란은 한쪽 다리 좀 삐딱거리고, 목구멍에 가래 소리 좀 요란하다는 대처 사내아이들과도 어울리기 시작했다.

그렇게 불량한 계집애로 돌변한 춘란은 고향땅의 촌놈이던 마웅 따윈 머리에서 완전히 잊어버린 게다. 자고로 변심한 여자란 옷고름에 매달리는 제 자식새끼마저도 옷고름을 가위로 싹둑 잘라 버리고 달아나는 존재가 아니더냐.

하지만 마웅의 가슴엔 오직 춘란뿐이었고, 변심한 춘란의 기억 속 마웅은 거추장스런 촌놈일 뿐이었다.

알토란같은 제 계집을 두 눈 빤히 뜨고 놓쳐 버리게 된 마웅은 며칠을 실어증에 걸린 아이처럼 말이 없더니 결국 부모 몰래 춘란을 찾아 대처로 나섰다.

대처에서 껄렁거린다는 아이들은 죄다 무관 출신의 아이

들이었다. 할 줄 아는 것이라곤 생주먹질뿐이던 마웅은 춘란이가 지켜보는 앞에서 대처의 아이들에게 직사게 얻어터졌다.

마음에 아로새긴 여자 애가 지켜보고 있는 가운데 죽을 만치 얻어맞은 마웅은 만신창이가 된 몸의 상처보다도 더 깊게 멍울 진 것은 정작 마웅의 마음속에 자라던 사랑이란 놈이었다.

얼굴에 피멍 자국이 좀 사라졌다 싶으면 대처로 달려가 번번이 얻어맞고 돌아오기를 열댓 번.

그만 하면 포기하고 잊을 만한데도 마웅은 목숨을 건 것처럼 첫사랑에 집착했다.

만신창이가 되도록 처맞고 돌아온 아들의 모습을 본 것이 오늘로써 대충 열여섯 번째쯤은 될 거다. 그냥 두면 아내의 말마따나 반병신이 될 처지였다.

강씨부인이 눈가에 흘러내린 눈물을 소맷자락으로 훔치며 지나가는 소리처럼 속내를 꺼내놓았다.

"여보, 곽 사범 영감이라고 기억나시죠? 대처 무관에서 사범으로 평생을 보내다가 얼마 전에 늙고 병이 들어 귀향해 있다던……."

"뒷마을 곽 영감은 갑자기 왜?"

"우리 웅이를 좀 부탁해 보면 안 될까요? 가르치는 시늉이라도 좀 해달라고. 세월보다 더 좋은 약이 없다고… 그러다 보면 웅이 그놈도 제풀에 춘란이란 년을 잊을 것이고……."

강씨부인의 말에 마호문은 한참을 미간을 구기며 생각에 잠기더니 부스스 자리에서 일어났다.

         *   *   *

땅거미가 짙어질 무렵이었다.

허름한 초가집 마당 안은 한동안 빗질을 하지 않았는지 낙엽으로 어수선했다.

수북한 낙엽을 밟으며 마당에 들어선 사내아이의 몰골은 말이 아니었다. 만신창이가 되도록 두들겨 맞은 열다섯 살의 마웅은 들고 온 보리쌀 두 되를 좁다란 툇마루에 올려놓곤 구배지례를 올렸다.

툇마루 쪽으로 상체만 내민 곽 사부는 피골이 상접한 얼굴이었다.

"쿨럭쿨럭! 절은 무슨……. 그리고 이것이 다 무엇이더냐? 왜 이런 것까지 챙겨왔어?"

"당장 가진 게 이것뿐이라시며……."

마웅의 목소리는 입술에 맺힌 검붉은 피멍울 때문인지 몹시 어눌하게 들렸다. 곽 사부는 툇마루에 올려놓은 보리쌀을 방안에 챙겨 넣곤 병색으로 찌든 얼굴을 방 안 어둠 속으로 물렸다.

"인석아, 그깟 계집이 뭐가 중하다고 그 어린 가슴에 독기를 품었느냐? 어휴, 쯧쯧! 오늘은 날이 저물었으니… 쿨럭쿨럭! 내일 아침부터 시작하자꾸나. 쿨럭쿨럭—! 그만 가서 쉬어라."

다음날 아침.
새벽같이 뒷마을로 달려갔던 마웅이가 털레털레 맥없는 걸음으로 되돌아왔다.
막 아침 세안을 하던 마호문의 시선이 아들 마웅의 축 늘어진 손으로 향했다.
되가져 온 보리쌀 두 되.
"왜? 왜 그냥 되돌아왔느냐?"
"기척에 대답이 없으시기에……."
"그래서?"
"방문을 열고 들어가 보니… 밤새……."
"밤새? 그 어르신이 밤새 돌아가시기라도 했다는 말이냐?"
"…예."

뒷마을을 부리나케 다녀온 마호문은 집안으로 들어서다가 툇마루에 앉아 눈물을 훔치고 있는 아내의 모습에 화가 치밀어 소리부터 버럭 질렀다.
"또 왜?"
강씨부인은 하늘같이 떠받들고 살던 지아비에게 예전에 없이 강짜를 부렸다.

"뒷담에 한번 가보세요! 아이고! 내가 이 꼴 저 꼴 안 보고 목이라도 매고 콱 죽어버려야지!"

그렇잖아도 심기가 몹시 뒤틀려 있던 마호문은 아내의 신세 타령에 화가 치밀어 입 밖으로 상소리까지 터져 나왔다.

"이런 망할 여편네가!"

그리곤 잰걸음으로 초가집 옆으로 난 좁다란 길로 들어섰다.

퍽— 퍽— 퍽—!

무언가 두들기는 소리에 막 초가집 모퉁이를 돌아서려던 마호문은 멈칫 멈춰 서선 모퉁이 밖으로 조심스럽게 얼굴을 내밀어 좁다란 뒷 담벼락 안을 살폈다.

뒷담에 심어놓았던 감나무에 대고 마구잡이로 주먹질을 해대고 있는 아들 마웅.

'아니, 저 녀석이!'

화가 치민 마호문은 몽둥이라도 찾아 들 욕심으로 주위를 두리번거리다가 아들의 불끈 틀어쥔 두 주먹 쪽으로 시선이 설핏 스쳤다.

핏물이 뚝뚝 떨어지는 아들의 두 주먹.

마호문은 찾아 들려던 몽둥이는 까마득하게 잊어버리고 뒷 담으로 뛰어들어 갔다.

"이놈! 웅아!"

아버지의 당혹한 노성에 마웅은 주먹질을 멈추곤 뒤돌아섰다. 그리곤 눈물이 범벅이 된 얼굴로 풀썩 주저앉더니 아랫입술을 벌벌 떨며 아버지의 화난 얼굴을 바라보았다.

"아… 버지! 아버지! 가슴이 발기발기 찢어졌다가… 자꾸 와르르 무너져요. 속이 자꾸 저리고 아파 견딜 수가 없어요. 이 악물며 참고 견디려 했는데 오히려 더 미쳐 버리겠어요, 아버지—!"

"이런, 칠칠맞은 놈! 그깟 계집이 대관절 무엇……."

아들의 약한 모습을 나무라던 마호문의 시선이 아들이 주먹질을 해대던 나무 기둥 쪽으로 향했다.

거무스름하던 감나무 껍질은 아들의 주먹질에 다 벗겨 있었고, 하얗게 드러났어야 할 나무의 속살은 핏물이 배어 붉게 변해 있었다.

그 핏물 배인 나무 속살에서 마호문은 아들의 속마음을 보았다. 말문이 막힌 마호문의 입에선 깊은 탄식만 쏟아져 나왔다.

"하— 아!"

마호문은 울먹이는 아들에게 조용히 다가가 앉으며 아들의 어깨에 두 손을 얹었다.

"웅아, 이 아비가 짐작했던 것보다 네가 많이 힘들었구나. 하지만 웅아, 세상엔 고집만으로 되지 않는 것이 있단다. 이번 경우가 그런 것이야. 또 네가 그렇게 마음에 두고 아파해야 할 만한 계집애가 아니야. 춘란이는 이미 그만한 가치도 없어져 버린 여자야. 그러니 잊고……."

"아버지, 저도 그렇게 잊으려고 했는데… 춘란이 때문만은 아니더라고요! 자꾸… 제 자신이 버러지가 된 기분이에요! 남아로서 나섰다가 되레 뭇매나 얻어맞고 돌아설 수밖에 없는 버러지가……!'

철썩—!

마호문은 눈물과 콧물이 범벅이 되어 우는 아들의 뺨을 후려쳐 갈기곤 으르렁거렸다.

"이, 이런 못난 놈—! 아비 앞에서 그게 자식이 할 소리냐? 버러지라니! 너는 이 아비의 아들이다! 너는 이 마호문의 하나밖에 없는 아들이란 말이다!"

마웅은 고개를 꺾으며 가슴팍을 쥐어뜯었다.

"그런데… 이 속에서 그게 되지가 않아요. 그게… 이 속에서……. 아버지! 아버지… 이 촌놈은 아무것도 할 수 있는 게 없어요! 제 계집애 하나 지켜내지도 못하는 버러지일 뿐이에요!"

마호문은 아들이 제 가슴 앞섶을 쥐어뜯는 것을 참혹해진 시선으로 바라보았다.

'버러지라……?'

이름 없는 시골구석에서 코흘리개들이나 가르치며 생활하던 마호문의 마음 또한 아들의 손길에 갈가리 쥐어뜯기는 듯했다.

아들아, 살아봐서 안다.

주어진 삶의 울타리가 얼마나 비좁고 강건한지를 왜 모르겠는가? 그래, 오십 평생, 그곳에 살아봐서 안다.

그 운명의 울타리 안에 순응하고 살면 그것만큼 편한 것이 없다. 하지만 그것뿐이다. 마호문 자신 또한 그 비좁은 만족이 싫어 삶 전체를 회의했던 적도 있다. 어린 아들이 벌써 좁은 울타리에 반항하며 몸부림친다는 것이 일견 대견하기도 했다.

그러나 산이 높으면 높을수록 바람이 더 거세고, 바다가 넓으면 넓을수록 더욱 외로운 법이다.

그러니 아비로서 어린 아들을 마냥 슬하에 품으려는 것이 아니더냐, 사랑하는 아들아.

그 답답한 고비만 넘기면 순응하고 사는 것에 행복을 느낄 수도 있단다. 그렇게 마호문은 아들의 상처와 눈물에 세상을 살다 보면 누구나 다 한 번씩은 겪는 병치레라며, 그렇게 별일 아니라며 웃으려고 했는데, 그렇게 입은 웃어 보였는데 정작 두 눈에선 굵다란 눈물이 주르륵 흘러내렸다.

마호문은 아들의 문드러지는 속내를 달래기 위해 흔들리는 아들의 몸을 부서질 듯 안곤 등을 토닥거렸다.

"웅아, 알았다. 이 아비가 무심했다. 그래… 알았다. 이 아비, 네 마음 다 안다."

마호문은 머리맡에서 부스럭거리는 소리를 잠결에 듣고 가만히 실눈을 떴다. 흐릿한 검은 인형이 장궤 앞에 쪼그리고 앉아 장궤 속을 더듬거려 무언가를 찾더니 찾아낸 것을 주섬주섬 꺼내어 바닥에 펼쳐 놓은 보따리에 담고 있었다.

마호문은 실눈으로 가만히 보따리를 살폈다.

보따리엔 이미 아들의 옷가지들이 차곡차곡 쌓여 있었고, 그 위엔 아내가 시집을 때 가져온 옥비녀와 은가락지 두 개가 놓여 있었다. 아내는 깊숙하게 숨겨놓았던 패물까지 올려놓은 보따리를 싸다 말곤 다시 보따리를 펼치더니 손가락에 끼고 있던 금가락지까지 빼내어 보따리 속에 넣어 꽁꽁 싸맸다.

아내가 방금 보따리에 싸 넣은 금가락지는 마호문의 고조할머니 때부터 집안 며느리에게 물려져 내려오는 금가락지였다.

아내는 보따리를 가슴에 품고 살금살금 밖으로 나가려고 했다. 도둑고양이처럼 나가려는 아내를 마호문은 몸을 뒤척거리며 불러 세웠다.

"이봐!"

강씨부인은 마호문의 목소리에 화들짝 놀라 그 자리에 풀썩 주저앉아 버렸다.

"에구머니나!"

마호문은 부스스 상체를 일으켜 장궤 앞에 웅크리고 앉았다. 놀란 강씨부인이 황망한 목소리로 물었다.

"아, 안 주무셨어요? 어서 주무세요. 저는… 잠시 소피나 좀 보고…….'

아내의 변명을 듣지 못했는지 마호문은 장궤 깊은 곳을 더 듬어 철갑을 꺼내어놓고 허리춤에서 열쇠를 찾아내어 철갑의 자물쇠를 열고 그 속에 달랑 두 개뿐인 은자를 꺼내 들었다.

그리곤 은자를 머쓱한 모양새로 있는 아내를 향해 던졌다.

떼—구르르—!

강씨부인은 자신의 무르팍 앞에 굴러온 은자 두 개를 떨리는 손으로 쥐었다. 그때 마호문은 아내의 눈물 젖은 시선 속에서 다시 돌아누웠다.

"그 걸로는 달포도 못 가서 애 배곯아. 그것도 챙겨 넣어 둬."

"여… 보?"

"사내대장부가 가슴에 무언가를 품었다면 밖으로 내보여야지! 내보일 수도 없다면 아예 품은 척도 하지 말든지! 이왕 내보일 거면 최고가 되어라! 최고—! 집 떠나거든 다시 나타나지 마라! 내 아들의 소식은 세상의 입을 통해 듣겠다!'

달은 무척 밝았다.

달빛이 파랗게 내린 툇마루. 방문 밖에서 어머니를 기다리던 마웅의 턱밑……. 방울방울 맺혀 있던 달빛이 바람에 몹시 흔들렸다.

*   *   *

두메산골 고향을 등진 지가 벌써 석 달이 넘었다.

한 해가 지나간 겨울의 끄트머리이니 마웅의 나이가 열여섯 살이었다.

마웅은 한가득 나무를 해다 등에 지곤 자그마한 무관의 대문을 들어섰다. 마웅은 등에 짊어졌던 땔감을 대문 옆 담장에 와르르 풀어놓고는 바지에 잔뜩 묻은 지푸라기를 툴툴 털어냈다. 들려온 목소리 속에 빈정거림이 섞여 있었다.

"나무는 뭐 하러 해왔냐?"

댓 살 많은 사형의 목소리였다.

마웅은 의아해진 얼굴을 들어 올렸다.

"왜요?"

사형의 얼굴은 똥 씹은 표정이었다.

"쩝—! 지난밤에… 관장이 기어코 야반도주해 버렸다."

마웅의 두 눈이 동그래졌다.

"야반도주라니요?"

마웅은 그게 무슨 소리냐며 물어놓곤 자그마한 무관 안을 휘둘러보았다. 사방팔방 어수선하게 흩어진 세간들. 멍한 마웅의 시선 속으로 사형의 착잡한 목소리가 끼어들었다.

"관장이 윗동네 아삼 어미랑 그렇고 그런 사이였잖아. 결국 아삼이 아비에게 들통이 나서 어젯밤에 아삼이 어미랑 관장이랑……."

마웅의 두 번째 사부이자 자그마한 무관의 관장은 마을에서도 소문난 바람둥이였다.

마웅은 오전엔 저잣거리에서 사환 노릇을 하다가 오후나절엔 학당을 찾아 글을 배우고, 해 빠질 무렵이 되면 무관으로 향하는 길에 잠시 마을 뒷산에 들러 나무를 한 짐 해선 무관에 나무를 대어주고 저녁나절에야 짬을 내어 무공을 배웠다. 그렇게 바삐 생활하는 마웅은 이미 슬하의 코흘리개 어린애가 아니었다.

사형의 목소리는 심드렁했다.

"홍 사범님이랑 다른 애들은 아침나절에 짐 챙겨서 다 떠났다. 넌 이제 어쩔 거냐?"

"저도 떠나야죠."

"갈 곳은 있고? 내가 좀 알아봐 줄까?"

마웅은 사형을 향해 싱긋 웃어 보이곤 돌아섰다.

"세상 참 넓던데요."

미련없이 뒤돌아서는 마웅의 말에 댓 살 많은 사형은 언짢은 기분이 들어 마웅의 뒤통수를 힐끗 노려봤다.

'저 촌놈새끼, 어린새끼가 은근히 건방져.'

마음 같아서는 뒤따라가서 쥐방울 같은 놈이 뭐가 그리 잘났냐며 한 대 쥐어박고 싶었지만, 마웅이란 놈을 애초에 몰랐으면 모를까 알면서는 그럴 수가 없었다.

어리든 늙었든 세상을 대충 사는 사람이 있는가 하면 그렇지 않은 사람도 있다.

마웅이란 놈은 후자 쪽이다.

이를테면 마음 뒤춤에 비수를 꽂고 다니는 종자들.

사나운 강아지는 쓰다듬기도 두려운 법이다.

버들가지에서 파릇한 새순이 돋을 즈음 마웅이 도착한 곳은 무당산이 지척인 대도시 원당(源棠)이었다.

이래저래 돈이 바닥이 나버린 마웅은 저잣거리를 돌아다니며 숙식할 수 있는 일자리를 찾다가 무광주루(武光酒樓)라는 곳에 점소이로 일하게 되었다.

마웅이 무당산 인근까지 찾아온 것은 이름도 없는 무관을 찾아가 뼈 빠지게 고생하며 시답잖은 무공을 배우느니 차라리 무당파에 연줄을 넣어 무당파의 문도가 되어보자는 욕심에서였다.

한 달 두 달 지나면서 그것이 얼마나 힘든 일인 줄 깨달았다. 뼈 빠지게 일만 하며 세월을 보내던 차에 주루에 장기 투숙을 하게 된 무인을 만났다.

그의 이름은 소방경이었다.

사십대 나이에 하관이 얄팍하면서 얼굴이 유난히 흰 소방경은 몇 마디만 이야기를 나눠도 그의 박식함에 혀를 내둘러야 할 만큼 다방면에 박식하고 언변 또한 좋은 사람이었다.

언변만 좋은 것이 아니라 재치와 호탕함도 겸비하여 소방경과 몇 번 이야기를 나누다 보면 어느새 호형호제하자며 매달리는 자들도 생겼다.

한마디로 사교성이 탁월한 무인이었다.

소방경이 장기 투숙하면서부터 주루 손님 또한 쏠쏠하게 늘어나니 주루의 주인장도 '소 대인(大人), 소 대인!' 연방 불러 대며 소방경을 극진하게 우대하였다.

어느 야심한 시각.

주루 청소를 끝내고 마웅이 막 잠자리에 들려고 낡은 침상에 누웠을 때 불쑥 찾아온 사람이 있었다.

놀랍게도 소방경이었다.

난데없는 소방경의 방문에 마웅은 무슨 기연이라도 만난 듯 반갑기도 했지만 한편으론 당혹스럽기도 했다. 그동안 점소이와 장기 투숙객으로서 인사치레는 몇 마디 나눠봤지만 단둘이 따로 대면하는 것은 이번이 처음이었다.

더군다나 소방경이 자신의 방에 직접 찾아온 것이다.

"어—! 소 대인께서 여긴 어인 일이십니까?"

황망한 마웅의 물음과는 달리 소방경의 대답은 너무나 일상적이면서도 친숙했다.

"웬일이긴, 지나가다가 생각이 나서 불쑥 들어와 봤지."

마웅은 일개 점소이일 뿐인 자신을 지인처럼 대하는 것이 선뜻 이해가 되지 않았다.

"예?"

"내가 평소에… 너를 눈여겨봤다."

"아, 예."

소방경은 마웅의 좁다란 방에 익숙한 몸짓으로 들어서더니 몸을 일으킨 마웅의 낡은 침상에 스스럼없이 엉덩이를 걸치고 앉았다.

"객지 생활하기 힘들지?"

"다 그렇죠, 뭐."

흔하디흔한 질문에 마웅의 손은 애먼 뒤통수를 긁으며 입으론 의례적인 대답을 했다. 소방경은 고향이 어디냐, 왜 어린 나이에 객지 생활을 하게 되었냐, 양친은 살아 계시느냐 등등 시시콜콜하면서도 통속적인 질문을 던져 댔다.

마웅은 그러한 질문마다 대충대충 얼렁뚱땅 답을 해줬다.

그러던 중에 마웅이 이곳으로 온 사연을 알게 된 소방경은 두 눈에 이채를 띠었다.

"무당파의 문도가 되는 게 목표구나?"

"그게 생각처럼 쉬운 일이 아니더라고요."

마웅은 겸연쩍게 웃었다.

그 웃음 앞에 소방경은 낯빛을 잠시 구겨 보였다. 그리곤 고개를 절레절레 흔들어댔다.

"한낱 점소이가 태산북두라 자평하는 대무당파의 문도가 되는 것은 마른하늘에서 떨어지는 날벼락을 맞는 일보다 더 힘들어."

마웅은 소방경의 비유가 좀 과장되긴 했지만 일리가 없는 말이 아니니 그냥 고개를 주억거려 주었다.

"…예."

소방경이 사람 좋아 보이는 웃음을 입가에 물며 자리에서 일어섰다.

"잠들지 말고 반 식경(食頃)만 기다려 봐라. 다시 오마."

소방경은 마웅의 대답을 듣지도 않고 잰걸음으로 마웅의 방에서 나가 버렸다.

소방경이 다시 마웅의 방을 찾아온 것은 반의 반 식경도 되지 않을 때였다. 소방경은 마웅의 낡은 침상에 떡하니 걸터앉더니 겉표지가 아주 깨끗한 서책 한 권을 마웅의 졸린 눈앞에 슬쩍 내밀어 보였다.

마웅은 소방경이 내민 책표지에 적힌 서책의 이름을 보곤 두 눈이 찢어질 듯 커졌다.

[태극권심해(太極拳深解)]

무당파의 문도 중에서도 일부 계층만이 배운다는 무당파의 독문 절기. 소방경은 대뜸 마웅의 귀에 입술을 대곤 속살거렸다.

"이것은 무당파 내부에서 누가 몰래 필사한 것이다. 한번 구경해 볼 테냐?"

너무나 놀랍고 당황스런 마웅은 조심스레 고개를 끄덕였다.

소방경의 손에서 몇 장 펼쳐지며 내보여진 무서엔 기묘한 자세의 권각술 그림과 그 그림을 알기 쉽게 해설을 해놓은 글자들이 빼곡하게 적혀 있었다. 단둘뿐인 좁은 방 안에 누가 보는 사람도, 듣는 사람도 없을진대 소방경은 몇 장 보여주던 필사된 무서를 급히 탁 접어버렸다.

마웅의 입에선 마른침이 넘어가는 동시에 안타까운 신음이 새어 나왔다.

"아―!"

소방경은 덮인 무서에서 눈을 떼지 못하고 있는 마웅에게 바짝 붙어 앉더니 아주 조심스럽게 귀엣말을 했다.

"내가 은자 오십 냥이나 들여 구한 것이야. 은자 스물두어

냥 정도면 내가 평생 몸에 지니며 익힐 수 있을 텐데… 오해는
말아라. 내가 몇 푼 되지도 않는 돈이 아쉬워서 이러는 게 아
니야. 너의 사정을 듣고 내가 마음이 동해서…….”

마웅은 순간적으로 혼란스러웠다.

사람의 세 치 혀는 믿을 것이 못 된다. 그것만치 무서운 것
이 없다. 그렇게 마웅의 눈빛이 흔들릴 때 소방경은 내밀었던
무서를 허리 뒤춤으로 숨겨 버렸다.

그리곤 마치 없었던 일처럼 화두를 다른 곳으로 돌려놓았
다.

“무림인으로 살다 보면 별의별 일이 다 있지. 한 번은 말이
야…….”

소방경의 입에서 나오는 이야기들은 무림에 대해 눈곱만치
라도 관심이 있는 사람이라면 귀가 번쩍 열릴 만한 이야기들
뿐이었다. 모르는 무공이 없었고, 모르는 무림 야사가 없었으
며, 모르는 무림인 또한 없었다.

소방경의 세 치 혀에서 나오는 청산유수 같은 이야기를 듣
고 있으니 정말 하루 만에 일류고수가 되는 것쯤은 일도 아닐
것처럼 여겨졌다. 아니, 그렇게 일류고수가 된 현 무림인들을
수두룩하게 알고 있었다.

마웅은 그때 반쯤 넋이 나가 버렸다.

그런 멍한 마웅의 눈길 앞에서 소방경은 하품을 하며 자리
에서 일어섰다.

“아—홈! 내일 아침 일찍 필사본을 구하는 사람을 만나봐야

해서……. 소제(小弟), 다음에 더 이야기하기로 하지."

그렇게 피곤한 얼굴로 뒤돌아서는 소방경의 허리 뒤춤에 삐죽 튀어나온 무서.

마웅은 자신도 모르게 입이 열렸다.

"저… 소 대인?"

소방경은 의아한 듯 뒤돌아섰다.

"…왜?"

"그 필사본……."

"필사본? 아—!"

소방경은 잊었던 것이 생각났다는 듯이 설핏 구긴 낯을 펴더니 한쪽 손을 들어 올려 검지로 자신의 입술을 가려 보였다.

"쉿! 비밀은 지켜줄 거지? 하하하! 난 소제를 믿어."

한쪽 눈까지 찡긋거려 보인 소방경은 다시 뒤돌아서 방을 나갈 기색이었다.

마웅은 침상에서 다급하게 뛰어내려 소방경의 옷자락을 낚아챘다.

"소 대인, 그 필사본을 제게 파시지요?"

"응? 필사본을?"

"예."

"가진 돈은 있어? 마음 같아서는 그냥 주고 싶지만… 내가 어젯밤에 쌍육(雙六)을 하다가 끗발이 안 붙어 큰돈을 잃어버린 탓에 사정이 좀……."

마웅은 급히 몸을 돌려 침상 귀퉁이에서 은자 다섯 냥을 우선 꺼냈다. 마웅은 고향을 떠나올 때 어머니에게서 받은 패물을 차마 처분하지 못하고 여태껏 고스란히 간직해 오다가 그 패물들을 방 안 한구석에 숨겨놓고 여태껏 지냈다. 마웅은 패물을 숨겨놓은 곳을 힐끗 노려보며 아랫입술을 잘근 씹었다. 그렇게 잠시 망설이던 마웅은 늘 어머니께서 끼고 계시던 금가락지는 남겨두고 은가락지 두 개와 옥비녀를 찾아내어 소방경 앞에 내밀었다.

"대인, 좀 모자라더라도……."

소방경은 마웅의 손에 들린 은자 다섯 냥과 옥비녀, 그리고 은가락지 두 개를 난감한 눈으로 잠시 내려다보더니 고개를 갸웃거렸다.

"난처하군. 이거 모자라도 너무 모자라는데?"

마웅은 내민 손이 부끄러워 슬며시 거두어들였다.

"죄송합니다. 가진 게 이것뿐이라……. 그럼 쉬십시오."

마웅이 체념을 하고 물러나자 소방경은 잠시 머뭇거리는 듯싶더니 한숨을 푹 내쉬며 마웅의 침상에 다시 걸터앉았다.

"휴우ㅡ! 내가 이래서 안 돼! 자네의 실망한 눈빛을 보니 나의 딱한 처지는 까마득하게 잊고 풍랑 만난 돛단배처럼 마음이 흔들려 버리네그려."

그렇게 한탄조로 이야기하던 소방경은 허리 뒤춤에 넣어두었던 태극권심해 필사본을 꺼내 마웅의 베개 밑에 쑥 집어넣어 주었다. 그리곤 눈이 동그래진 마웅을 착잡한 눈길로 바라보았다.

"아휴ㅡ! 내 팔자가 원래 이래. 너무 마음이 여려서 늘 탈이지. 쩝! 아까 그거라도 일단 줘봐."

마웅은 소방경이 내민 손바닥 위에 은자 다섯 냥, 그리고 옥비녀와 은가락지 두 개를 올려놓았다.

은자와 패물을 건네받은 소방경은 마웅을 못 미더워하는 눈빛으로 지그시 노려보았다.

"어린 소제, 소제가 워낙 애타게 원하는 것이라 내가 얼떨결에 놓고 가긴 간다마는… 아직 완전히 준 것은 아니야. 사실, 필사본을 원하는 선약도 있고 해서……."

소방경은 심기가 어수선한지, 아니면 무언가 초조한지 발을 까닥거려 마룻바닥을 두들겨 댔다.

퉁ㅡ 퉁ㅡ 퉁!

"나도 아침까지 다시 생각해 봐야겠어. 그러니 아침이 되기까지는 베개 밑에 넣어둔 필사본은 아직 소제의 것이 아니야. 미리 보고 몰래 따로 필사하거나 그러지는 않겠지?"

퉁ㅡ 퉁ㅡ 퉁!

마웅은 신경에 거슬리는 소방경의 발소리를 들으며 대답했다.

"예."

퉁ㅡ 퉁ㅡ 퉁!

"물론, 내일 아침 동이 틀 때까지 내가 따로 이야기가 없으면 베개 밑 필사본은 완전히 소제의 것이 되는 것이지만……. 어린 소제, 그래줄 수 있겠지?"

투— 퉁!

마웅은 나쁜 버릇처럼 두 발을 그냥 가만히 두지 못하고 방정맞게 놀려대는 소방경을 힐끔 쳐다보다가 필사본이 깔려 있는 베개 쪽으로 시선을 돌려놓으며 고개를 주억거렸다. 소방경은 마웅의 고갯짓에 그제야 마음이 놓인다는 듯이 입가에 웃음을 보였다.

"소제, 좋은 꿈이나 꿔."

소방경은 손을 툴툴 털고 일어나 방문 쪽으로 나가려다 말고 다시 돌아섰다.

그리곤 짐짓 매서운 눈길로 마웅을 노려봤다.

"소제, 혹시나 해서 미리 일러두는 것인데, 밤새 달아나는 일은 없겠지?"

마웅은 허리까지 접어 보이며 대답했다.

"그럼요."

그제야 소방경은 겸연쩍게 웃어 보였다.

"그래, 사람이 사람을 믿어야지. 난 어린 소제를 믿어."

다음날,

마웅은 어스레한 새벽녘에 눈을 뜨자마자 태극권심해 필사본이 숨겨진 베개를 힐끗힐끗 노려보며 날이 환하게 밝기만을 기다렸다. 혹시 소 대인이 밤새 마음이 변해 되가져 가겠다고 찾아오면 어쩌나 하며 초조하게 날이 밝기만을 고대했다. 그토록 아침을 애타게 기다려 본 적이 없었다.

더디게 시간이 흐르더니 드디어 동창이 환해졌다.

마웅은 베개 밑에 숨겨두었던 필사본 무서를 급히 꺼내 들곤 두근거리는 가슴으로 무서를 훑어 내려갔다.

'이제야 나에게도 기연이 생겼구나!'

한 장, 두 장… 다섯 장… 열 장.

'헉—! 이럴 수가!'

열 장쯤 넘기자 있어야 할 권각술의 그림과 해설은 온데간데없이 사라지고 돌연 책장마다 화려한 색채로 난잡하게 그려놓은 춘화(春畵)들……. 빌어먹을!

사기당한 무서를 틀어쥔 마웅의 몸이 침상에서 벌떡 튕겨 올랐다. 마웅은 곧장 소방경이 장기 투숙하던 객실을 향해 내달렸다.

하지만 소방경의 객실은 이미 깨끗하게 비워져 있었다.

입에서 헛웃음이 실실 새어 나왔다. 그도 잠시, 사기당한 은자야 뼈 빠지게 일하여 다시 모으면 그만이지만 어머니께서 챙겨주신 옥비녀와 은가락지 두 개. 그것에 생각이 미치자 마웅의 입에서 포효 같은 욕지거리가 터져 나왔다.

"이 개자식이—!"

마웅은 곧장 돌아서서 내달렸다. 계단을 날듯 밟아 일층 주루에 내려서자 일층 주루 입구의 소란이 마웅의 다급한 달음박질을 가로막고 섰다.

"소방경 이놈 지금 어디에 있어?"

"어디 숨겨둔 거 아냐? 우리가 찾아봐야겠어!"

주루에 몰려와 웅성웅성 시끄럽게 소란을 피우는 사람들의 입은 한결같이 소방경의 행방을 찾아댔고, 그들은 모두 소방경에게 적잖은 돈을 빌려준 사람들이었다.

마웅의 시선이 진땀을 흘리며 연방 허리를 접었다 폈다 반복하는 주루의 주인장에게로 향했다.

주루 주인장의 목소리는 애걸복걸에 가까웠다.

"여기서 이러지 마십시오. 저도 피해자입니다. 밀린 숙식비도 제대로 계산하지 않은 상태에서 은자 오십 냥이나 그 사기꾼에게 빌려준 사람이 바로 저올시다. 소방경이라는 사기꾼을 당장 잡아다 멱을 틀어잡고 싶은 사람이 바로 저올시다. 그러니 여러분, 제발 여기서 이러지 마십시오. 소방경은 어젯밤에 도망가고 없습니다. 여기에 없다니까요."

황망해하는 주인장의 목소리에 마웅은 두 다리에 힘이 쭉 빠져나가는 것을 느끼며 빈자리를 하나 골라 의자에 앉았다. 그리곤 식탁 위에 두 팔꿈치를 괴고 두 손으로 머리카락을 틀어잡아 이 난감한 상황을 차분히 정리하기로 했다.

은자 다섯 냥이야 잊어버리면 그만이다. 하지만 배를 쫄쫄 곯고 한길에서 거죽을 덮고 자면서도 차마 처분하지 못하고 간직해 왔던 어머니의 패물을 절대 그 사기꾼이 하룻밤 술값으로 사용하게 내버려 둘 수는 없다.

찾아야 한다. 기필코 되찾아야 해!

소방경은 철저하게 계획적으로 사기 행각을 벌였다.

이름도 가명일 것이다. 이미 십 리 길 밖으로 달아났을 가능성이 높다. 백사장에서 바늘을 찾는 것이 어쩌면 더 빠를 일이다. 저토록 많은 사람을 속일 수 있었다는 것만 봐도 이 방면에선 전문가다. 그러니 흔적도 남기지 않았을 것이다.

아냐. 자기도 사람인 이상 무의식중에 무언가 흔적은 떨어뜨려 놓았을 거야. 그것이 무엇일까? 그가 실수한 게 무엇일까. 그의 재주는 입이다. 가장 많이 사용한 것도 입이다. 그러니 그 속에 무언가가 있을 가능성이 제일 높다.

실수를 했다면 취중이었을 것이다.

취중만담.

마웅은 점소이로 일하면서 오고 가며 듣고 본 소방경의 모든 것을 기억 속에서 떠올렸다.

웃고 떠들던 술자리.

모여든 사람들 중앙에 앉아 술잔을 기울이던 소방경.

소림사 해검소(解劍所)에서 소방경이 바지춤을 끌어내리고 해검을 시키라고 말하자 당황한 소림사 무승이 소방경이 꺼내 놓은 큰 물건을 내려다보며 '시주, 남색(男色)도 하십니까?' 하며 물었다는 이야기에 모든 사람이 배를 부여잡고 웃었었다.

젊은 시절 무림대회에 참가했다가 입심만으로 촌놈 얼 빼놓듯 몇 연승을 거듭했는데, 결국은 자신을 탈락시킨 자가 사람의 말귀를 못 알아먹는 벙어리에 귀머거리였다는 하소연이며, 계집의 몸이란 환한 햇빛에 벗겨놓아야 진미라는 말과 더불어 이불 속 밤 문화는 잘못된 것이고, 대자연과 함께하는 낮거리 문화를 즐길 줄 아는 자만이 진정한 색을 아는 자라며 엉뚱한 논리를 펴던 소방경.

그가 최근에 품었던 기녀는 거금을 들여 자신이 직접 화초머리를 올려주었는데, 그 어린 기녀의 나이가 방년이었으며, 미색이 요 몇 해 동안 처음 봤을 만큼 가인이었고, 햇살에 누운 나신의 자태에서 아지랑이처럼 아른아른 보이는 하얀 솜털이 참으로 신비롭고 아름다웠다는 이야기며…….

최근? 직접 화초머리를 올려준 어린 기녀.

기녀의 첫 남자가 되기는 쉬운 일이 아니다. 입이 마르도록 칭찬했을 만큼 그 기녀가 절세의 미모였다면 더더욱 돈만으론 되지 않는다. 돈을 주체할 수 없을 거부(巨富)에 후사까지 돌봐줄 수 있는 믿을 만한 사람만이 가능한 일이다.

후사까지 돌봐주는 후견인이라……. 소방경은 거부는 아니다. 거부가 아니더라도 어쩌면 소방경의 달변으론 충분히 가능한 일일 수도 있다. 하지만 상대가 세상물정에 닳고 닳아먹은 행수 기녀였다면 결코 쉽지는 않았을 터.

최근이라 했다. 소방경은 마웅이 이 주루에 취직하기 전부터 있었던 자다. 그럼 이곳의 기루다.

초짜들이나 밤이슬을 맞으며 줄행랑을 치지 전문가는 그렇게 험한 길을 택하지 않을 것이다.

소방경은 아직 여기에 있다.

그럼 그곳이 기루… 가능성?

마웅은 실낱같은 가능성에 몸을 천천히 일으켜 세웠다.

'개자식! 잡히면 모가지를 물어뜯을 테다.'

마웅은 미친 듯이 밖으로 뛰쳐나갔다.

주루 문 앞을 가로막고 선 피해자들의 수가 그사이에 늘어나 이십여 명은 족히 넘을 듯했다. 마웅은 그 많은 사람들을 거칠게 밀쳐 내고 대로로 뛰쳐나갔다.

놀란 주루 주인장이 부르는 고함 소리 따윈 내달리는 마웅의 달음박질을 가로막을 수 없었다.

방년의 나이에 보기 드문 미모를 가진 기녀라고 했다.

그만한 미모의 기녀가 있었다면 이미 소문이 자자하게 났을 것이다. 허풍. 그러나 뜬금없는 허풍은 아닐 것이다.

짚이는 게 있었다. 꼭 그래야 한다.

마웅은 자빠질 듯 한길의 모퉁이를 돌았다.

어깨 부닥침, 불편해하는 행인들의 욕지거리가 마웅의 귓전으로 쌩쌩 스치고 지나갔다.

헉헉 숨을 몰아쉬며 마웅이 달음박질을 멈춘 곳은 소희기루(笑嬉妓樓) 앞이었다.

아침나절이니 기루의 문은 굳게 닫혀 있었다.

마웅은 거칠어진 호흡을 억누르고 흐르는 땀도 지웠다. 그리곤 기루의 닫힌 문을 열고 안으로 성큼 들어갔다.

몇 갈기의 햇살만이 조용한 기루의 내부에 스며들어 있었다. 마웅이 기루 안으로 들어가자마자 굵직한 사내의 목소리가 마웅의 시선을 끌어다 놓았다.

"어이, 꼬맹아! 뭐냐?"

마웅은 대뜸 인사부터 했다.

"아저씨, 안녕하세요."

고분한 마웅의 인사치레에 의자에 앉아 찻잔을 기울이던 건장한 체구를 가진 대머리 사내는 잠시 마웅의 얼굴을 살피더니 아는 척을 했다.

"어라! 너 무광주루에서 일하는 점소이가 아니냐? 이름이 뭐더라?"

"웅입니다. 마웅이요."

"아! 웅? 그래, 네가 이런 곳까지 웬일이냐?"

마웅은 기루에서 어깨 노릇을 하고 있는 대머리 사내 쪽으로 슬금슬금 다가갔다.

"소방경 대인이라고 아시죠?"

"소방경? 알지. 소 대인을 모르는 사람이 있나? 근데 왜?"

"아, 예! 소 대인께서 빠뜨리고 가신 물건이 있어서 좀 전해 드리려고요."

그렇게 둘러댄 마웅은 대머리 사내의 두 눈동자를 유심히 살폈다. 마웅의 말에 대머리 사내는 버럭 화를 냈다.

"야, 이놈아! 소 대인을 왜 여기서 찾아, 저쪽 미향기루에서 찾아야지! 그 대인은 우리 기루 쪽엔 그림자도 한번 비친 적이 없어!"

"그, 그래요?"

대머리 사내의 빗나가 버린 마웅의 얼굴이 순식간에 일그러졌다가 빠르게 다시 펴졌다.

"그럼… 그쪽으로 가볼게요."

마웅은 '아침부터 누구 약 올리러 왔냐?' 라며 불편한 심기를 드러낸 대머리 사내의 시선을 향해 겸연쩍게 인사를 한 후 뒤돌아섰다.

대머리 사내의 눈빛으로 봐선 거짓말 같지는 않았다. 미향기루라면 이곳과 경쟁적인 관계에 있는 기루이다.

마웅은 기운 빠진 걸음으로 털레털레 기루를 걸어 나가다가 멈칫 멈춰 섰다.

'소방경은 그를 모르는 사람이 없을 정도로 이름난 한량이다. 그런 한량이 몇 달씩이나 머물면서 이곳에서 제일 이름있는 이 소희기루에 단 한 번도 출입을 안 했다? 이상하지 않은가? 그래, 당연히 이상하지!'

마웅은 다시 몸을 돌려세웠다. 마웅이가 몸을 돌려세우자 대머리 사내가 먼저 의아해하며 뚱한 소리로 물었다.

"어서 안 가고 또 왜?"

"저기요, 여기… 재 너머에서 온 초혜라는 기녀가 있다던데, 요즘도 있나요?"

"초혜? 녀석. 초혜 년의 인기가 좋긴 좋은가 보구나. 너 같은 놈까지 알고 껄떡대니……. 이놈아, 아서라! 초혜 년은 팔자 고치고 진즉에 이곳을 떴다."

"팔자를 고쳐요? 화초머리 튼 게 아니고요?"

"화초머리는 무슨, 다른 곳으로 팔려갔어. 사실 팔려갔다기엔 뭐하고 그냥 팔자를 고쳤다고 봐야지. 그러니 애먼 헛물켜지 말고 그냥 가거라. 대가리에 쇠똥도 안 벗겨진 놈이 하여

튼……. 꺼져, 인마!"

대머리 사내의 실실 웃는 노성에도 마웅은 물러서지 않고 오히려 사내 쪽으로 슬며시 다가섰다.

"초혜를 만날 방법은 없습니까? 딱 한 번만 봤으면 좋겠는데. 어디로 팔자를 고쳐 갔는지만 좀 알려주십시오, 형—님!"

마웅이가 겁도 없이 다가서자 대머리 사내의 얼굴이 단박에 우그러졌다.

"뭐라? 형님? 이런 새우젓만 한 새끼가 누구더러 형님이래? 콱 밟아 내장을 뽑아버리기 전에 안 꺼져, 새끼야—!"

마웅은 대머리 사내의 위협에도 빳빳하게 고개를 쳐들고 다가갔다. 그 모습에 어이가 없어진 대머리 사내의 노성이 다시 터져 나왔다.

"어라, 이 새끼 봐라?"

마웅은 가슴 앞섶에서 사기당한 무서를 잽싸게 꺼내 태극권 심해라 적힌 겉표지만 부욱 찢어버리고 대머리 사내 쪽으로 불쑥 내밀었다.

"형님, 이거 한번 보실래요?"

"뭐, 뭐야, 그건?"

"일단 한번 보세요."

마웅이 휙 던진 서책을 두 손으로 낚아챈 대머리 사내는 힐끗힐끗 마웅을 흘겨보며 서책을 한 장 두 장 넘기기 시작했다.

"뭐야? 무서 같은데? 뭣이 이리 어려워? 까막눈이 되놔서……."

뚱한 목소리로 구시렁거리던 대머리 사내의 입은 더 이상 열리지 않았고, 다만 사내의 두 눈에 묘한 광채가 번쩍이기 시작했다.

잠시 후, 화려하게 채색이 된 춘화들을 대충대충 살핀 대머리 사내는 입가에 비릿한 웃음을 물며 마웅을 향해 손짓했다.

마웅이 가까이 다가가자 대머리 사내는 마웅의 어깨에 한 손을 척 올려놓았다.

"너, 이거 어디서 구했냐? 그림이 참 정교한 게 좋구나."

까막눈이라서 그런지 그림엔 일가견이 있나 보다.

마웅은 사내의 물음엔 대답 않고 딴소리를 했다.

"초혜는 어디로 팔려갔습니까? 그냥 먼발치에서 딱 한 번만 보게요."

마웅의 말에 대머리 사내는 마웅의 귀에 입을 가까이 댔다.

"이거 나 주고 가는 거다?"

마웅이 고개를 끄덕였다. 이어지는 대머리 사내의 귀엣말.

"무작정 기다리다가 운 좋으면 볼 수 있을 텐데, 그래도 되겠냐?"

다시 마웅의 고개가 끄덕여졌다.

대머리 사내가 가슴 앞섶에 춘화를 챙겨 넣곤 기루의 주방 쪽으로 움직였다.

"가자."

대머리 사내를 따라 주방을 거쳐 삼층 기루 뒤쪽으로 빠져나가서, 또 외진 길을 돌아나가 중문을 두 개나 더 지나 들어선 곳은 단층 기와집 앞이었다.

담벼락에 몸을 은닉하듯 딱 붙인 대머리 사내는 두어 장(丈) 거리에 보이는 오동나무를 가리켜 보였다.

"저 나무에 숨어서 기다려 봐라. 한 번쯤은 밖으로 나올 것이다. 애먼 짓 하지 말고 얼굴만 보고 가라."

그렇게 엄포를 놓은 후 대머리 사내는 몸을 돌려세웠다.

마웅은 돌아선 대머리 사내에게 빠르게 말을 붙였다.

"형님, 나갈 땐 어쩌죠?"

대머리 사내가 미간을 구기며 고개를 돌렸다.

"그건 네가 알아서 해. 그리고 들켜서 곤욕을 치르더라도 절대 나에 대해서 입을 열면……."

말끝을 흐리던 대머리 사내는 칼처럼 세운 손으로 목을 치는 시늉을 해 보였다. 자기 손에 죽는다는 뜻이다.

사내는 입가에 비린 미소를 물며 흐려놓았던 말을 짧게 마무리했다.

"알지?"

그리곤 잰걸음으로 사라졌다.

마웅은 까치 발짓으로 오동나무 쪽으로 가 나무 뒤에 일단 몸을 숨겼다. 나무 위에 올라가 몸을 은신시킬 요량으로 고개를 들어 오동나무를 살펴보니 아직 초봄이라 앙상한 나뭇가지뿐이었다.

아침나절부터 기다린 것이 정오가 지나가 버렸다.

몸이 뻣뻣하게 저리고 발뒤꿈치가 아리도록 기다려 봐도 인기척이라곤 없었다. 먹은 것도 없는데 담벼락에다가 소피를 두 번이나 봤다.

정말 조용했다. 나무 뒤에 숨어 있는 것이 오히려 민망하단 생각이 들 만큼 조용했다. 대머리 사내에게 속은 게 아닌가 하며 의심이 들 만큼 인적이 없었다.

'조금만 더, 조금만 더 참고 기다려 보자.'

그렇게 마음이 스스로를 다잡으며 인내심을 키우고 있을 때,

파ー드ー덕!

큰 날짐승의 날갯짓 소리가 터졌다.

한 장 높이의 담벼락을 넘으며 날아오른 검은 물체. 그 물체는 허공에서 멈칫하더니 제비가 급하게 방향을 틀 듯 공중에서 방향을 확 틀며 기와집 대청 속으로 빨려 들어가듯 날아들었다.

사뿐ー!

대청마루에 내려선 것은 날짐승이 아니라 검은 무복을 입은 무인이었다.

나무 뒤에서 그 모습을 훔쳐보고 있던 마웅은 그것이 날짐승이 아니라 사람이었다는 사실에 자신의 두 눈을 순간적으로 의심했다.

난생처음 보는 절세의 신법이었다.

무인은 등을 보인 채 머리부터 목 아래까지 뒤집어쓴 검은 복면을 벗어냈다. 그리곤 대청과 이어진 어두운 복도로 향하

려다 말고 잠시 멈칫거렸다. 이어, 검은 무복의 사내는 거침없이 어두운 복도 속으로 사라졌다.

마웅은 귀밑머리 아래로 식은땀이 조르륵 흘러내렸다.

사기꾼 하나 잡으려다 용담호혈(龍潭虎穴)에 잘못 들어온 게 아닌가 싶었다. 마웅이 어금니를 맞물고 있을 때 비단 옷자락이 끌리는 소리가 사오락사오락 나더니 묘령의 여인 하나가 대청마루 끝머리에 섰다.

뽀얀 얼굴에 적당한 키, 연붉은 장의(長衣)에 무척 예뻤다.

첫눈에 묘령의 여인이 초혜라는 것을 알았다.

바짝 긴장하고 있는 마웅의 귓속으로 초혜의 옥음이 굴러들어 왔다.

"얘, 그만 나와!"

마웅은 나무 뒤에 몸을 숨긴 채 두 눈알을 좌우로 바삐 굴렸다. 초혜의 목소리에 인기척은 없었다.

마웅의 두 눈이 작게 흔들리며 의아해질 때,

"나무 뒤에 너! 그만 나오래도!"

순간, 마웅은 입에서 '읍—!' 하는 격한 숨결이 터질 뻔했다. 마웅은 한 손으로 자신의 입을 틀어막고 망설였다.

이어지는 초혜의 옥음.

"빨리 안 나오면 우리 숙부에게 혼날걸."

마웅의 머리를 스치는 검은 무복의 무인.

'숙부?'

마웅은 턱 관절이 실룩거릴 만치 어금니를 한 번 질근 씹곤

나무 뒤에서 나왔다. 그리고 초혜를 노려봤다.

"네가 초혜냐?"

초혜의 대답은 담담했다.

"응."

"소방경은 어디에 있어?"

초혜는 하얀 목덜미를 내보이며 고개를 갸웃거렸다.

"소… 방경? 아!"

그리곤 작고 흰 손으로 입을 가려 교소를 툭 터뜨렸다.

"풋—!"

짧게 웃음을 터뜨린 초혜는 오동나무 옆에 버티고 선 마웅을 향해 손짓을 해 보였다.

"소방경이란 인간을 찾아왔구나? 소방경은 이미 우리 숙부께서 꽁꽁 묶어두셨어."

마웅의 한쪽 눈매가 설핏 찌그러졌다.

'묶어뒀어?'

너무 쉬우니 수상쩍다.

마웅은 길게 날숨을 뿜어냈다. 포기하고 그냥 튈 것인가, 아니면 용담호혈에 뛰어들 것인가를 짧은 순간에 망설이던 마웅은 죽기 아니면 까무러치기란 마음으로 성큼성큼 대청 쪽으로 걸어갔다.

초혜는 마웅의 걸음을 확인하곤 입가에 묘한 미소를 지으며 돌아섰다.

어두운 복도는 그리 깊지 않았다.

복도의 끝. 초혜는 방문 앞에서 잠시 멈춰 서더니 방 안을 향해 나직하게 고했다.

"숙부, 데리고 왔어요."

방 안에선 대꾸가 없었다. 초혜가 방문을 열고 먼저 들어갔다. 마웅이 그 뒤를 따라 방 안에 들어섰다.

제일 먼저 눈에 들어온 것은 허리 높이만큼 오는 서탁 위에 널찍한 화선지를 펼쳐 놓고 먹을 갈고 있는 검은 무복의 사내였다.

먹을 가느라 깊숙하게 숙인 고개 탓에 얼굴은 확인할 수 없었지만 풍채에서 느껴지는 연배가 대충 중년의 나이쯤으로 여겨졌다.

먹을 갈던 검은 무복의 중년인이 입을 열었다.

"용케 찾아왔구나."

귀에 익은 목소리. 소방경!

마웅은 턱이 부르르 떨렸다.

"이— 개—자식!"

주먹을 앞세우고 와락 달려드는 마웅을 향해 가볍게 뿌리는 소방경의 왼쪽 소맷자락 바람.

팟—!

마웅의 왼쪽 어깻죽지를 치고 가는 소맷자락 바람은 마웅의 몸을 뒤틀어놓을 만치 강했다.

뒤뚱 몸이 기운 마웅은 기운 그대로 몸을 띄워 돌려차기를 시도했다. 소방경은 뿌린 왼쪽 소맷자락을 거두어들이듯 빠르게 손을 휘저었다.

마웅이 다리를 빳빳하게 내뻗어 빙글 돌려 찰 때, 마웅의 오른쪽 무릎오금을 연이어 때리는 소맷자락 바람.

팍—!

내뻗은 다리가 몽둥이에 걸어차인 듯이 매섭게 뻗어 나가던 다리와 무릎오금이 팍 접히며 마웅의 몸은 바닥에 나뒹굴었다.

쿠—웅!

당혹한 마웅이 급히 몸을 일으켜 세우려 할 때,

마웅의 손이 짚고 있던 나무 바닥에 작렬하는 폭발.

파— 파— 팍— 팍!

"헉—!"

마웅은 급히 고개를 돌려 손을 짚고 있던 마룻바닥을 살폈다.

손가락 한 마디쯤 되는 구멍이 일렬로 쭉 뚫린 나무 바닥.

동그랗게 뚫린 구멍에서 실연기가 모락모락 피어올랐다.

마웅의 고개가 급히 들려졌다.

먹물을 묻힌 붓을 들고 있는 소방경.

소방경은 붓에 먹인 먹물을 탄환처럼 뿌려 나무 바닥에 구멍을 내고 마웅을 위협한 것이었다.

소방경의 입에서 새어 나오는 목소리는 싸늘했다.

"아가, 미쳐 나대다가 개죽음을 당할 테냐, 아니며 좀 조신하게 기다릴 테냐? 응?"

소방경의 매서우면서도 나직한 음성에 마웅은 가슴을 들썩거리며 소방경의 얼굴을 노려봤다.

의외였다.

입심만 좋은 사기꾼인 줄로만 알았던 소방경은 자신이 도저히 감당할 수 없는 엄청난 고수였다. 마웅이 이글거리는 눈으로 잡아먹을 듯이 노려보고 있자 소방경은 들고 있던 붓을 벼루 쪽으로 천천히 내렸다. 그리곤 붓에 먹물을 한가득 매겼다.

"아가, 내가 여기에 있는 줄은 어찌 알았더냐?"

"……."

마웅은 아랫입술을 질근 깨물고 일어섰다. 불끈 말아 쥔 두 주먹은 풀리지 않았다. 화선지에 붓을 찍으며 소방경이 다시 입을 열었다.

"초혜야, 넌 좀 나가 있어라."

초혜는 소방경에게 깊숙하게 허리를 접어 보이곤 문 쪽으로 걸어나가며 뻣뻣하게 서 있는 마웅을 힐끗 흘겨봤다. 초혜가 나가자 화선지위에 붓을 쿡 찍어 눌러 난초의 잎을 길게 쭉 그어 올린 소방경이 고개를 천천히 들어 올렸다.

입가에 맺힌 미소는 넉넉해 보였다.

"이름이 뭐라고 했더라?"

"……."

"아가야, 화가 많이 났구나."

마웅은 소방경의 유들유들한 표정을 향해 흰 이를 드러내 보였다.

"사내 나이 열여섯이면 그렇게 불릴 나이가 아닙니다!"

"오-호!"

"저의 어머니의 패물을 돌려주십시오!"

"없는데?"

"없어요? 그럼… 어, 어쨌습니까? 벌써 팔아 계집질했습니까, 아니면 도박장에서 다 날렸습니까?"

눈을 부릅뜬 마웅을 향해 소방경은 얼굴을 숙여 시선을 화선지 쪽으로 내려놓았다. 그리곤 붓으로 난초의 잎을 하나 더 쭉 그어 올렸다. 소방경은 장난스런 어조로 입을 열었다.

"난 그 방에서 나올 때 너의 물건을 들고 나온 기억이 없는데?"

소방경의 느긋한 말에 마웅은 주먹을 번쩍 치켜들었고, 소방경은 그 주먹 앞에 붓을 꼿꼿하게 세워 들며 간들간들 흔들어 보였다.

"애야, 너의 무위로는 내가 든 이 붓 하나도 감당할 수가 없어. 그렇지 않으냐? 그리고… 난 네게 받은 은자와 패물을 너의 침상 밑에 도로 넣어두고 온걸."

마웅은 의아해서 물었다.

"그게 무슨 소리입니까?"

"무슨 소리? 발소리."

"예- 에?"

마웅은 그게 무슨 되도 않은 말장난이냐며 어이없어 웃었다. 그 웃음은 오래가지 못했다. 붓으로 난초의 잎을 힘차게

굿던 소방경의 목소리는 그려놓은 난초의 묵 빛 잎처럼 힘이 실려 있었다.

"너에게 은자 다섯 냥과 패물을 건네받자마자 난 내 발등에 떨어뜨려 너의 침상 밑에 도로 넣었었다."

몹쓸 버릇처럼 발을 그냥 가만두지 못하던 소방경의 경망스런 발장난질이 그제야 생각이 나자 마웅의 두 눈은 가볍게 혼들렸다.

"······!"

"넌 내가 그것들을 내 주머니나 허리춤에 넣는 걸 보았느냐? 그렇다고 내가 나올 때 손에 쥐고 있는 거라도 확인하였더냐? 난 침상에서 일어섰을 때 손을 탈탈 털고 일어섰다. 그땐 이미 빈손이었어."

"그 말을 어떻게 믿죠? 더군다나 사기꾼의 말을?"

"사기꾼? 그래, 맞아! 난 사기꾼이지. 난 그 사기를 유흥 삼아 즐길 뿐이야. 그렇다고 결코 누구에게 해를 가하거나 그러지는 않지. 내게 당한 모든 사람이 너처럼 길길이 날뛰는 것을 그냥 숨어서 보고 즐길 뿐이라고. 뭐··· 좀 유별난 악취미이긴 하지. 내게 사기를 당했다며 분통을 터뜨리던 사람들은 며칠이 지나면 모두가 쑥스러운 얼굴로 날 대할걸. 너처럼."

"믿을 수가 없습니다."

"그럼 가서 직접 확인해 봐. 내가 너에게 겁먹고 도망이라도 갈 위인처럼 보이더냐? 그런 어처구니없는 생각은 하지 않겠지?"

"어처구니가 있든 없든 두 번은 안 속습니다."

마웅의 고집스런 말에 소방경은 서탁 밑에서 묵직해 보이는 금괴 하나를 꺼내 마웅의 발 앞으로 휙 던졌다.

금괴가 바닥에 떨어지자 나무 바닥은 부서질 듯 묵직한 소리를 냈다.

쿵ㅡ!

"……?"

"너의 물건을 확인하고 그것은 다시 내게 돌려줘. 지금 가서 확인하려면 내가 도망이라도 갈까 봐 못 미더울 거 아니냐? 그래서 보증금으로 맡겨두는 거야. 나갈 때 가지고 가."

"……!"

"그건 그렇고, 날 어찌 찾아냈는지 그 이야기나 한번 해보렴. 몹시 궁금한걸."

소방경의 물음엔 대답도 하지 않고 마웅은 되레 질문을 던졌다.

"이 금괴는 제 물건의 수백 배의 가치를 지닌 금괴입니다. 그냥 제가 가지고……."

소방경은 말을 끝까지 듣지도 않고 고개를 주억거리며 마웅의 말을 잘랐다.

"그러고 싶으면 그래라. 난 너처럼 찾아다니지도 않을 터."

"왜죠?"

"난 부자야. 그 금괴 하나에 힘 빼기도 귀찮을 만큼 큰 부자지. 이 소희기루도 사실은 내 것이야. 의심이 많은 놈이니 방금 내가 한 말도 안 믿겠군."

"……!"

"자! 그럼… 내가 궁금해하는 거나 좀 들어볼까?"

처음과 달리 한결 독기가 누그러진 마웅은 자신이 소방경에 대한 기억을 짜내기 시작한 것부터 시작해서 초혜라는 존재의 뒤를 캐게 된 과정과 오동나무 뒤에 숨어 반나절을 기다렸던 이야기를 해주었다.

마웅의 이야기를 표정 없이 다 들은 소방경은 애써 그려놓은 난초화 위에 먹물이 잔뜩 배인 붓을 휙 던져 그림을 망쳐 놓았다. 그리곤 문밖으로 시큰둥한 목소리를 던졌다.

"초혜야, 이 아이가 조용히 나갈 수 있게 좀 바래다주려무나!"

초혜가 소회기루의 후원을 나서며 내내 말없이 걷는 마웅의 얼굴을 힐끗 흘겨봤다.

"얘?"

"……."

"몇 살이니?"

"……."

"누나가 물으면 대답은 해야지?"

초혜의 가시 돋친 목소리에 마웅은 걸음을 멈추고 몸을 뻐딱하게 돌려세웠다. 마웅보다 한 뼘 정도 키가 작은 초혜는 '네깟 놈이 노려보면 어쩔 건데?' 라는 식으로 마웅의 시선 앞에 턱을 치켜들었다.

"왜? 불만이라도 있니?"

마웅의 입이 어렵게 열렸다.

"나 지금… 기분이 좋지가 않아."

경색된 마웅의 음성과는 달리 초혜는 배시시 웃으며 말을 되받았다.

"그래서?"

마웅은 속삭였다.

"입 닥치고 그냥 조용히 가자."

초혜의 두 눈이 대번에 도끼눈이 되었다. 그도 잠시, 초혜는 눈웃음을 살살 지어 보였다.

"누나에게 무례하게 대한 걸 후회하게 될 거야."

"……."

마웅은 초혜의 눈웃음에서 시선을 비켜 세웠다.

초혜는 어깻짓에 바람이 일 만큼 매몰차게 몸을 돌려세웠다. 그리곤 냉랭한 걸음으로 앞섰다.

마웅은 연붉은 장의를 사오락사오락하며 앞서가는 초혜에게서 홍매향(紅梅香)을 맡았다.

매화꽃이 필 시기이니…….

무광주루의 주인장에게 욕을 바가지로 얻어먹고 방에 들어왔다. 자신의 방에 들어온 마웅은 침상 밑부터 살폈다.

어두운 침상 밑에 팔을 집어넣고 더듬어 은자 다섯 냥과 옥비녀 하나, 그리고 은가락지 두 개를 찾아냈다.

마웅은 어머니의 패물을 손에 쥐고 침상에 걸터앉았다.

일하러 내려오지 않는다며 바락바락 욕지거리를 퍼붓는 주인장의 언짢은 얼굴이 몇 번이나 방문을 열어댔다. 그때마다 마웅은 곧 내려가겠노라 대답만 해놓곤 마냥 침상에 걸터앉아 있기만 했다.

그렇게 넋이 나간 듯 정물이 되어버린 마웅은 심연 속에 잠겨있었다.

두 눈은 잠든 물결처럼 고요했다.

'일어서자. 그만 일어서자.'

마웅은 너무나 단순한 결정을 그토록 오랜 시간을 걸쳐 고민하다가 일어섰다. 그리곤 몇 벌의 옷가지뿐인 짐을 챙겼다.

보따리를 어깨에 짊어지고 방문을 나설 때, 주인장은 벌렁벌렁 벌어진 콧구멍에서 콧바람을 씩씩 뿜어내며 걸어왔다.

"야, 인마! 정말 일 안 할 거야? 응? 도대체 왜 그래? 무슨 불만이 있으면 우선 일은 해놓고… 어라?"

마웅은 노발대발하는 주인장의 어깨를 스치고 지나갔다. 뒤늦게 마웅의 어깨에 걸쳐진 보따리를 확인한 주인장의 얼굴엔 대번에 분기가 차올랐다.

"어라! 이 새끼 좀 봐! 너, 이 새끼! 그렇게 가면 다신 이 바닥에 발 못 붙인다! 알아?"

마웅은 손을 들어 가만히 흔들었다.

달빛 바람에 흔들리는 것은 숙인 고개에서 흘러내린 몇 올의 머리카락뿐이었다. 단정하게 꿇어앉은 마웅의 몸은 푸르스름한 달빛의 물이 배어 을씨년스럽기까지 했다.

말아 쥔 두 주먹은 두 무릎 위에서 가지런했다. 곧게 편 허리, 정지한 시야 속에 푸른 바람이 스치고 지나갔다.

등 뒤에서 다가오는 발자국 소리.

한 발, 두 발…….

저녁나절부터 자정을 넘긴 이 시각까지 사내답게 묵묵히 기다린 발자국 소리다.

그러한 발자국 소리는 더 이상 들리지 않았다.

길고 긴 기다림의 끝.

대신…….

팍—!

마웅은 눈물이 찔끔 나오도록 소방경에게 뒤통수를 얻어맞았다.

"왔으면 들어가지 청승맞게 이게 무슨 지랄이냐?"

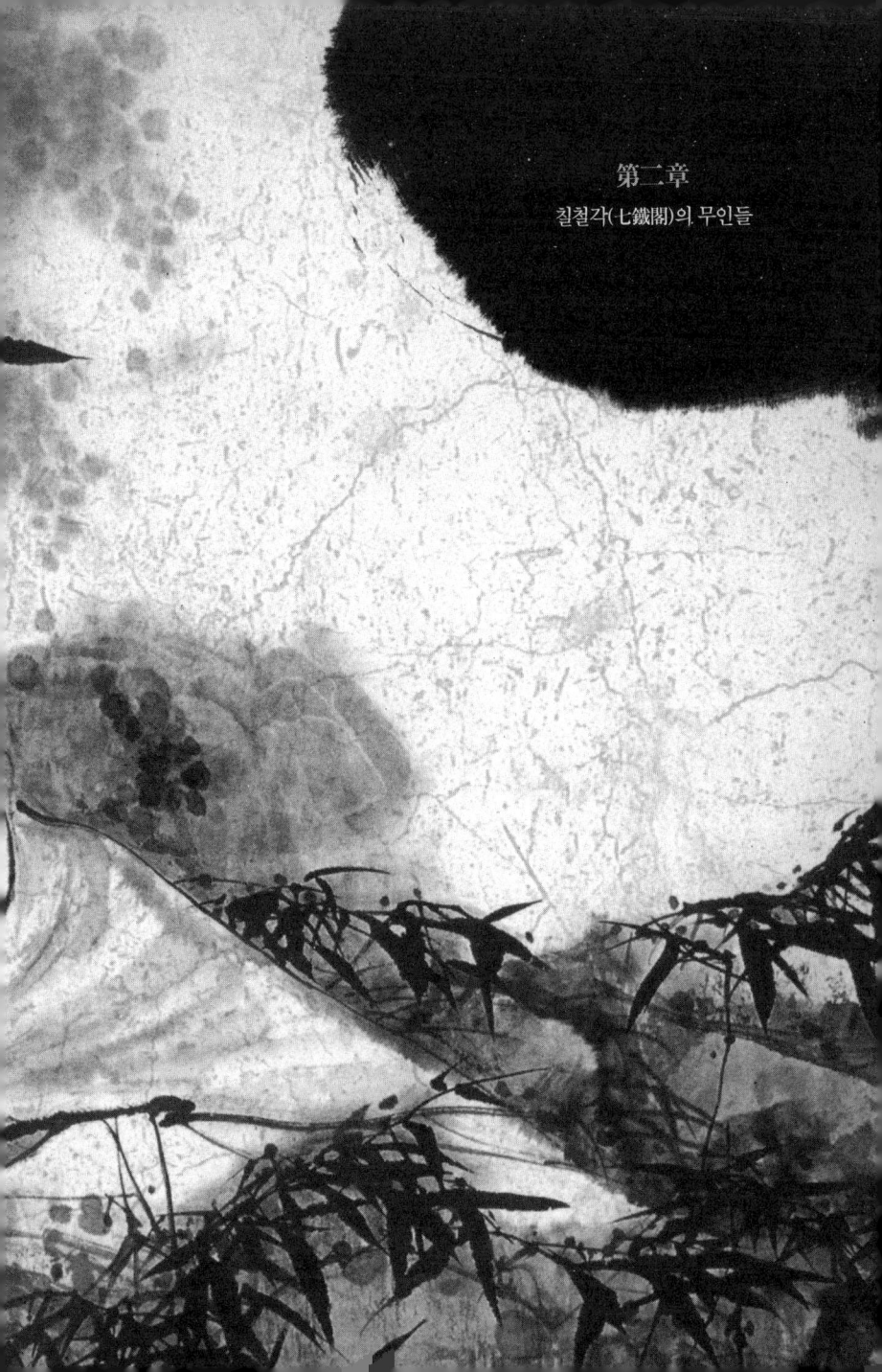

第二章
칠철각(七鐵閣)의 무인들

江湖苦行記

강
호
고
행
기

콧속으로 스며드는 들숨에 아침이란 것을 알았다.

…아침?

마웅은 불에 덴 것처럼 놀라며 상체를 일으켜 세웠다.

벌떡 세워지는 마웅의 가슴팍에 와 닿는 손길.

"좀 더 누워 있어."

초혜의 목소리였고, 초혜의 손길이었다.

그제야 느껴지는 심한 현기증.

마웅은 초혜의 자그만 손길에 밀려 좁다란 침상 위에 다시 몸을 뉘었다. 몹시 보채는 아이처럼 아침부터 울어젖히는 매미 소리. 초여름의 아침이었다.

"내가 얼마나……?"

마웅은 빙 내돌리는 방 안 천장을 흐릿한 시선으로 쳐다보
며 물었다.

"하루 하고 쪼금 더……."

마웅은 초혜의 목소리에 최면이라도 걸린 듯 스르르 눈을
감았다.

매일 기름진 음식으로 삼시 세 끼 배를 채웠다. 삼시 세 끼
후에 혀가 마비될 만큼 아주 쓴 탕약을 한 사발씩 꼬박꼬박 마
셨다. 그렇게 먹고 마셔대는데도 소피를 보는 횟수가 기껏 새
벽녘에 딱 한 번이었다. 모두가 땀으로 빠져 버린 게다.

꼭두새벽에 일어나 축시(丑時)를 넘겨서야 잠에 들었다. 그
러니 잠을 많이 자봐야 겨우 두 시진이었고, 그마저도 잡생각
이 많은 날은 아예 날밤을 새버렸다.

날이 어슴푸레하게라도 밝으면 체력을 다졌고, 밤이 되면
운기조식으로 내력을 올리고 정신을 정화시켰다.

두어 달이 지나도록 담 밖도 한 번 내다보지 않았으니 바깥
세상이 어떻게 돌아가는지 알 수가 없었다.

사실 관심도 없었다.

초혜의 목소리는 작고 조심스러웠다.

"기억은 나니?"

"기억? 무슨……?"

"어제 새벽녘, 담벼락에 두 다리를 걸치고 물구나무서기로
복근 운동을 하다가 정신을 잃고 아래로 떨어진 거랑, 며칠 몇
날 밤을 몽유병에 걸려……."

'몽유병?'

무슨 난데없이 몽유병 이야기인가? 몸을 무리하게 혹사시키다가 결국 버티지 못하고 의식을 잃었다는 이야기는 대충 이해가 가는데 어이없이 몽유병이라니……?

마웅의 의문에 초혜가 답을 주었다.

"어젯밤에 의생이 다녀갔어. 너의 증상을 이야기하니 일시적이긴 하지만 몽유병이 확실하대. 며칠째 몽유병에 걸린 널 보면서 나 정말 무서웠어. 보자 보자 하니까 너 정말 별짓 다 하더라. 도대체 왜 그러니?"

마웅은 자신이 자신도 모르는 사이에 무슨 해괴한 짓을 했는지 몰라 떨떠름한 소리로 되물었다.

"…내가 뭘 어쨌는데?"

"거봐. 아무것도 기억 못하잖니. 운기조식하다가 잠에 못 이겨 푹 꼬꾸라졌으면… 그래, 꼬꾸라졌으면 그냥 잠이나 잘 일이지 왜 밖으로 기어 나와 마당을 헤집고 쏘다니니? 그것도 그냥 쏘다녔니? 토끼뜀에, 물구나무서서 새벽까지 돌아다니다가 방에 들어와 한 식경도 자지 않고 또 깨서… 어휴—!"

마웅은 나무라듯 종알거리는 초혜의 말에 잠시 떴던 눈을 도로 감아버렸다.

'내가 그랬었나?'

"그러지 않으면 안 될 무슨 뼈에 사무친 원한이라도 가슴에 품었니? 왜 그렇게 미친놈처럼 연무에 집착하니? 숙부의 말씀으로는 부모님도 버젓이 살아 계시고……. 도대체 무슨 사연이 있기에 그렇게 실성한 사람처럼 무공에 목숨 걸고 매달려? 도대체 이유가 뭐야?"

"사부님은?"

"몰라. 너 지금 이 꼴이 되어 있는 것도 모르셔. 이쪽에 안 오신 지가 보름은 넘었으니까."

소방경은 마웅의 세 번째 사부가 되었다. 소방경이란 이름이 본명이 아니라는 것쯤은 안다. 하지만 본명이 무엇인지, 무슨 일을 하는 무인인지, 어디 소속인지도 알 수 없었다.

모습을 보기가 하늘의 별 따기만큼이나 힘든 사부였다.

최근엔 보름 넘게 모습을 보이지 않았다. 악취미를 버리지 못하고 또 어디서 사기나 치고 다니겠지. 그렇게 속편하게 생각해 버렸다.

서희기루 후원에 드나드는 사람은 몇 사람으로 딱 정해져 있었다. 늘 검은 면사로 얼굴을 가리고 한 번씩 나타나는 행수기녀 서희와 삼시 세 끼와 약탕을 챙겨주는 찬모 아주머니와 사부 소방경의 조카라는 초혜.

그마저 늘 후원에 머무는 사람은 초혜뿐이다.

그 초혜마저 대부분 자신의 방에 틀어박혀 무엇을 하는지 알 수 없었다. 한 번씩 마웅이 체력 단련하는 모습을 먼발치에서 몰래 구경하다가 눈이라도 마주칠라 치면 새치름하게 몸을 돌려세우기 일쑤였다.

두 사람 사이가 냉랭해진 것은 마웅이 자초한 일이었다.

초혜가 마웅보다 몇 살 위인 것이 분명한데도 마웅은 초혜를 윗사람으로 대하지 않고 맞먹어 버렸다.

그러니 토라질 대로 토라진 초혜는 마웅을 무슨 흉적 보듯 하며 피해 버렸다. 여태까지는 그랬던 초혜이다.

마웅은 눈을 감은 채 몰래 중얼거리듯 입을 열었다.

"고마워."

귀도 참 밝다.

"치―! 처음으로 싸가지 있는 소릴 하네. 사람이 없으니 내가 이러고 있지, 네가 예뻐서 이러고 있는 건 아니다."

새치름한 초혜의 목소리에 마웅은 뚱한 소리로 물었다.

"의생이 나 언제까지 이러고 있어야 한다고 했어?"

"글쎄? 너 하기 나름이지, 뭐. 의생 말로는 명약이 따로 없고 잠과 휴식이 최고래. 그러니까 딴생각 말고 한숨 푹 자. 일어날 생각은 꿈도 꾸지 마라. 네가 딴생각할까 봐 미리 빨래방망이 하나 준비해 뒀어. 밖으로 기어나가려고 움직이기만 하면 바로 뒤통수를 갈겨 재울 테다. 알았니?"

초혜의 으름장 같지도 않은 으름장에 마웅은 피식했다.

'꼬박 하루를 의식을 잃고 잠들었는데 또 무슨 잠이냐?'

현기증쯤이야 찬물 한 바가지 뒤집어쓰면 그만일 거란 생각에 마웅은 상체를 부스스 일으켜 세웠다. 금쪽같은 시간이 아까워 이러고 있을 수가 없었다.

하지만 초혜가 그것을 용서하지 못하고 일어서는 마웅의 상체를 손으로 가로막았다.

"얘가 정말!"

마웅은 이럴 때 어떻게 여자를 물려야 하는지 잘 안다.

정나미 떨어질 만큼 싸늘한 목소리.

"손 안 치워?"

하지만 가로막고 선 초혜의 손이 문제가 아니었다. 냉랭한 마웅의 얼굴 앞에 와락 다가온 초혜의 숨결.

"누—워."

서로 입술이 닿을 만큼 바짝 다가온 초혜의 얼굴. 그것은 목덜미를 노리는 서슬 퍼런 칼날보다도 더 위협적이었다.

당혹한 마웅이 급히 얼굴을 뒤로 젖혔다.

"왜 이래?"

"누워."

물린 만큼 또 다가오는 숨결.

붉은 입술에서 새어 나오는 숨결은 홍매화의 향이 분명했다. 마웅은 들어 올렸던 상체를 넘어뜨리듯 도로 침상에 눕혀야 했다. 그제야 초혜의 입가에 간살스럽게 번지는 미소, 그리고 가볍게 터지는 웃음.

"풋—! 착한 구석이 있어서 그나마 다행이다."

마웅은 괜스레 얼굴이 화끈 달아올랐다. 그 바람에 그만 실수를 했다.

"이씨—! 누가 기녀 출신 아니랄까 봐!"

자신의 입에서 얼떨결에 튀어나온 말에 마웅도, 그것을 들은 초혜의 얼굴도 꽁꽁 얼어버렸다.

얼어버린 서로의 얼굴 사이엔 얼어붙은 숨소리마저도 조심스러워졌다.

외면한 초혜의 얼굴을 힐끔힐끔 살피던 마웅의 입에서 긴 날숨이 새어 나왔다.

"후—우! 마음에 두지 마. 미안해."

외면한 초혜의 입술 가에 쓴웃음이 물렸다.

"마음에 두지 마. 잊을게."

문밖에서 인기척이 들렸다. 인기척에 초혜는 수선을 피우며 일어섰다.

"어머! 탕약을 잊어버렸네."

마웅은 등받이 의자에서 일어서서 문 쪽으로 뛰듯이 나가는 초혜의 뒷모습을 보았다.

문밖 인기척의 주인은 찬모 아주머니였다.

마웅은 초혜가 등을 보인 사이 자신의 뺨을 자신의 손으로 모질게 때렸다.

찰싹—! 찰싹—!

'이 못 배워 처먹은 놈!'

문을 열고 찬모 아주머니랑 두런두런 이야기를 나누던 초혜가 갑작스런 따귀 소리에 뒤를 힐끔 돌아봤다. 초혜의 시선에 마웅은 거친 자해를 멈추었다.

발로 미닫이문을 닫고 돌아서는 초혜의 양손엔 둥근 쟁반이 들려 있었고, 그 위엔 김이 모락모락 나는 두세 가지의 그릇이 놓여 있었다.

마웅은 다시 상체를 일으켜 세우려 했다. 초혜의 새치름한 목소리가 마웅의 몸짓을 막았다.

"그냥 누워 있어."

미안한 구석이 있는 차라 마웅은 고분하게 누웠다. 초혜는 침상 한 귀퉁이에 둥근 쟁반을 내려놓곤 다시 의자에 앉았다.

"어머머! 찬모가 하수오(何首烏) 죽을 아주 맛나게도 끓여왔네?"

그렇게 맑은 목소리로 종알거린 초혜는 숟가락으로 뜨거운 죽을 반 숟가락 정도 퍼내어 입을 쫑긋 모아 죽을 후후 불어 식힌 후 마웅의 입술 앞에 내밀었다.

"아—!"

머쓱하고 민망해진 마웅은 얼굴을 못마땅하게 찌푸리며 고개를 돌렸다.

"애기도 아닌데 왜 이래? 내가 먹을게."

마웅의 난처한 외면에 초혜는 내밀었던 숟가락을 물리곤 뜬금없는 이야기를 꺼내놓았다.

"내가 아주 어릴 때, 우리 집 마당에 하얀 강아지가 한 마리 있었어. 그 강아지 밥을 내가 매일 챙겨줬다. 난 그 앞에 쪼그려 앉아 내가 챙겨준 밥을 그 하얀 강아지가 맛나게 먹는 모습을 구경하는 걸 좋아했어. 너, 그 마음 아니?"

초혜의 말에 마웅은 언짢았다.

"내가 네 강아지냐?"

겸연쩍어 짐짓 화를 내는 마웅의 말에 초혜는 목소리에 은근히 날을 세웠다.

"날 위해 좀 그래주면 안 되니? 내가 기녀 출신이라서 그래?"

마웅의 말실수를 엉뚱하게 갖다 붙여 더 난감하게 만드는 초혜의 뾰족한 목소리에 마웅은 잠시 망설이다가 마지못해 고개를 돌렸다.

기다렸다는 듯이 마웅의 입 앞에 불쑥 내미는 숟가락.

"아ㅡ!"

첫 숟가락 받아먹기가 눈을 질끈 감아야 할 만큼 쑥스러웠지 두 번, 세 번째는 넉살 좋게도 아주 쉬웠다.

몇 숟가락 떠먹여 주던 초혜의 입에서 궁금증이 새어 나왔다.

"너, 왜 그렇게 미친 듯 수련을 하니? 그래야만 하는 이유라도 있니? 왜 그래?"

마웅은 입 안에 든 죽을 잠시 머금은 채 망설이다가 꿀꺽 삼키곤 대수롭지 않게 입을 열었다.

"이왕 시작한 거, 최고가 되고 싶어."

"최고? 무림지존의 자리라도 앉고 싶다는 거니?"

그게 무슨 철딱서니없는 소리냐며 묻는 초혜를 향해 딱히 할 말이 없어진 마웅은 성의없는 대답으로 말을 피해 버렸다.

"그냥… 최고가 되고 싶어."

시시한 대답에 초혜는 더 이상 캐묻지 않고 묵묵히 마웅의 입속으로 죽을 퍼 날랐다. 그릇 바닥에 남은 죽까지 그러모아 떠먹인 초혜는 탕약 사발 속에 새끼손가락을 폭 담그더니 탕약이 먹기 좋게 식은 것을 확인하곤 탕약이 묻은 새끼손가락을 제 입에 넣곤 쪽 팔았다.

"바로 마셔도 되겠다. 일어나 앉아."

마웅이 상체를 일으켜 세워 탕약을 쭉 들이켜는 것을 가만히 지켜보고 있던 초혜가 괜히 먼 산을 보며 중얼거렸다.

"나… 오후에… 이곳을 떠나야 해."

"오늘?"

"응."

"누구랑? 어디로?"

"행수 언니랑. 어딘지는 나도 몰라."

"몰라?"

"…응."

마웅은 작게 고개를 숙이고 있는 초혜의 얼굴을 몰래 훔쳐보듯 쳐다보며 입을 닫았다. 그동안 고마웠다, 건강해라, 다음에 또 보자 정도의 인사치레 정도는 해줄 만한데도 마웅은 할 말을 잃어버린 아이처럼 입을 닫았다.

초혜의 몸에서 처음 매화 향기를 맡던 그날, 초혜가 무례하게 대한 걸 후회할 거라 했었다.

그래, 쓰러져 누워 있는 자신 앞에, 그 절묘한 시간 앞에 대단한 복수다.

초여름, 오동나무에서 매미만이 쩡쩡 울어댔다.

      *   *   *

　늦가을의 어느 날.

　물기 하나 없이 바싹 말라 버린 오동잎이 발걸음에 밟혀 바
스러졌다. 콧등을 타고 내려온 땀이 코끝에 굵다랗게 맺혔다
가 아래로 떨어졌다.

　한 손으로 오동나무를 짚고 선 마웅의 입에서 거친 숨이 토
하듯 쏟아져 나왔고, 힐끗 돌아보는 후원의 대청마루 위엔 바
람이 옮겨놓은 낙엽이 한가득 들어앉아 있었다.

　초혜는 떠났다. 초혜가 떠난 지 며칠 후에 돌아온 사부 소방
경은 초혜에 대해선 어떤 이야기도 하지 않았다.

　궁금하였으나 마웅 또한 묻지 않았다.

　소방경은 마웅의 눈앞에 무서 한 권과 검은 옥패 하나를 내
밀며 뜬금없는 소리를 했다.

　"사람의 앞날이란 누구도 모르는 법이다."

　그렇게 내민 두툼한 무서의 이름은 '팔황무영신법(八荒無影
身法)'. 팔황무영신법 속에는 '등파경공법(騰破輕功法)'과 '허
허삼십육보법(許虛三十六步法)'이 함께 수록되어 있었다.

　반 뼘 정도의 넓이에 손가락 마디 정도 굵기의 옥패엔 검은
날개를 활짝 펼친 까마귀 한 마리가 정교하게 양각되어 있었
고, 오비령(烏飛令)이란 붉은 글씨가 세로로 음각되어 있었다.
사부 소방경은 이틀 밤낮에 걸쳐 팔황무영신법을 입문시켜 주
곤 떠났다.

그 후부터 사부의 소식이 다시 뚝 끊겼다.

초여름에 보았던 사부 소방경은 늦가을이 되도록 소식이 없었다. 사부가 떠나기 전에 뜬금없이 남겼던 말이 자꾸만 마웅의 뇌리에 곱씹혔다.

후원에 감옥살이하듯 홀로 처박힌 마웅이 마주 대할 수 있는 얼굴이라곤 과묵한 찬모 아주머니뿐이었다. 막연하던 사부의 말이 점점 불안해질 뿐, 외로움 따윈 없었다.

그럴 만한 짬도 가져보질 못했다.

거친 숨을 고른 마웅은 맨살의 웃통을 까칠한 오동나무에 기댔다.

열여섯의 사내아이라곤 믿기지 않을 단단한 근육. 거칠게 쏟아내던 숨결을 고르고 잔잔한 호흡을 내쉬는데도 상체의 근육이 살아 있는 듯 꿈틀거렸다.

그 근육 위에 번들거리는 땀.

그때,

쫘당—!

갑자기 후원으로 통하는 중문이 부서지듯 열리더니 피투성이가 된 중년여인이 뛰어들어 왔다.

마웅의 눈이 중년여인의 얼굴에 날아가 꽂혔다.

기루의 행수 기녀 서희.

검은 면사는 하지 않았지만 서희가 분명했다.

"웅아! 달아나라—!"

서희의 입에서 피가 분무가 되며 터진 외침에 마웅은 멈칫

할 수밖에 없었다.

'…왜?'

그렇게 당혹스런 의문을 품는 순간, 돌담 너머에서 들려오는 비명 소리. 마웅의 입이 빠르게 열렸다.

"무슨 일입니까?"

마웅은 서희 쪽으로 달려갔다.

서희는 쓰러진 몸을 힘겹게 일으켜 세우며 내상으로 인해 역류한 핏물을 입 밖으로 울컥 게워냈다.

"다, 달아나라―!"

파―드―덕!

담장 위를 날아 넘어오는 일단의 무리.

서희를 향해 달려가던 마웅의 몸이 멈칫거렸다.

촤―르―르―랑!

금속성의 파공음을 터뜨리며 날아드는 쇄겸도(鎖鎌刀)들.

가느다란 은사슬에 달린 낫처럼 생긴 쇄겸도가 마웅과 서희를 향해 날아들자 마웅은 곧장 방향을 틀어 대청 쪽으로 신형을 뽑아냈다.

탓―!

마웅은 대청마루를 발끝으로 찍으며 빙글 몸을 돌려 마당 쪽을 살피는 동시에 신형을 곧장 뒤로 날렸다.

날아든 쇄겸도의 서슬 퍼런 칼날에 목덜미가 걸려 참수되며 터지는 서희의 비명.

"으―악!"

서희의 잘린 머리통이 핏물에 튕겨 오르듯 허공에 떠올랐다
가 땅바닥에 쿵 떨어졌다.

빙글―!

마웅은 복도에서 신형을 돌려 자신의 방문을 한쪽 어깨로
치고 들어갔다.

와―그―작!

여닫이 방문이 마웅의 어깨에 산산이 부서지며 방 안쪽으로
흩어져 떨어졌다. 마웅은 곧바로 자그마한 보따리 하나를 챙
겨 들곤 원형 창문을 향해 신형을 쏘아냈다.

빠―그―작!

원형 창문을 관통한 마웅의 신형은 곧장 등파경공법을 시전
하여 허리를 활처럼 휘게 만들었다. 마웅의 신형은 바람을 탄
방패연처럼 위로 치솟아 오르다가 한 바퀴 공중제비를 돌아
너울 날아올랐다. 마웅이 착지한 곳은 원형 창문 바로 위에 있
는 기와지붕이었다.

주위를 급히 둘러보던 마웅은 기루 반대쪽으로 신형을 쏘아
내며 날아갔다.

지붕과 지붕을 가로지르며 질주하듯 달렸다.

타― 타타― 탓!

어느 집 지붕 속에 보금자리를 틀고 쉬고 있던 새 떼가 갑작
스럽게 불어 닥친 질풍에 놀라 날아오르고, 굴뚝에서 모락모
락 피어오르던 흰 연기가 마웅의 질풍에 빨려 들어갔다가 흐
릿한 잔영이 되어 사라졌다.

야산의 어둠은 인가보다 한발 앞서 다가왔다.

마웅의 몸은 거무칙칙한 나무 기둥에 등을 기대곤 그 밑으로 주르륵 미끄러지며 내려앉았다.

마웅은 입술 사이에 한가득 들어차는 땀을 거친 날숨으로 뿜어냈다.

"푸—우!"

도대체 이게 웬 날벼락일까?

서너 달 전에 사부 소방경이 뜬금없이 건네던 말의 의미가 바로 이것인가?

사부는 분명 어떤 조직의 일원이었다.

옥패에 적혀 있던 오비령(烏飛令).

담장을 넘어와 소회의 목을 치던 무리는 정파인들로는 보이지 않았다. 사부의 언행 중에 은근히 내보이던 느낌 또한 정파의 분위기는 절대 아니었다. 그럼 무엇일까?

직접 알고자 나서지 않는다면 모든 것이 의문으로 끝날 듯했다. 마웅은 야산에서 어둠이 더 짙어지기만을 기다렸다.

어둠이 제법 깊어진 후, 야산 인근에 있는 민가를 찾아가 어느 집 담벼락에 걸려 있는 윗옷을 하나 훔쳐 입고 밤길을 나섰다.

원당(源棠)으로 들어가는 초입.

일주주루(一週酒樓)는 해가 저물자 찾아든 보부상들과 표국의 표사들로 발 딛을 틈도 없이 혼잡했다.

주루의 후미진 구석자리에 앉은 마웅의 옷차림은 영판 시골 촌놈의 모습이었다. 무지렁이 촌농이나 입을 법한 다 해어진 윗도리를 걸치고 어깨에 괴나리봇짐을 메고 있으니 그럴 만도 했다.

마웅은 간단한 저녁 요깃거리를 시켜놓고 그것들을 주섬주섬 챙겨 먹으며, 두 귀로는 상인들과 표사들의 오고 가는 이야기를 엿듣고 있었다. 대부분의 이야깃거리가 오늘 생긴 서희기루의 혈사에 관한 것이었다.

그중에서도 뒷자리에 앉은 두 표사의 이야기가 마웅의 귀를 잡아 끌어당겼다.

"암합회(暗合會)의 혈랑자(血狼者)들에게 서희가 당했다는데, 서희가 무림인과 연관이 있다는 소리는 금시초문이네. 혹시 자넨 들어본 적이 있는가?"

"잘은 몰라도 서희가 무림인들을 많이 상대하긴 했다지? 그렇다고 혈랑자들까지 나서서 서희를 처단한 걸 보면, 서희가 무림의 어떤 세력과 상당히 깊은 관계가 있는 것이 사실인 모양일세. 그러니 암합회에서도 악명이 높다는 혈랑자들까지 나서서 서희의 목을 친 것이겠지."

"그럼 행수 기녀 서희가 속한 그 단체는 어딜까? 구파일방 쪽은 아닐 테고… 암합회와 앙숙인 곳이라면……?"

"암합회의 무인들이 보이면 보이는 족족 죽여 대는 곳은 딱 한 곳뿐이지. 칠철각(七鐵閣)."

한 표사의 말에 다른 표사가 그게 무슨 소리냐며 의아해했다.

"칠철각의 무인들? 이보게, 그게 무슨 소리인가? 칠철각은 이미……."

"모든 사람이 칠철각이 흔적도 없이 와해가 되었고, 일곱 명의 철각주(鐵閣主)도 죽임을 당한 줄로 알고 있지? 그런데 아니더라고. 얼마 전에 무당파 내부에 잠입했다가 장장 두 달 동안이나 발각이 되지 않고 수상쩍은 짓거리를 한 무인이 하나 있었다고 하더군. 그 무인은 무당파 내의 이곳저곳을 제집처럼 드나들며 무언가를 뒤적거리다가 얼마 전에야 발각되어 붙잡혔다더군."

이야기를 들은 표사가 화들짝 놀랐다.

"뭣이라? 도대체 어떤 위인이 무당파에 잠입해서 두 달 동안이나 들키지도 않고 무당파를 제집처럼 헤집고 다닐 수가 있었다는 말인가?"

"그 바람에 무당파 내에서 엄청난 피바람이 몰아쳤다고 하더군. 잠입인이 발각되면서 대항을 하자 이에 맞서다가 죽은 무당파의 문도 수가 자그마치 이십여 명쯤 된다지? 더욱 놀라운 일은 희생자 중에는 무당파의 원로 중 하나인 청류 도사도 포함되어 있었다고 하더라고."

경청을 하던 표사는 믿을 수 없다는 듯 목소리를 낮추었다.

"사실인가? 처, 청류 도사와 이십여 명의 무당 문도? 혼자서? 그것도 무당파 안에서?"

두 표사의 목소리는 점점 더 조심스러워졌다.

"그 무인이 누군 줄 아는가? 바로 진충민이야."

"진충민? 진충민이라면 칠철각의 막내 각주? 잠룡사(潛龍士)라 불리던 그자가 아직 살아 있었더란 말인가?"

"칠철각의 일곱 각주가 다 죽음을 맞이했다는 소문은 있었지만, 정작 주검이 확인된 각주는 단 네 명에 불과해. 그러니 세 명은 아직 살아있다고 봐야 되지 않겠나? 그리고 요즘 들어 칠철각에 소속돼 있던 하부 무인들도 아직 적잖게 활동 중이라는 풍문이 무림에 심심찮게 나돌아."

"오호! 놀라운 일일세! 그럼 그 진충민은 그 자리에서 바로 참수가 되었겠구먼?"

"아냐. 이번 사건으로 당혹해진 무당파에서 공개적으로 진충민을 참수한다고 하더군. 무당파의 속내는 대외적으로 구겨진 체면도 세울 겸, 그리고 혹시 얼씬거릴 잔당들에게 경고도 할 겸 겸사겸사 내일 정오쯤에 저잣거리 삼거리에서 진충민을 참수할 모양이더라고."

"휴―! 무당파에서 그렇게까지 나오는 걸로 봐선 단단히 화가 났나 보네. 그런데 제칠각주(第七閣主) 진충민이 무엇을 노리고 무당파에 숨어들었다고 하던가?"

"그거야 빤한 일이 아닌가? 용목(龍目)과 봉조(鳳爪) 때문이겠지."

대답을 들은 표사의 목소리는 가늘게 떨렸다.

"여, 역시 그것 때문에……. 여보게, 그 이야기는 그만 하고

술이나 마시세. 괜히 이야기가 길어졌다간 쥐도 새도 모르게
목이 달아나겠네."

"그러세. 그렇잖아도 지금 간이 조마조마한 참이었네. 근데
자네, 요번에 출행하고 돌아오면 딸아이를 치운다며? 자네 딸
이 벌써 그렇게 과년한가?"

제풀에 겁을 먹은 표사들은 더 이상 무림에 관한 이야기를
꺼내놓지 않고 사적인 담소만 했다.

마웅은 자리에서 일어섰다.

가슴속은 돌덩이라도 삼킨 듯 답답하고 무거웠다.

'아니야. 설마… 아닐 거야.'

다음날.

지난밤부터 죽음의 냄새를 맡은 뒷산 까마귀들이 높은 기와
지붕 용마루에 앉아 까만 눈깔을 번뜩였고, 날 추운 줄도 모르
고 저잣거리에서 뛰어놀던 아이들은 어미아비에게 붙잡혀 들
어가 집밖으로 나올 생각도 하지 못했다.

횅한 삼거리는 늦가을 바람만이 차지했다. 그렇게 낙엽에
섞인 잡다한 쓰레기만이 삼거리에 우르르 몰려다녔다.

몹쓸 역병이라도 지나간 마을처럼 거리는 고요하고 황량했
다. 그러하던 거리, 드디어 정적은 깨어졌다.

퉁탕퉁탕 못질 소리에 상가의 샛길에서 굳은 표정의 얼굴들
이 하나둘 모습을 드러내기 시작했다.

잠시 후,

조금씩 얼굴을 내민 사람들의 수가 샛길에서 미어터져 밖으로 삐져나올 즈음, 삼거리 중앙에는 넓직한 단상이 하나 마련되었다. 단상에서 일을 마친 잡부들이 사라지고, 단상 주위를 에워싼 청색 무복의 무당과 무인들만이 위용을 자랑하며 버티고 섰다.

이윽고,

삼거리 한쪽에서 웅성거리는 소리가 작게 일었다. 그 소리는 바람과 역행하며 썰물이 밀려오듯 밀려들더니 종내는 삼거리를 다 집어삼켰다. 하늘은 잿빛에 가려 금방이라도 무언가를 쏟아 부을 듯했고, 바람은 갈증에 허덕거리며 흙먼지와 함께 거리를 헤맸다.

철그렁—! 철그렁—!

쇠사슬을 끄는 차가운 금속성의 발자국 소리.

앞선 수십 명의 발자국 소리보다 그 뒤를 따르는 족쇄 소리가 더욱 컸다.

봉두난발의 중년인.

만신창이가 된 중년인의 몸이 과거와 현재를 내보이고 있었다. 팔뚝만 한 쇠사슬은 발목과 발목 사이에만 있는 것이 아니었다. 양 손목까지 결박당한 중년인은 가슴팍을 옭아맨 두 갈래의 쇠사슬에 이리저리 끌리며 비틀거렸다.

맥없이 꺾인 고개 아래로 검붉은 실낱 핏물이 명치까지 흘러내려 바람에 이리저리 흔들렸다.

남색 도포 자락을 끌며 그 뒤를 따르는 몇몇 선풍도골의 노인들은 한눈에도 무당파의 지체 높은 어르신네임을 알 수 있었다. 죄인을 요인 호위하듯 한길 양편으로 늘어서서 따르던 무당파의 무인 하나가 길옆을 자꾸만 힐끗거리다가 누군가를 향해 버럭 소리를 질렀다.

"야, 인마! 앞으로 튀어나오지 말고 안으로 좀 들어가!"

무인이 손가락을 세워 가리킨 곳엔 허름한 옷차림의 촌놈 하나가 무슨 대단한 구경거리라도 발견한 듯 죄인의 걸음과 발맞추어 따라붙고 있었다.

허름한 농부의 옷에 허리를 빙 둘러멘 괴나리봇짐 하나.

마웅은 길게 늘어선 인파 속으로 바짝 붙으며 투덜거렸다.

"알았다고요! 알았어!"

마웅의 퉁명스런 목소리에 죄인의 꺾였던 고개가 옆으로 슬며시 들려졌다.

순간, 서로 맞닿은 눈길.

마웅의 눈이 커졌다.

[…사부님!]

마웅은 한 번씩 부닥치는 구경꾼들의 어깨에 걸려 비틀거리며 참혹하게 변한 사부 소방경의 얼굴을 쳐다봤다.

소방경의 두 눈동자는 바람이 스며들었는지 흔들렸다.

[왜 왔느냐?]

[사부님—!]

소방경은 비스듬하게 들어 올린 얼굴을 작게 흔들어 보였다.

[가라. 어서 가라.]

사부 소방경의 고갯짓에 마웅은 슬며시 손을 들어 올려 제 손등을 앞니로 깨물었다. 밤을 새며 아니길 바랐으나 두 눈에 보이는 것은 잔인한 현실뿐이었다.

[제자… 어찌하오리까?]

[애야, 어서 가래도.]

[제자, 이제 어찌하오리까?]

[그냥 가거라.]

[그리는 못합니다!]

[웅아, 너와 나의 인연은 예까지다.]

자꾸만 가로흔드는 소방경의 고갯짓에 마웅은 마주 고개를 내저으며 발끝을 돌렸다. 마웅의 발끝을 본 소방경은 부르르 떨며 고개를 미친 듯이 흔들어댔다.

[아, 안 된다. 오지 마라.]

마웅은 인파 속에서 빠져나와 한길 중앙으로 슬금슬금 다가갔다. 마웅을 발견한 무당파의 젊은 문도 하나가 마웅의 접근을 찌푸린 눈으로 노려봤다.

"뭐냐?"

마웅은 젊은 문도의 사나운 두 눈을 노려보며 한 발 두 발 다가섰다. 젊은 문도는 다가서는 마웅의 행색을 아래위로 재빨리 살피다가 무지렁이 촌놈이라 판단했는지 대뜸 으름장부터 질렀다.

"이 촌놈새끼가! 저리 안 꺼져?"

마웅은 손가락을 들어 올려 어둔한 소리를 내놓았다.

"저, 저기요?"

"저기? 저기 뭐?"

젊은 문도의 고개가 마웅이 손가락으로 가리킨 쪽으로 의아해하며 돌려지는 순간, 마웅은 주먹과 함께 신형을 날렸다.

옷깃 파공음에 놀란 젊은 문도가 화들짝 고개를 되돌렸다.

하지만 늦었다.

파―각!

방심한 젊은 문도의 턱주가리 뼈가 마웅의 주먹에 작살이 나며 팩 돌아갔다.

쿠―웅!

젊은 문도는 그 자리에서 두 발이 한 뼘 정도 떠올랐다가 내팽개쳐지듯 나가떨어져 버렸다.

놀란 무당파의 문도들이 일제히 장검을 뽑아 들었다.

채― 재― 채― 챙!

눈 깜박할 사이, 마웅은 곧장 신형을 땅바닥에 굴렸다가 소방경의 앞에서 벌떡 일어섰다.

마웅이 소방경을 향해 무어라 소리를 지르려 할 때,

철―그―렁!

차가운 쇠사슬 소리가 마웅의 입을 먼저 틀어막아 버렸다.

소방경의 양 손목에 묶여 있던 쇠사슬이 마웅의 목덜미를 휘감아 버린 것이다. 소방경은 쇠사슬로 감아쥔 마웅의 목을 옥죄며 으르렁거렸다.

"이 개놈! 죽여 버릴 테다!"

갑작스런 사태에 놀란 무당파의 문도들이 일제히 방향을 바꿔 소방경을 향해 날아들었다. 사부의 쇠사슬에 두 눈이 튀어나올 만큼 목이 졸린 마웅은 피가 몰린 얼굴을 들어 올렸다.

사부의 살기 서린 목소리. 광기의 외침.

"주, 죽어라—!"

사부 소방경의 일렁거리는 두 눈에 한가득 고인 눈물.

주르륵!

마웅이 소방경의 굵디굵은 눈물을 보았을 때,

파— 파— 팍!

일시에 달려든 무당파의 문도들은 꼬나든 검파(劍把:칼자루) 끝으로 마웅의 목을 조르는 소방경을 마구잡이로 내려치며 난장질을 했다.

잠시잠깐 그렇게 뻗대며 맞고 있던 소방경이 마웅의 목에 감겨 있던 쇠사슬을 확 풀어내며 땅바닥에 널브러졌다.

마웅은 옥죄었던 날숨을 일시에 와락 토해내며 엉덩방아를 찧었고, 무당파의 젊은 문도들은 땅바닥에 쓰러진 소방경을 향해 우르르 달려들어 무참히 짓밟아댔다.

소방경은 잔뜩 웅크린 채 모진 발길질을 고스란히 견뎌냈다. 흙먼지가 자욱한 그 발길질 속에서 설핏 보이는 소방경의 얼굴.

마웅은 소방경의 눈길과 잠시 마주했다.

그 눈 속엔 참으로 슬픈 웃음이 있었다.

세상은 잠시 마웅의 머릿속에서 텅 빈 채 정지했다.

'사… 부… 님?'

멍한 마웅의 시선 속에 시커먼 무언가가 날아왔다.

피하지 않았다. 피할 만큼 정신이 온전하지 못했다.

빠—악!

한 젊은 문도가 내지른 발길질에 마웅은 휘청 쓰러졌다. 쓰러진 마웅은 멱살을 잡혀 다시 일으켜 세워졌다. 발길질을 한 젊은 문도의 얼굴이 마웅의 시선 속에 불쑥 들어왔다.

"너… 누구냐?"

마웅의 시선은 무당 문도들의 손에 의해 일으켜지는 사부의 모습 쪽으로 향했다.

마웅은 부들부들 떨리는 검지를 천천히 들어 올려 사부 소방경을 가리켰고, 입에서 새어 나오는 목소리는 이미 혼을 잃어버린 목소리였다.

최선의 선택은 참혹했다.

자신을 위한 것은 아니었다. 사부를 위해서였다.

그래야만 했다.

사부의 굵다란 눈물이 그렇게 강요했다.

"저자가 제 어머니의 돈을 사기 쳐 먹었어요. 그래서……."

마웅이 굴곡 없는 소리를 구시렁거리듯 꺼내놓았을 때, 무당파의 원로 도인의 노성이 터졌다.

"무슨 일이냐?"

마웅의 멱살을 틀어잡고 있던 젊은 문도는 급히 마웅을 바닥에 밀쳐 자빠뜨려 놓으며 뒤돌아섰다.

"아, 아닙니다. 갑자기 정신이 나간 얼뜨기가 뛰어들어 와서 잠시 소란이 일었습니다."

그리곤 대열 속으로 뛰어들어 가버렸다.

철그렁—! 철그렁—!

마웅은 땅바닥에 퍼질러 앉아 저만치 가는 사부의 족쇄 소리를 넋을 놓고 바라보고 있다가 웅성거리는 구경꾼들 속으로 걸어 들어가 인파 속에서 말없이 사부의 족쇄 소리를 뒤따라갔다.

사부는 뒤를 돌아보지 않았고, 마웅은 뒤를 돌아보지 않는 사부의 걸음을 비칠거리며 따라붙었다.

쇠사슬에 묶인 사부는 두 명의 청색 무복 무인들의 손에 끌려 단상으로 올려졌다. 단상 위엔 핏물 받이로 갖다 놓은 큼지막한 대야가 하나 놓여 있었다.

사부 소방경의 양편에서 쇠사슬을 움켜쥐고 있던 두 무인이 쇠사슬을 아래로 치듯 흔들었다.

소방경더러 핏물 받이 대야위에 머리를 내밀고 무릎을 꿇으라는 신호였다. 하지만 고개를 푹 꺾은 소방경은 몸을 뻣뻣하게 곧추세운 채 완강하게 거부했다.

쇠사슬을 움켜쥔 두 무인의 난감한 시선이 단상 아래에 있는 무당파 원로들에게로 향했다.

짙은 남색의 도포에 머리는 도계를 하고 그 위에 남화건(南華巾)을 쓴 노도인 하나가 단상으로 걸어 올라갔다. 그리곤 준

비해 온 두루마리 죽간을 쭉 펼쳐 저만치 물러나 구경하는 장중을 휘둘러보았다.

노도인의 목청은 늙은이답지 않게 우렁찼다.

우렁찬 목청으로 읊어대는 것은 죄인의 죄목과 이름, 간략한 과거 경력, 공개 처형을 할 수밖에 없는 무당파의 당위성이었다. 그리고 덧붙여 현 무림 정세를 걱정하는 무당파의 지대한 관심을 침을 튀겨가며 강조했다.

노도인이 읽어 내린 죽간을 차르륵 접자 봉두난발의 소방경이 갑자기 고개를 쳐들며 잿빛 하늘을 향해 앙천대소를 터뜨렸다.

"으— 하하하하—!"

사자후처럼 터진 소방경의 웃음소리에 놀란 까마귀 떼가 푸드덕 날아오르고, 인파 속에 파묻혀 그 모습을 지켜보던 마웅의 시선이 봉두난발 속의 사부 얼굴에 날아가 꽂혔다.

이어지는 노도인의 일갈.

"참(斬)하라!"

곧추선 사부의 얼굴이 푸른 빛살로 밝아졌다.

그것은 찰나였다.

스—각!

그것이 마웅이 본 세 번째 사부 소방경의 마지막 모습이었다.

잿빛 하늘로 날아간 까마귀 떼는 되돌아오지 않았다.

바람이 매섭게 치고 들어와도 부릅떠 깜박이지 않는 두 눈에, 표정 없이 멍한 얼굴에, 악다문 입술에 눈물이 흘렸다.

발걸음은 제 홀로 어딘가를 향했다.

참담했다. 사부의 죽음보다 그것을 그냥 지켜봐야 했던 마웅의 마음이 더욱 참담했다.

불현듯 치밀어 오르는… 어머니.

그제야 마웅은 지그시 눈을 감았다.

질끈 감은 눈에 들려온 목소리는 어머니의 것이 아니었다.

이 못난 놈—!

아버지의 불호령에 마웅은 고개를 번쩍 들어 올렸다. 어금니를 악물자 턱 아래에 맺힌 물기가 뚝 떨어졌다.

꺾어진 골목길이었다.

마주 걸어오는 망태기를 멘 촌부.

마웅은 부끄러워진 얼굴을 숨기려 고개를 깊숙이 숙였다.

골목은 좁았다. 그 좁은 샛길에 마웅은 망태를 멘 촌부의 걸음을 위해 설핏 비켜섰다.

그 순간, 망태의 촌부가 마웅을 향해 얼굴을 돌렸다.

얼굴의 윤곽을 몰라볼 만큼 심한 주름살과 검게 탄 얼굴. 그 얼굴에서 묘한 미소를 보았다. 바람이 설핏 마웅의 몸을 훑었고, 마웅은 뒷덜미가 벌에 쏘인 듯 뜨끔함을 느꼈다.

마웅은 그 자리에서 맥을 놓고 몸이 스르륵 녹아내렸다.

의식을 잃고 무너지는 마웅의 몸을 재빨리 받아낸 망태노인
은 대뜸 마웅을 옆구리에 바구니 끼듯 가볍게 끼곤 샛길 골목
에서 회오리바람처럼 날아올랐다.

 휘—리—릭—!

 그리고 이어진 짧은 시간.

 골목의 모서리를 급하게 돌아서 들어선 두 명의 흑의인. 한
쪽 어깻죽지에 은빛의 쇠사슬이 똬리가 틀려 말려 있었고, 허
리춤에는 서슬 퍼런 쇄겸도가… 혈랑자(血狼者)들이다.

 두 혈랑자의 얼굴에 당혹감이 빠르게 스쳤다.

 "놓쳤다."

 다급한 목소리와 함께 두 혈랑자는 동시에 신형을 쏘아 올
려 양 방향으로 흩어졌다.

 잠시 후,

 골목길 너머의 뉘 집에서 귀가 밝으니 오지랖까지 넓어진
똥개 한 마리가 수상쩍은 기척을 듣고 제 홀로 신명이나 왈왈
짖어댔다.

             *   *   *

 타—닥!

 피워놓은 모닥불에서 한 점의 불티가 거칠게 튀어 올랐다. 그
와 때맞춰 마웅의 상체도 앞으로 꼬꾸라질 듯이 튕겨 올랐다.

 팍—!

모닥불 속으로 엎어질 듯 튕겨 오른 마웅의 상체를 가로막으며 제지하는 발길. 마웅은 턱밑으로 눈을 내리깔아 자신의 가슴팍에 와 닿은 발길을 확인했다.

쉿소리를 내는 노인의 목소리.

"네놈이 무슨 부나방이더냐, 자꾸 불속으로만 뛰어들게?"

마웅은 가만히 눈알을 돌렸다.

쭈글쭈글 검은 얼굴이 붉은 모닥불 빛을 받아 괴괴하게 보였다. 노인의 옆에 놓인 망태 하나.

심하게 주름이 많은 얼굴에 너저분하게 말아 올린 상투 머리. 처음 느낌은 늙은 도깨비라도 본 듯했다.

그래서 물었다.

"할아버진 뉘십니까?"

"……."

망태노인은 발을 물리며 모닥불의 불꽃만 응시했다.

마웅은 그제야 여기가 어딘가 하며 주위를 두리번두리번 살폈다. 등 뒤쪽에 다 허물어져 가는 관제묘가 있는 숲 속 작은 공터였다. 보이는 것만으로는 의구심이 사라지지 않았다.

"여기가 어디죠?"

마웅의 물음에 망태노인은 대답을 하지 않고 되레 질문을 던졌다.

"이름이 무엇이냐?"

"웅입니다. 마웅입니다."

"음! 웅이라……. 그런데 넌 진충민과 어떤 인연이었더냐?"

망태노인의 말에 마웅의 고개가 휙 돌아갔다.

"저의 사부님을 아십니까?"

"사부라? 으음─! 역시 짐작대로… 그랬었군. 인석아, 아니까 너를 데리고 왔겠지."

"저의 사부님을 어찌 아십니까?"

의아한 마웅의 물음에 망태노인은 딴소리였다.

"뒤를 밟히는지도 모를 만치 넋을 빼놓고 다니면 너뿐만 아니라 여러 사람이 너로 인해 죽을 수도 있어."

마웅의 두 눈이 커졌다.

"뒤를 밟혔다니요?"

"너의 사부 진충민이 참수된 후 줄곧 혈랑자들이 너의 뒤를 미행했었다. 또 혈랑자 뒤를 무림맹 쪽 애들이 따라붙었고. 전부 너를 끄나풀 삼아 너의 사부와 연관된 조직과 그 산하 조직원들을 캐내려고 했지."

망태노인의 말에 마웅은 모닥불을 보며 피식거렸다,

"그래봤자 저는 아는 것이 하나도 없는데요."

대수롭지 않게 말하는 마웅의 태도에 망태노인은 마웅을 힐끗 흘겨보며 빈정거렸다.

"이놈아, 캐낼 게 없다는 것을 알아차린 그 순간 넌 죽어."

망태노인의 가시 돋친 말에 마웅은 마른침을 꿀꺽 삼켰다. 그리곤 뚱한 소리로 물었다.

"근데 할아버지는 누구세요? 저의 사부님과는 어떤 사이세요? 혹시……."

"혹시 뭐?"

"칠철각……?"

마웅이 은근히 불안해하며 말끝을 흐려놓자 망태노인은 입가에 빙그레 웃음을 지어 보였다.

"너의 사부가 칠철각에 대해 이야기를 해주더냐?"

마웅은 무슨 억울한 일이라도 당한 듯 손사래부터 쳐 보였다.

"아뇨! 아뇨! 사부님에 대해선 본명조차도 몰랐는데요."

그래놓곤 조심스럽게 물었다.

"저 할아버지, 우선 저에게 어떤 분이신지 먼저 말씀해 주시면… 제가 처신을 하기가……."

"나? 글쎄? 내가 누굴까?"

망태노인은 손자 놀리듯 장난스럽게 반문했다. 그 반문에 마웅은 얼굴을 슬쩍 내밀며 재차 물었다.

"누구신데요?"

"나? 칠철각의 제삼각주(第三閣主)!"

"……."

마웅이 무덤덤하게 받아들이자 오히려 제삼각주라고 밝힌 망태노인의 얼굴이 민망스럽게 구겨졌다.

"어라? 이 녀석 좀 보게? 놀라지도 않네?"

"놀라야 되나요?"

"쿨럭—!"

태연자약한 마웅의 태도에 망태노인은 목에 사레가 들린 듯

기침을 토해내다가 숨을 차분히 고르더니 말없이 모닥불을 바라보았다.

"그래, 세월이 많이 지났으니 너처럼 어린애들은 모르겠지."

"어? 저 어린애 아닌데요?"

마웅의 볼멘소리가 입에서 떨어지기가 무섭게 망태노인의 손이 움직였다. 마웅은 보았다. 망태노인의 손이 옆에 놓인 부지깽이를 움켜잡고 자신을 향해 뻗어내는 것을.

그런데도,

딱—!

마웅의 몸보다, 마음보다 부지깽이가 더 빨랐다. 마웅은 눈을 빤히 뜨고 망태노인이 휘두른 부지깽이에 정수리를 내어주었다. 눈물이 찔끔 나온 마웅은 두 손으로 머리를 감싸고 우는 소리부터 했다.

상대가 할아버지이니 없던 어리광도…….

"이씨! 하, 할아버지?"

"이씨?"

각오하고, 준비했는데도 여지없이 망태노인의 부지깽이에 또 어깨를 내주었다.

딱—!

고통은 그다지 없었지만 꼼짝없이 어깨를 내어줬다는 사실에 마웅은 당혹스러웠다. 팔황무영신법을 나름 익혔다는 마웅으로서는 의아하지 않을 수가 없었다.

"제가 왜 못 피했죠?"

"인석아, 그걸 왜 내게 묻누?"

마웅은 입을 삐죽거리며 망태노인에게서 시선을 거둬들였다. 망태노인은 시큰둥한 표정으로 앉아 있는 마웅을 잠시 살피다가 다시 모닥불 속에 시선을 던져 넣었다.

"네가 눈으로 보고 마음으로 느껴 움직였을 때엔 이미 늦었다. 피할 수 있을 거라 확신했지만, 이미 너의 머리와 어깨엔 나의 부지깽이가 닿아 있었다. 처음 네 눈이 나의 움직임을 보았을 때부터 이미……."

"늦었군요?"

"그렇지."

"그럼 어떻게 피하죠?"

"내 마음이 움직였을 때 너의 마음도 동시에 움직여야지."

"예— 에? 제가 어떻게 할아버지의 마음을 미리 알 수가 있겠습니까? 말도 안 돼요."

마웅은 그게 무슨 돼도 않은 이야기냐며 모닥불 가에 삐져나온 자그마한 나뭇조각을 집어 그것으로 애먼 땅을 찜쩍였다.

"에이, 할아버지! 세상에 그런 게 어디에 있어요?"

그렇게 또 한 번 구시렁거리던 마웅의 손목이 옆으로 휙 꺾이는 순간,

탁—!

망태노인의 부지깽이가 뒤틀리는 마웅의 손목을 때렸다. 몰래 뿌리려던 나뭇조각은 마웅의 손에서 맥없이 빠져나와 바닥

에 떨어졌다. 이어지는 마웅의 탄성.

"와! 정말 그런 게 있네요? 어떻게 알았어요?"

망태노인은 부지깽이를 물리며 딴소리였다.

"너의 사부가 다른 이야기는 해주지 않더냐?"

참수당하여 죽은 사부 이야기에 마웅은 가만히 두 무릎을 세우고 그 속에 머리를 파묻었다.

"…예."

망태노인은 풀이 죽어 있는 마웅을 잠시 흘겨보더니 입가에 미소를 물었다.

"인석아, 인간사가 회자정리(會者定離)다. 만남이 있으면 반드시 이별도 있는 법. 그리고 또 거자필반(去者必反)이다. 만약에 너의 등 뒤에 너의 사부의 혼령이 서 있다면 네 꼴을 보고 뭐라고 할 것 같으냐?"

망태노인의 말에 마웅은 파묻었던 얼굴을 슬며시 들어 올려 뚱한 소리를 내놓았다.

"왜 청승을 떠느냐며 제 뒤통수를 후려갈겼겠죠."

"그래, 그 마음 알면 된 게야."

"저… 이제 어떡하죠?"

"글쎄다."

"할아버지를 무엇이라 부를까요?"

"사백(師伯)이라고……."

마웅은 망태노인의 말을 자르며 끼어들었다.

"인생사는 회자정리이며 거자필반이라면서요?"

망태사백은 의아한 얼굴로 되물었다.

"그런데?"

"사부님과 회자정리한 제자에게 사부님이 되어주시는 것이 거자필반에 합당하지 않을까요?"

마웅의 당돌하고도 엉뚱한 말에 망태사백은 잠시 할 말마저 잃고 멀뚱하게 마웅을 잠시 쳐다보다가 너털웃음을 짓고 말았다.

"허허허, 인석아! 사백더러 사부가 되어달라니? 세상에 무슨 그런 개족보가 다 있더냐? 그리고 나에겐 이미 제자가 있느니라. 아주 똘똘한 놈이지."

망태사백은 '똘똘한 놈'이란 부분을 특히 강조하여 마웅의 마음을 긁어놓았다. 마웅은 아쉬운 입맛을 다시며 구시렁댔다.

"저도 알고 보면 꽤 똘똘한 놈인데……."

"이놈아, 똘똘한 놈 다 죽었다, 네놈이 똘똘하게."

마웅은 망태사백의 면박에 불만이 한가득 들어찬 얼굴을 타오르는 불빛 쪽으로 돌려 버렸다. 그리곤 들으라는 듯이 쩝쩝 입맛을 다셨다. 망태사백은 모닥불의 온기 속으로 한숨을 길게 불어넣었다.

"후우! 막내에게 어디까지 배웠느냐?"

"예?"

"네 사부에게서 무엇을 배우고 익혔느냐 말이다, 이 어리벙벙한 녀석아!"

"팔황무영신법요."

"또?"

"그것뿐인데요."

"뭣이? 그것뿐이야? 할 줄 아는 게 고작 신법뿐인 게야?"

마웅은 망태사백을 향해 되레 원망의 시선을 던졌다.

"예! 왜요?"

뚱한 마웅의 대답에 망태사백의 손이 놓아둔 부지깽이 쪽으로 움직였고, 그와 동시에 마웅의 몸은 여차하면 튀어오를 듯 경계를 했다. 예상대로 부지깽이가 뻗어 나왔다. 마웅은 망태사백의 마음을 미리 읽은 것이다. 마웅의 몸은 앉은 채 획 상체를 젖혔고, 부지깽이는 젖힌 상체를 비켜나 날아갔다.

획─!

빗나간 부지깽이는 망태사백의 손아귀에서 빠져나와 곧장 멀리 날아가 떨어졌다. 이어,

"주워와."

피했다는 승리감에 잠시 즐거웠던 마웅의 얼굴이 똥 밟은 듯 구겨졌다.

"예?"

"주워 오래도!"

마웅은 뒤틀린 표정으로 일어나 저만치 날아간 부지깽이를 주워서 돌아왔다.

"여기요."

망태사백은 부지깽이를 건네받자마자 그것을 마웅을 향해

다시 내뻗었다. 마웅의 몸이 다시 뒤로 획 접히며 부지깽이를 피했고, 여지없이 부지깽이는 저 멀리 날아갔다.

"주워와."

마웅의 얼굴이 또 한 번 구겨졌다.

"제가 강아지입니까, 던진 부지깽이나 물어오게?"

그렇게 투덜거린 마웅은 저만치 떨어진 부지깽이를 다시 주워 망태사백에게 내밀었다.

다시,

획―!

마웅은 젖힌 머리가 땅에 닿을 만큼 허리를 뒤로 심하게 꺾으며 부지깽이를 낚아채려 손을 내뻗었다. 뻗어낸 마웅의 손아귀엔 바람만이 잡히고,

탁―!

활대처럼 접힌 마웅의 옆구리를 부지깽이로 모질게 때리는 망태사백.

마웅의 몸은 접힌 그대로 밑으로 털썩 내려앉아 버렸다.

쿵―!

마웅은 등이 땅바닥에 닿자마자 등을 튕겨 몸을 일으켜 세웠다. 마웅이 무어라 불만을 토해내려 입을 벌리는 순간, 또다시 망태사백의 손에서 부지깽이가 날아들었다.

"흡―!"

무어라 불평을 늘어놓으려던 마웅의 입이 급히 닫히며 신형이 비스듬하게 뒤틀리며 날아올랐다.

파—드—덕!

마웅의 신형은 매가 잡새를 낚아채듯 날아가는 부지깽이를 낚아채곤 바닥에 사뿐히 착지했다.

대견해하는 망태사백의 목소리.

"잘하네."

망태사백의 얼굴 표정은 말과는 달리 떫은 감이라도 베어 문 사람처럼 시답잖아했다. 마웅은 낚아챈 부지깽이를 보란 듯이 입에 물고 오더니 그것을 툭 내뱉어 망태사백이 보는 앞에서 댕강 부러뜨리곤 모닥불 속에 던져 넣어버렸다.

불경스런 마웅의 태도에 당연히 언짢아해야 할 망태사백의 음성은 의외로 만족스러워했다.

"어린놈의 성깔이 그만하면 됐고."

"......"

"다만, 네 사형의 성질머리가 좀 그래서 걱정이구나."

심드렁한 표정이던 마웅의 귓속으로 망태사백의 소리는 묘하게 받아들여졌다.

"사, 사형이라시면?"

"그래, 그 녀석이 좀 모진 구석이 있느니라."

마웅은 급히 허리를 틀며 넙죽 절을 했다. 머리를 조아린 마웅의 달뜬 콧김에 땅바닥의 흙먼지가 확 피어올랐다.

흙냄새가 참으로 좋았다.

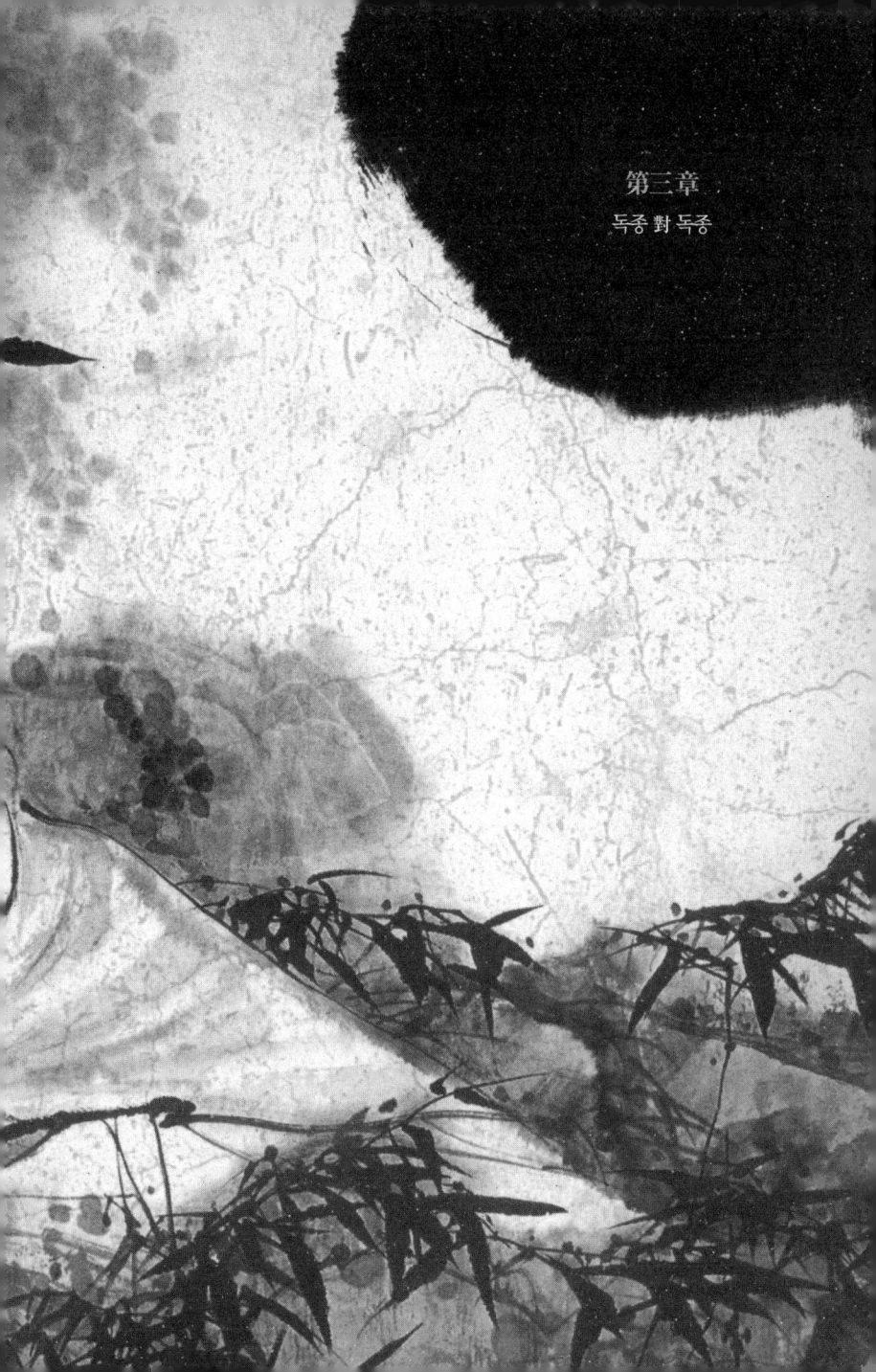

第三章
독종 對 독종

江湖苦行記
강호고행기

융중산(隆中山)에서 십 리(里) 정도 외떨어져 있는 암천봉(巖
泉峰). 홀로 높은 산은 음험하게 깊고 가팔라 산사람이나 찾아
와 입에 풀칠이나 하지 일반인들의 접근은 거의 없다시피 했
다. 더군다나 때가 초겨울이니…….

겨울바람에 휘말린 는개는 운무가 되어 산허리를 휘감았다.
정상 바로 아래에, 발을 내딛기도 험상한 절벽 길을 걷는 일노
일소의 걸음은 마냥 더디기만 했다.

칠철각 제삼각주이자 네 번째 사부가 된 귀권신령(鬼拳神靈)
하복회를 따라나선 마웅.

마웅은 망태사부의 뒤통수를 우거지상으로 노려보며 투덜
거렸다.

"아직 멀었어요? 조금만 더 올라가면 된다면서요?"

"괜한 입 놀리지 말고 발밑이나 조심해라. 낙상하면 바로 천 리 지옥길이다."

"사부님, 무슨 신선놀음한다고 하필이면 이렇게 험한 곳에 다가…산 좋고 물 맑은 곳도 많잖아요."

"아무렴. 많지."

"에이! 그걸 아시는 분이?"

"그런 곳엔 인분도 많느니라. 안 그렇더냐?"

지당한 망태사부의 말에 마웅은 고분고분 대답해야 했다.

"…예."

힘들고 풀이 죽은 목소리로 마웅이 대답을 하자 망태사부는 몸을 돌려세웠다. 그리곤 까마득한 산 아래를 손가락으로 가리켰다.

"웅아, 보거라."

마웅이 뒤돌아서 망태사부가 가리키는 산 아래를 내려다보았다. 천 길 낭떠러지. 보는 것만으로도 어느 한구석이 찌릿했다.

"참 높이도 올라왔네요."

"다시 내려갈 테냐? 그러고 싶으냐?"

망태사부의 말에 마웅은 투덜거리던 표정을 얼굴에서 지우곤 그게 무슨 섭섭하고도 말도 안 되는 소리냐며 고개를 절레절레 흔들었다.

"기껏 올라와서 왜 다시 내려가요?"

"웅아, 무인의 길이란 게 그런 것이야. 포기하고 내려가기 시작하면 그것으로 끝인 게야. 알았느냐?"

망태사부는 사뭇 의미 있는 말을 어린 제자에게 던지곤 스스로가 그 의미심장한 말이 대단하게 생각이 들었던지 양 입꼬리까지 아래로 쭉 내리며 몸을 돌려 세웠다.

망태사부가 다시 가파른 절벽 길을 오르자 충분히 말귀를 알아들었음에도 마웅은 깐죽거리듯 입을 놀렸다.

"그럼 평생 안 내려갈 겁니까? 에잇! 설마 그런 뜻으로 하신 말씀은 아니시겠죠?"

"닥쳐라, 이놈아! 그런 뜻이었다. 막내에게 배운 게 기껏 나불나불 주둥아리더냐? 막내의 제자 놈이라고 할 때부터 내 진즉에 알아봤다!"

"이젠 사부님의 제자인뎁쇼."

마웅의 되받는 말에 또 한 번 호통이 터질 줄 알았던 망태사부의 입에서 의외로 너털웃음과 함께 묘한 소리가 새어 나왔다.

"허허허ㅡ! 에고, 불쌍한 놈. 한 치 앞의 운명도 모르고…… 쯧쯧!"

망태사부가 혀를 차자 마웅은 은근히 불안해졌다.

"왜요?"

"흐흐흐! 아무것도 아니다."

망태사부의 음음한 웃음소리의 의미를 그때까지만 해도 몰랐다. 사형이란 자를 만나기 전까지는.

"일어서!"

일어서라니 일어섰다.

가슴팍에 처박히는 발길질. 기껏 일어서라고 해놓곤 또 걷어차서 자빠뜨렸다. 그래도 할 말은 없었다. 나이가 열두 살이나 많은 사형이니 찍소리 못하고 다시 일어섰다. 단지 나이가 많은 것에 억눌려서만은 아니었다.

살기(殺氣).

죽일 것 같은 게 아니라 정말 죽이려 들었다.

사형의 발바닥이 다시 가슴팍을 향해 날아왔다.

피하면 더 맞았다. 그래봤다. 두어 장도 못 달아나서 옹차게 쥐어 터졌다. 팔황무영신법을 펼쳐 도망갈 힘이 있다면 차라리 그 힘으로 일어서야 했다.

이유? 단지 자신의 눈을 똑바로 봤다는 이유뿐이었다.

혹자는 그랬다. 상대의 눈을 똑바로 보며 말하는 사람이 진실하다고. 진실? 개뿔.

망태사부는 사형을 조용히 불러 한 식경을 쑥덕거리곤 횅하니 산을 내려갔다. 그렇게 바로 내려갈 사람이 무인의 길이란 것이 어쩌고저쩌고…….

얼마나 쳐 맞았는지 일어서다가 제풀에 꼬꾸라졌다. 꼬꾸라져 일어서려는 놈의 등짝을 발뒤꿈치로 내리찍는 경우는 또 뭐람? 그래놓곤 으르렁거렸다.

"일어서!"

더 이상 일어설 수가 없었다. 일어서다가 맞아 죽는 것과 그 냥 이대로 죽는 것 두 가지 중에 하나를 선택해야 했다. 죽는 것은 매한가지인데 귀찮게 왜 일어서?

"일어서!"

그냥 죽자는 다짐은 온데간데없이 사라지고 마웅은 두 팔을 부르르 떨며 또 일어서려 했다.

그러지 말았어야 했다.

파악!

안면이 발등에 걷어차이는 순간 의식을 놓아버렸다.

무딘 칼은 벼린다.

불구덩이에 달궈 두드리고 갈아낸다.

알고 있다.

바들바들 떨리는 한기에 정신을 차렸다.

밤이었다.

보이는 것이라곤 어둠뿐이었고, 들리는 것이라곤 부엉이의 을씨년스런 울음소리뿐이었다.

달빛 한 점 없는 어둠 속에서 일어서려 용을 썼다. 검붉은 피멍울이 터진 입술에서 저절로 욕지거리가 새어 나왔다.

"시바!"

기다렸다는 듯이,

퐉—!

정말 독한 인간. 머리맡에서 아직도 버티고 있었다니…….

의식을 되찾자마자 겨우 찾아놓은 그 의식을 다시 내려놓아야
했다.

"쿨럭─! 쿨럭─!"
터져 나온 기침에 실눈을 떴다.
입 밖으로 뿜어져 마당에 뿌려진 각혈은 아침 햇살을 받아
하얀 눈밭위에 핀 꽃처럼 선명했다.
비칠비칠 일어서는 몸이 천근만근 무거웠다.
그 무게가 무언인지는 힘겹게 일어선 후에야 알았다.
등에서 우르르 떨어지는 몇 겹의 거적때기.
'이런 젠장! 송장이라도 치렀나? 웬 거적이람?'
비틀거리며 일어나 언짢은 속내로 구시렁거리던 마웅의 눈
속으로 피워놓았던 화톳불의 흔적이 보였다.
그제야 얼어 죽지 말라고 불을 피워놓고 몇 겹의 거적을 덮
어주었다는 사실을 깨달았다.
'젠장, 병 주고 약 주네.'
그마저도 못마땅하게 여기고 있을 때, 돌연 사형의 목소리
가 귀청을 때렸다.
"밥 먹어라!"
마웅은 사형의 목소리에 고개를 번쩍 들어 올렸다. 작은 통
나무집 안에서 긴 나무젓가락으로 입속으로 밥을 밀어놓고 있
는 사형의 모습. 망설였다.
그렇게 맞고도 망설이지 않는다면 아예 뇌가 없는 거다.

"빨리 안 올라오면 밥 없다."

마웅은 그 소리에 뇌를 없애고 내달려갔다.

방 안으로 달려 들어가 의자에 앉자마자 밥그릇부터 챙겨 들었다.

뜨거운 밥이었다. 젓가락을 들고 입 안 한가득 밥을 밀어 넣곤 반찬을 집으려 젓가락을 뻗었다. 한두 점 반찬을 남겨줄 만도 한데 깨끗하게 비워진 나무 접시들.

몹쓸 놈의 사형이 깨끗하게 밥그릇을 비우고 젓가락을 식탁 위에 내려놓았다.

딱!

"그러게 일찍 일어났어야지? 첫날이니 봐주는 거야. 다음부턴 밥도 없다. 알았냐? 아니지. 앞으론 사제가 밥을 준비해야지? 안 그래?"

"……."

마웅은 입 안 한가득 밥을 문 채 가만히 있었다.

"안 그래?"

재차 묻는 사형의 차가운 목소리에 마웅은 아차 싶어 밥을 입에 미어터져라 넣은 채 고개를 부러져라 끄덕였다.

벼리고 벼리어야 할 사나이 인생, 그렇게 다시 시작되었다.

꽁지머리.

뒷머리를 가죽 끈으로 깡총하게 동여매고 있었다.

아직 덜 자란 마웅보다 한 뼘 정도 큰 키였다.

짙은 눈썹의 끝은 관자놀이 위쪽으로 자연스레 치켜 올라가 있었고, 부리부리한 두 눈과 날카롭게 솟은 콧날은 몹시 강단 있게 보였으며, 거무칙칙한 입술은 자주 삐죽삐죽 말려 올라가 다분히 염세적이었다.

그럼에도 전체적인 이목구비와 윤곽이 상당히 굵직한 호남형의 얼굴이었다. 초겨울 찬바람에 벗어젖힌 웃통. 오히려 그 맨 살갗에서 아지랑이 같은 열기가 아련히 내보였다.

잿빛의 무복 바지, 검은 가죽 단화.

그 단화 끝에 마웅의 시선이 머물렀다.

사형 이훈직의 목소리는 의미와는 상관없이 늘 냉랭했다.

"좋은 아침이다."

"……."

처지가 처지인 만큼 동의할 수가 없었다. 얼떨결에 침묵으로 그 뜻을 전했고, 그 뜻은 바로 왜곡되었다.

"사람 말이 말 같잖아?"

"……!"

여기서 대답하면 더 이상해진다. 그러니 침묵은 또 이어질 수밖에. 어차피 무언가 꼬투리를 잡으려는 사형이었고, 마웅은 그 꼬투리를 어떤 식으로든 사형에게 내줘야 할 입장이다.

그래서 인간사란 불공평하고 피곤한 게다.

"이런 꼴통 새끼, 결국 좋다가 말 아침이구나?"

사형 이훈직이 슬금슬금 다가오자 마웅은 경직된 얼굴을 급히 펴며 웃어야 했다. 웃는 얼굴엔 침도 안 뱉는 법이거

늘……. 꼭 다 그런 건 아니었다.

팍―!

사형의 발끝이 설핏 허리를 뒤로 젖혀놓은 마웅의 시선 앞으로 휙 지나갔다. 마웅은 뒷걸음질질 종종 치며 넉살을 떨어 보았다. 그 넉살은 이 악물고 맞싸울 수 없는 마웅이가 할 수 있는 최선의 방어였다. 결과가 어떻든 그렇게 생각했다.

"사형, 동갑끼리 왜 이러십니까?"

연타로 이어질 듯하던 사형의 발이 멈칫 섰다. 사형의 한쪽 입꼬리가 버릇처럼 비리게 말려 올라갔다.

"뭐? 동갑?"

"따… 동갑."

"그것도 농이라고 하냐? 그 유치한 말장난이 넌 재미있냐?"

사형의 검미가 사뭇 심상찮게 일그러진 상황이라면 그의 뜻을 따라야 한다. 이미 늦었다는 것쯤은 안다. 그래도 한 번쯤의 이죽거림은 있어야 체면이 선다.

"사형, 좋은 아침입니다."

마웅의 말에 이훈직은 피식했다.

"될 뻔은 했지."

"아직 안 늦었습니다."

"말대꾸하면 더 맞는다."

"대답 안 하면 또 뭐라고 하실……."

마웅의 애살스런 말은 끝을 맺지 못했다. 사형 이훈직의 신형이 잔영이 보일 만큼 빠르게 치고 들어왔다. 마웅은 팔황무영신법 중 허허삼십육법에 목숨을 걸었다.

열 번의 공격 중 일고여덟은 피하지 못하고 꼭 얻어터졌다. 그렇게 가혹한 시간은 흘렀고, 그 시간이 횟수를 세 번에서 한 번으로 줄여놓았다. 그렇게 되기까지 걸린 시간이 오전나절이었다.

스스로가 생각해도 대단한 발전이었다.

넘어질 듯 물러난 마웅은 헉헉 숨을 몰아쉬며 사형을 향해 급히 장심을 들어 올려 보였다.

"사형, 좋은 아침은 이미 끝났습니다. 벌써 정오라고요!"

달려들던 이훈직의 몸이 멈춰 섰다. 그리곤 정수리 위에 걸린 겨울 태양을 힐끔 노려보더니 뒤돌아서서 물독으로 걸어가 바가지로 물을 퍼내어 벌컥벌컥 들이켰다.

물을 양껏 마신 이훈직은 마웅을 향해 손을 까닥여 보였다. 탈진해 버린 마웅이 비실비실 걸어갔고, 다가온 마웅을 향해 한 바가지 가득 떠서 불쑥 내미는 물.

도로 뺏길세라 바가지를 받아 물을 벌컥벌컥 들이켜는 마웅을 힐끔 흘겨보던 이훈직이 뜬금없이 물었다.

"어때?"

"살기화목(殺氣和睦)하니 진전이 훨씬 더 빠른데요."

마웅의 돼먹지 못한 장난스런 말에 이훈직이 고개를 주억거렸다.

"오후엔 열 번 중에 한 번으로 줄여본다. 그것도 못해내면 포기하고 하산해라. 아니면 더 추워지기 전에 땅이라도 미리 파두든지.”

통나무집으로 들어가는 이훈직의 뒷모습을 보며 마웅은 길게 날숨을 뿜어냈다. 열 번에 일고여덟을 얻어맞던 것을 세 번에 한 번 꼴로 줄였으니 오후엔 충분히 더 줄일 수 있겠다 싶었다. 하지만 오후에 접어들면서 마웅은 당혹스러워졌다.

이훈직의 공격은 오전의 것과는 많이 달랐다.

배가된 속도와 강도.

마웅은 처음으로 되돌아갔다. 열 번의 공격에 피할 수 있었던 것은 고작 한두 번뿐이었다.

땅거미가 짙어질 무렵, 마웅은 쓰러진 몸을 더 이상 일으켜 세우지 못했다. 땅바닥에 얼굴을 처박은 채 가쁜 숨을 몰아쉬는 마웅의 시선 속에 사형의 발길이 다가와 서더니 무언가를 툭 떨어뜨렸다.

흙이 잔뜩 묻어 있는 곡괭이 한 자루, 그리고 그 곡괭이와 함께 떨어진 차가운 음성.

“하산을 하든지 땅을 파든지.”

마웅은 그것이 장난삼아 이죽거리는 말이 아니란 걸 안다. 사형 이훈직은 돌아서서 통나무집 안으로 들어가 버렸다. 패배감보다 더 지독한 것은 당장 일어설 수 없다는 무력감이었다.

정신만으론 어찌할 수 없는 한계에서 마냥 쓰러져 있었다.

고소한 밥 냄새가 콧속으로 스며들 때까지 마웅은 영영 못 일어설 사람처럼 쓰러져 있었다.

앓듯 날숨을 내뱉고 훅 피어오르는 흙먼지에 독기를 넣어 들숨으로 삼킨 후 주린 욕망을 빌미 삼아 마웅은 곡괭이를 짚고 일어섰다.

비틀비틀 일어난 마웅은 젓가락을 바삐 놀리고 있는 사형을 멀거니 쳐다보다가 뒤돌아섰다. 그리곤 마당 언저리로 비칠비칠 걸어가 곡괭이를 땅바닥에 내리쩍었다. 내리쩍는 곡괭이의 힘에 이끌려 꼬꾸라지기를 수십 번.

흙과 땀이 온몸에 엉겨붙어 진창에라도 구르다가 나온 꼴이었다. 얼마나 시간이 흘렀는지 알 수 없었다.

푸르스름한 달빛이 파놓은 구덩이 속에 한가득할 즈음, 마웅은 자신이 파놓은 구덩이 속에서 기어 나와 큰대자로 널브러져 버렸다.

사형 이훈직이 뒷짐을 지고 다가와 섰다.

"다 팠냐?"

마웅의 나직한 대답은 신음 소리와도 같았다.

"…예."

이훈직은 탈진한 몸을 감당 못해 부들부들 경기를 일으키는 마웅을 힐끗 노려보다가 마웅이 파놓은 구덩이 속으로 시선을 던졌다.

컸다. 한 사람이 누울 구덩이가 아니었다. 이훈직은 의아하게 내려다보던 구덩이에서 시선을 꺾어 널브러진 마웅을 노려봤다.

"미련하게 구덩이를 너무 크게 팠구나."

사형의 물음에 마웅의 대답은 금방이라도 숨이 넘어갈 듯 헐떡거렸다.

"사, 사형… 이랑… 같… 이… 누우려… 고요."

"……!"

이훈직의 한쪽 입꼬리가 사납게 말려 올라갔다. 잠시 침묵을 지키고 있던 이훈직의 입가에 쓴 미소가 물리더니 조용하게 열렸다.

"웅아?"

"……."

대답을 해야 할 사제는 대답이 없었고, 그 대답을 기다리던 사형의 얼굴은 조금씩 일그러졌다.

"웅… 아?"

푸르스름한 달빛에 눅눅하게 젖어버린 마웅은 끝내 대답이 없었다. 이훈직의 발끝이 주검처럼 침묵하는 마웅을 향해 돌아섰다.

달포라는 만만찮은 시간은 아주 짧게 지나갔다.

망태사부 하복회는 돌아오자마자 마웅의 몸 상태를 확인하더니 당혹한 얼굴로 이훈직을 방 안으로 급히 불러들이곤 심하게 꾸짖었다.

"어린 사제를 잡을 참이더냐!"

사부의 노여움을 미리 짐작하고 있었다는 듯이 이훈직의 대답은 차분하고 담담했다.

"봄이 오기 전에 마무리를 하기 위해서 좀 무리했습니다."

"이놈아! 조금 무리가 아니지 않으냐! 저래서야 다음해의 봄을 어찌 보겠느냐? 애가 지금 반병신 꼴이잖으냐! 저 상태에서 수라무영권(修羅無影拳)을 어떻게 입문할 수 있다는 말이냐? 수라무영권의 기본이 만허(滿虛) 속의 일쾌(一快)다. 저 아이는 지금 가만히 서 있기도 힘들 만큼 사지가 부들부들 떨리고 있어! 난 네 사제가 학질에라도 걸린 줄 알았다니까!"

사부의 당혹한 걱정에 이훈직은 턱을 들어 올렸다.

"마음이 너무 앞서 몸이 혼란을 겪는 것뿐입니다. 그래서 몸이 감당을 하지 못하고 있습니다. 사부님, 저 상태에서 저놈이 팔황무영신법을 몇 성까지 펼쳐 내는지 아십니까?"

사부는 떨떠름한 소리로 물었다.

"그래, 몇 성(成)까지 성취하였더냐?"

"구성입니다."

큰제자 이훈직의 대답에 하복회의 주름 깊은 얼굴은 어이없어했다.

"뭐라? 구성? 구성까지 이루었다면 너완 동수인데?"

"애초에 사부님의 지시대로 팔황무영신법이 육성까지만 도달하면 권법으로 전환하려 했습니다. 그런데……."

얼굴을 언짢게 구긴 하복회는 제자의 말을 재촉했다.

"그런데?"

"욕심이 났습니다. 곧 십성입니다. 십성이면 대성입니다. 저도 사제도 대성에 이르고 싶어졌습니다."

큰제자의 말에 사부의 음성은 대번 높아졌다.

"이놈아, 구성과 십성은 하늘과 땅 차이야! 인간 신체에 강압된 모든 것들을 초월해야만 해! 분수도 모르고 너무 치닫다간 되레 모든 신근(伸筋)이 일시에 뒤틀려 버려! 내공에만 주화입마가 있는 것이 아니야. 외공에도 주화입마가 있어! 그리고 저 아이는 아직 어려! 아직 덜 자랐단 말이다! 신체의 변화가 극심할 시기에 자칫 과욕을 부리다간 만사가 말짱 도루묵이야!"

이훈직은 사부의 노성에 물러서지 않고 맞섰다.

"사부님, 달리 생각하면 한창 변화가 있을 시기라 더욱 호기입니다. 사제의 몸이 저절로 그것을 받아들이며 하루가 모르게 커가고 있습니다. 사부님, 봄까지만 맡겨주십시오. 자신있습니다. 저도, 사제도 자신이 있습니다."

제자의 당찬 자신감에 하복회의 음성이 다소 누그러졌다.

"설사 가능성이 있다손 치더라도 확률로 봐선 반반이야. 그 반의 확률 속으로 저 아이의 운명을 던져 버릴 테냐?"

"예!"

거침없는 제자의 대답에 사부는 어이없어 웃었다.

"어허! 이런 큰일을 낼 놈!"

"큰일… 내겠습니다."

"……!"

하복회는 잠시 큰제자를 지그시 노려보다가 자리를 털고 일어나 밖으로 나왔다.

하복희는 몹시 불편한 표정으로 마당에 내려서자마자 큰 소리로 마웅을 찾았다.

"웅아—! 이놈, 웅아!"

마웅은 입가에 밥알을 붙인 채 부엌에서 뛰어나왔다. 입 안에도 아직 씹던 밥이 남아 있었는지 대답 소리가 어둔했다.

"…예?"

비실비실 흔들리는 마웅의 몸. 마웅의 부들부들 떨리는 두 손과 두 다리 쪽에 망태사부의 가늘게 치켜뜬 시선이 스쳤다.

"이리 오너라."

망태사부 하복희의 손짓에 마웅은 술에 취한 놈처럼 비칠대며 걸어왔다. 하복희는 대뜸 마웅의 전신을 더듬거리며 살폈다.

혹여 탁한 피가 응혈이 되어 혈류를 막고 있는 곳은 없는지, 뒤틀린 근육이나 어긋난 관절은 없는지 이곳저곳 더듬더듬 주물럭대며 마웅의 전신을 훑던 하복희는 길게 한숨을 토해내며 고개를 갸웃거렸다.

온몸의 근육이 시위처럼 팽팽하게 당겨진 채 꿈틀거렸다. 겉으로 들어난 증상은 그러했고, 내부적으로 잘못된 것이 있다면 탈진 상태가 너무 장기간 지속되어 단전의 기가 깡그리 바닥이 드러난 현상이라고 밖엔 달리 의심되는 부분이 없었다.

오랜만에 사부와 얼굴을 마주 대하는 마웅은 사부의 근심스런 얼굴을 바라보며 코흘리개 아이처럼 헤죽헤죽 웃고 있었

다. 망태사부의 입가에도 어색한 웃음이 스치는 순간,

팟—!

섬전처럼 마웅의 헤죽거리는 얼굴을 향해 뿌려지는 하복회의 주먹.

이어진 정적.

탄지경의 정적은 허공을 친 하복회의 주먹 끝에 머물렀다가 재빨리 사라졌다.

고개를 설핏 옆으로 젖혀 간단하게 사부의 기습을 피해낸 마웅의 얼굴엔 이렇다 할 당혹감도 없이 의아한 표정만이 스쳤다.

이어지는 하복회의 주먹과 발길질, 망태사부 하복회의 소맷자락과 바짓단에서 흙먼지가 폭발했다.

파— 파— 팍!

그것뿐.

뒷걸음을 치다가 돌부리에 걸려 금방이라도 뒤로 나자빠질 듯 비틀거리며 물러난 마웅의 신형은 바람에 흔들리며 날아가는 낙엽처럼 가벼우면서도 빨랐다.

하복회의 노안에 이채가 번뜩였다.

마치 소림취권(少林醉拳)이라도 익힌 양, 도가 쪽의 팔선취권(八仙醉拳)을 펼친 양, 개방 비렁뱅이들의 광룡취개보(狂龍醉丐步)라도 시전한 양 마웅은 그렇게 비칠대는 몸짓으로 하복회의 수라무영권의 사정거리 밖으로 피해 버렸다.

하복회의 진회색 두 눈동자가 흔들렸다.

불쑥 솟구치는 욕심.

큰제자 놈이 위험을 감수하면서까지 제 사제에게 매달리는 속내가 어렴풋이 이해되었다. 하복회는 뒤따라 나온 이훈직을 향해 고개를 작게 끄덕여 보이곤 다시 산을 내려갔다.

"크흠! 꽃 피고 새 울면 다시 오마."

*   *   *

온 산에 하나둘 꽃이 피자 새들도 꽃을 따라 울었다.

겨우내 얼었던 산이 서서히 기지개를 펴며 싹을 돋아내고 간질간질한 봄의 소리가 또 그렇게 개울물에 녹아내렸다.

두툼한 껍질을 막 벗은 나무 기둥에 달라붙어 앉은 딱따구리 한 마리가 겨우내 숨어 지내던 유충을 찾는지, 아니면 짝을 위해 둥지를 만드는지 열심히 대가리를 흔들어대며 조동아리 짓을 하고 있었다.

따따따따— 닥!

나무를 쪼아대던 딱따구리는 갑자기 수풀을 헤치고 뛰어들어 온 인영에 놀라 갈가리 갈라지는 햇살을 향해 푸드덕 날아올랐다.

검게 변한 각혈의 흔적이 흰 장의(長衣) 앞섶에 한가득 묻어 있었다. 눈에 드러난 외상은 없었으나 거무스름한 얼굴과 쩍쩍 갈라질 만큼 검게 탄 입술이 몸 상태가 심상찮음을 내보였다.

망태사부 하복회였다.

하복회는 잠시 걸음을 멈추곤 산 아래를 내려다보다가 내내 쫓기던 마음을 안정시켰다.

"휴—우! 혈수인장(血手印掌)에 맞고도 여태껏 살아남은 것을 요행으로 알아야지."

그렇게 혼자 구시렁거리던 하복회는 자신의 가슴 앞섶을 손으로 벌리고 턱을 아래로 당겨 그 속을 살폈다.

가슴팍 한복판에 큼지막하게 찍힌 검붉은 손도장.

혈수인 견자강이 혈수인장으로 치고 들어올 때, 하복회가 동패구상으로 마주 발을 내지르지 않았다면 혈수인장을 정통으로 감당할 뻔했다.

혈수인 견자강이 동패구상을 꺼리며 몸을 슬쩍 뺀 덕분에 견자강이 내지른 혈수인장의 위력은 반감되었다.

만약 혈수인장을 정통으로 받아들였다면 오장육부가 이미 뭉그러져 이 시간 이 자리에 하복회라는 존재는 없었을 것이다.

'암합회의 부회주와 맞닥뜨릴 줄이야.'

자신의 상한 꼴을 잠시 걱정하며 주위를 둘러보던 하복회는 이 모양으로 제자들 앞에 나서기가 민망할 것 같아 씁쓰레해진 입맛을 쩝쩝 다시며 나무 아래에 잠시 퍼질러 앉았다.

무인으로 태어났고, 무인으로 한평생 살면서 온갖 풍파 다 겪은 터인데, 이젠 나이 탓인지 상한 모습을 제자들에게 보이기가 면구스러워졌다.

"에휴! 고희(古稀)를 바라보면 이제 퇴물 소리를 들을 만도 한 나이지. 이 녀석들이 내상의 흔적을 보면 무슨 일이냐며 달려들 텐데… 이걸 어쩌지? 검게 배인 핏물은 빨아도 쉽게 씻기지 않을 테고……. 어허, 이거 참."

하복회가 그렇게 제자들과의 대면을 걱정하고 있을 때, 무엇을 보았는지 두 눈에서 엷은 광채가 번뜩였다.

저만치 수풀 밖으로 대가리를 내미는 암사슴 한 마리.

'옳거니, 그래! 저놈을 잡아서 배를 가른 후 어깨에 짊어지고 가면 내상으로 더러워진 흔적은 지워지겠구나. 그리고 저놈을 통째로 구워 배도 채울 겸. 이런 경우 보고 도랑 치고 가재 잡는다고 하지 않던가.'

하복회는 암사슴을 지그시 노려보며 슬그머니 엉덩짝을 들어 올렸다. 그때 암사슴이 기척에 놀라며 흠칫했다.

신형을 날려 잡기에는 거리가 좀 멀었다.

하복회는 내심 일이 틀어졌다고 생각했다.

그런데 웬걸. 기척에 놀란 암사슴이 자신의 반대편으로 달아나지 않고 되레 자신을 향해 놀란 달음박질로 달려오지 않는가?

'허허허! 궂은일만이 있는 건 아니지!'

하복회는 속으로 쾌재를 부르며 달려오는 암사슴을 향해 신형을 쏘아냈다. 혈수인 견자강에게서 입은 내상과 십여 일 동안 이어진 추격을 따돌리느라 몸 상태가 그다지 좋지는 않았지만 칠철각의 제삼각주라는 명성이 그냥 주어진 건 아니었다.

하복회의 신형이 먹이를 노린 맹호처럼 뛰어오를 때, 암사슴을 향해 바람처럼 날아드는 또 하나의 검은 신형이 있었다.

당황한 하복회는 신형을 급히 틀어 날아든 인영을 향해 두 발을 뻗어냈다.

파— 팟—!

팍—!

두 신형은 전광석화처럼 서로의 신형에 비껴날며 떨어졌다. 그사이 암노루는 급하게 대가리를 다른 방향으로 꺾어놓느라 앞다리가 접혀 땅바닥에 풀썩 처박혔다가 막 일어서는 중이었고, 하복회는 괴한의 일격을 어이없이 가슴팍에 내어주고 땅바닥에 거칠게 떨어졌다.

쿵—!

하복회는 자신과 일수를 나눈 괴한이 용케 이곳까지 따라온 암합회의 무인일 거라 지레짐작을 하며 놀라 벌떡 일어섰다.

겨우 억눌렸던 내상이 괴한의 발길질에 차여 도졌다.

울컥—!

굳게 다문 입술을 비집고 검은 핏물이 새어 나왔고, 얼마나 다급했던지 시야마저 순간적으로 흐릿해졌다.

"누구냐?"

당혹한 하복회의 물음에 들려온 목소리는 몹시 귀에 익었다.

"어, 사부님!"

급히 정신을 가다듬은 하복회는 눈을 가늘게 뜨며 앞을 보았다. 무슨 똥배짱에서인지 일수를 나누었던 적 앞에서 겁도 없이 암사슴의 모가지부터 일단 꺾어놓은 후 뒤늦게 멀뚱한 눈으로 상대를 확인하는 마웅.

마웅의 태도는 방금 일수를 나눈 적(敵)은 아예 안중에도 없다는 태도였다. 상대가 마웅이었다는 사실을 확인한 하복회는 그만 두 다리에 힘이 쭉 빠져나가며 몸이 아래로 내려앉았다.

"아이고, 놀래라, 이놈아!"

정작 더 놀란 사람은 마웅이었다.

자신의 발길질에 가슴팍이 차여 입으로 피까지 게워내며 풀썩 주저앉는 사부를 본 마웅은 비명에 가까운 소리를 내지르며 하복회에게 달려왔다.

"사, 사부님―!"

하복회는 마웅의 부축을 받으며 일어서선 어색한 웃음을 보였다.

"괜찮다. 사슴은 잡았으니… 괜찮다."

"저는 사슴을 쫓다가 대뜸 누군가가 공격을 해오자 놀라서 얼떨결에 그만……. 사부님, 정말 괜찮으세요?"

하복회는 마웅의 근심 어린 눈길이 머문 자신의 입 언저리를 소맷자락으로 쓱 닦으며 입가에 흐른 핏물을 감추려 들었다. 그리곤 이젠 사지가 조금도 떨리지 않는 마웅의 몸을 아래위로 살피며 흐뭇한 웃음을 지어 보였다.

"인석아, 괜찮다니까. 사부를 메다꽂을 만큼 많은 진척이 있었으니 오히려 대견하구나."

"정말 괜찮으세요? 사부님, 아무리 그래도 그렇지, 어찌 그만한 공격에 당하시고……."

의아해하는 마웅의 말에 하복회는 무슨 말을 어떻게 해야할지 몰라 잠시 얼굴을 구기다가 모가지가 뒤틀려 죽은 암사슴 쪽으로 손가락을 뻗어 보였다.

"짊어져라. 오늘은 고기 좀 먹어야겠다."

세 사제지간은 화톳불을 크게 피워놓고 불가에 둘러앉아 있었다. 통째로 구워낸 사슴 고기는 이제 속이 더부룩해 더 이상 먹기가 부담스러워졌음에도 착잡한 마음이 자꾸만 입으로 기름진 고기를 가져가게 만들어놓았다.

방 안에서 등받이 의자를 내어와 앉은 하복회는 두 제자의 얼굴을 찬찬히 바라보다가 허리춤에서 옥패 하나를 꺼내 만지작거리며 예전 없이 쇠퇴한 목소리를 내놓았다.

"훈직아, 아무래도 내가… 내상이 낫게 되더라도 예전같이 몸을 놀리기가 어려울 것 같다. 세월 앞에는 장사가 없느니라. 그러니……."

하복회가 손에 쥐고 있던 옥패를 큰제자 이훈직 앞에 툭 던져 주었다.

이훈직은 사부가 던져 준 옥패를 챙겨 가슴 깊숙한 곳에 갈무리했다. 마웅이 보기엔 자신이 세 번째 사부 잠룡사(潛龍士) 진충민에게서 받았던 그 옥패와 사형이 챙겨 넣은 옥패의 겉모습이 똑같아 보였다. 이훈직이 고개를 푹 꺾었다.

"진즉에 제가 나서야 했는데 이 제자가 워낙 우매하여 사부님을 너무 힘들게 만들었습니다. 내일 아침에 당장 길을 떠나

사문의 한을 풀어내겠습니다."

사부는 등받이 의자에 깊숙하게 몸을 기대며 고개를 주억거렸다. 사부의 시선이 마웅에게로 움직였다.

"네 아우의 성취는 어디까지더냐?"

사부의 물음에 사형이 답했다.

"수라무영권은 사성(四成)을 바라보고 있습니다."

사정을 모르는 사람이 들었으면 두 귀를 의심했을 말인데도 사부 하복회는 만족한 미소만 입가에 물고 고개를 주억거려 보였다.

"곧 사성이면 가르치기도 한결 편하겠구나."

하복회의 시선이 다시 이훈직에게로 향했다.

"하산을 하거든 바로 너의 동문들부터 만나봐라. 너의 하산을 이제나저제나 기다리며 목을 빼고 있다. 모든 것을 네가 책임을 지고 진행시켜 나가야 할 것이야. 올해 아니면 내년, 그도 여의치 않으면 내후년쯤엔 너의 대사백께서 중원으로 돌아오실 것이야. 길어도 삼 년이다. 그때까지만이라도 네가 고생을 해야 한다. 알았느냐?"

"예."

마웅은 사부와 사형 사이에 오가는 이야기를 말없이 듣고 있던 중에 동문이란 말에 한 여자의 얼굴을 떠올렸다. 서희기루를 떠나 소식이 끊어졌던 초혜.

'초혜도 나와 동문일까?'

궁금한 것이 입 밖으로 튀어나왔다.

"저 사부님, 초혜라는 여자를 아십니까?"

"초혜? 네가 초혜를 어찌 아느냐?"

사부가 알고 있으니 동문임은 확실했다.

"제가 서희기루란 곳에서……."

하복회는 마웅의 대답을 끝까지 듣지 않고 기억이 난다는 듯 고개를 끄덕였다.

"음, 그랬었지. 초혜를 서희 밑에 잠시 의탁했었지."

마웅은 사부의 말을 빠르게 받았다.

"초혜는 지금 어디에 있습니까?"

사부의 고개는 마웅의 궁금한 시선에서 비켜섰다. 마웅의 시선을 외면하며 돌아서는 사부의 얼굴에 스치는 묘한 웃음.

"시간이 지나면 자연히 알게 될 일. 지금 알면 바로 그곳으로 달려가게?"

"…아닙니다."

작게 턱을 당겨놓는 마웅을 향해 사형 이훈직이 말을 붙였다.

"왜, 전할 말이라도 있어? 있으면 내가 전해줄게."

사형의 배려에 마웅은 말없이 고개를 저었다.

딱히 할 말은 없었다.

단지 궁금했다.

아침부터 봄비가 내렸다.

괴나리봇짐을 어깨에 둘러메고 하산하는 사형을 절벽 길 아래까지 따라 나가 배웅했다.

사형은 뒤도 돌아보지 않고 말했다.

"그만 올라가거라."

"사형, 길이 미끄럽습니다. 조심해서 내려가세요."

배웅의 인사말은 짧았고, 아쉬움은 길고 깊었다.

늘 독사처럼 자신에게 달려들어 물어뜯던 사형에게서 이렇
듯 묵직한 아쉬움이라니?

마웅은 운무 아래로 사라지는 사형의 뒷모습이 더 이상 보
이지 않을 때까지 발을 떼놓지 못하고 마냥 바라보며 서 있었
다. 그러한 고집스런 마웅의 눈길을 향해 사형은 단 한 번도
뒤를 돌아보지 않았다.

어찌 보면 열일곱 마웅의 삶 중에 사형처럼 지독했던 사람
은 없었다. 잠든 사형의 목덜미를 꼬나보며 어금니를 질끈 물
었던 밤이 몇 밤이었던가.

사형은 사제가 무엇이 되어야 하는지를 알고 있었다. 또 마
웅은 자신이 자신에게서 무엇을 바랐는지도 잘 안다. 사형은
그것을 먼저 읽고 자신을 그곳으로 이끌었을 뿐이다.

그러니 혹독한 세월에 대해 원망은 없다.

마웅은 사형 이훈직을 다섯 번째 사부라 생각했다.

무공을 배우면서 그 무공에 빠져들었다.

글공부를 하며 인간으로서 지켜야 할 도리를 깨우치는 것보
다, 사내로서의 삶에 눈을 뜨는 것이 더욱 경이로웠다.

설령 그것이 칼날 위를 걷는 삶이라 할지라도 그 예리한 칼

날에서 뛰어내리고 싶었던 적은 한 번도 없었다.

세 번째 사부 진충민의 마지막 눈빛과 앙천대소에서 마웅은 남자란 게 무엇인지를 어렴풋이나마 알 수 있었다.

바윗돌보다 무겁고 무쇠보다 강한 심장과, 신념을 위해서 초개처럼 버릴 수 있는 목숨.

사내는 제 목숨보다 더 중한 것이 많아야 한다.

그렇게 생각했고 그렇게 배웠다.

마웅은 그것을 위해 하루하루를 벼리고 버텼다.

"사내대장부가 가슴에 무언가를 품었다면 밖으로 내보여야지! 내보일 수도 없다면 아예 품은 척도 하지 말든지! 이왕 내보일 거면 최고가 되어라, 최고—!"

달빛 아래에서 듣던 아버지의 혼잣말 같았던 당부의 음성.

마웅은 아버지의 목소리를 기억하며 비 내리는 절벽 길에서 몸을 돌려세웠다. 가파르고 협소한 절벽 길은 한 발 내딛기도 아슬아슬할 만치 미끄럽고도 위태위태했다.

마웅은 비 내리는 절벽 길을 되올라갔다.

통나무집 섬돌 위에 등받이 의자를 내어놓고 앉은 망태사부 하복회가 제 사형을 배웅하고 돌아온 마웅에게 물었다.

"허전하냐?"

"아뇨."

그렇게 고개 저으며 아니라고 했지만 마웅의 한쪽 발끝은 애먼 땅을 툭툭 차고 있었다. 그 발끝을 쳐다보던 망태사부의 입에서 나지막한 음성이 이어졌다.

"웅아, 그럼 시작해야지? 쥐 잡듯 잡아대던 사형이 사라졌다고 이제 생판 놀 참이냐?"

마웅은 두 어깨를 한 번 쭉 펴며 마당 한복판에 섰다.

주먹을 내지르고 발을 내뻗어야 하는데 영 어색했다. 머뭇거리는 마웅의 귀청을 때리는 망태사부의 노성.

"이놈! 뭣 하누?"

마웅은 망태사부의 호통에 급히 주먹과 발을 내뻗었다.

파— 팟!

옷깃 파공음을 뒤이은 것은 못마땅해하는 망태사부의 혀 차는 소리였다.

"쯧쯧—!"

마웅은 어깨에서 힘이 빠져나가는 것을 느끼며 뻗어낸 두 주먹을 면구스럽게 거둬들였다. 늘 사형과 생사박을 하듯 연무를 하다가 갑자기 홀로의 몸짓은 어색하지 않을 수가 없었다.

잠시 통나무집 마당엔 바람만이 지나갔다.

갑작스럽게 터지는 망태사부 하복회의 외침.

"옥침(玉枕), 타(打)—!"

마웅의 시선이 의아하게 돌아섰다.

이어지는 망태사부의 노성.

"이놈! 뒤통수를 쳐 맞고도 싱숭생숭한 게야? 눈을 감고 적을 보아라! 운문(雲門), 축각(蹴脚)! 지사(志舍), 타수(打手)!"

마웅은 얼떨결에 허리를 틀어 사부가 외친 혈(穴)을 방어하는 동시에 역공으로 주먹을 뻗으며 발끝으로 가상의 적을 후려 찼다.

파― 파― 팍!

이어지는 사부의 외침.

"이놈! 눈을 감아라! 네놈이 상대해야 할 적이 잡졸이더냐! 천지(天地), 이권(二拳)―! 좌환도(左環跳), 우용조(右龍爪)―!"

마웅이 급히 눈을 감자, 사형 이훈직의 형상이 와락 달려들며 정권으로 자신의 좌측 가슴팍을 연타하는 동시에 왼쪽 다리를 금나수로 잡아챘다. 마웅은 두 눈을 찔끔 감은 채 신형을 가로 눕혀 띄우며 허상을 향해 역공했다.

파― 파― 팍!

순식간에 마웅의 신형 주위로 뽀얀 흙먼지가 휘몰아치며 치솟았고, 망태사부의 음성은 한숨 돌리지도 않고 연이어지며 날카롭게 터졌다.

"…백회(百會), 낙수(落手)―! 우천정(右天井), 좌압족(左壓足)……."

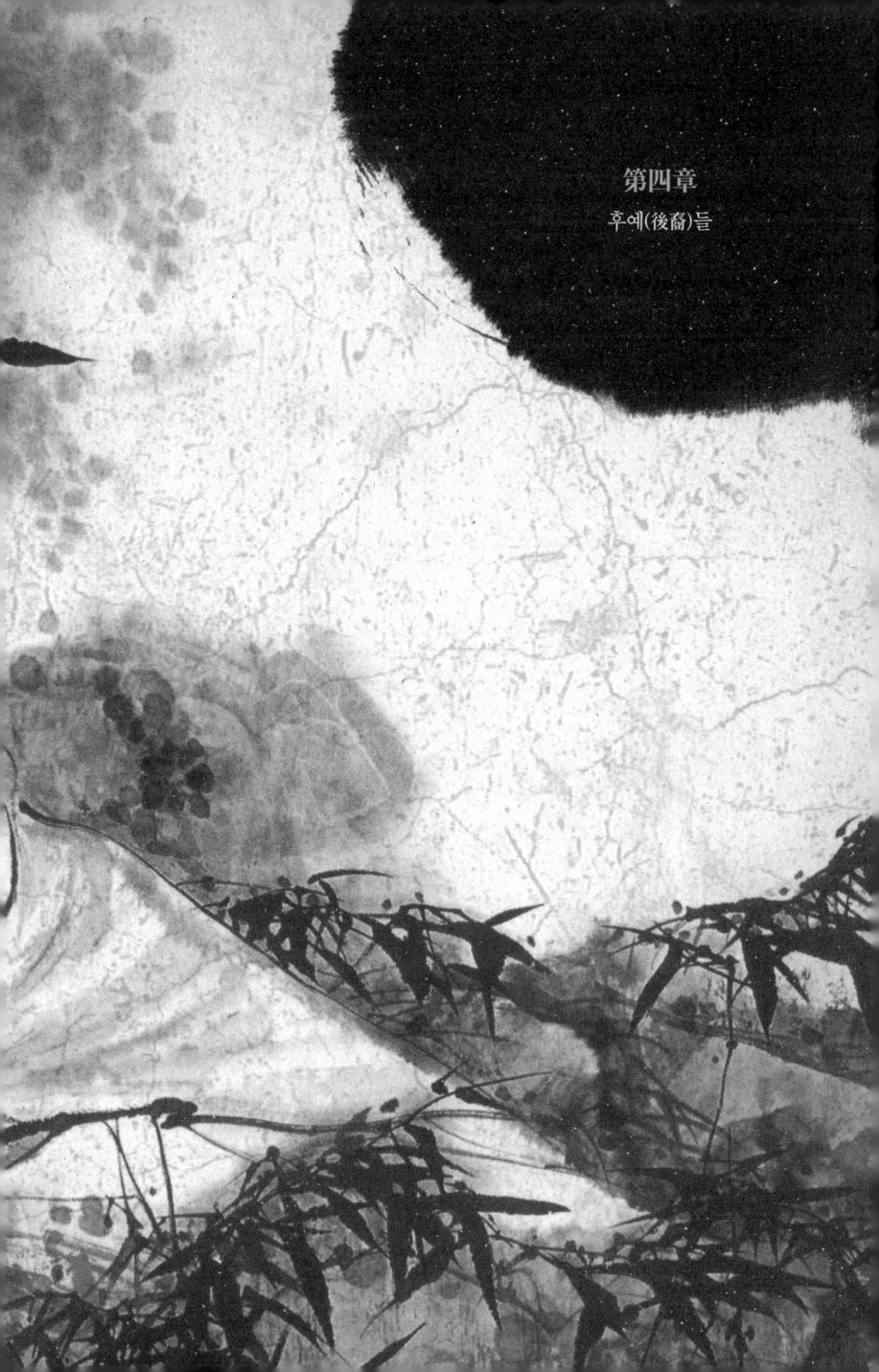

第四章
후예(後裔)들

江湖苦行記
강호 고행기

어슴푸레하던 새벽녘에야 잠시 선선했었지 아침이 되자마자 조금만 운신해도 귀밑머리에 땀이 흐를 만큼 후덥지근해졌다.

　이른 아침부터 솔밭에선 매미들이 빽빽 울어댔고, 길을 나서는 말들의 긴 목덜미에선 배어 나온 땀이 내리쬐는 햇볕에 번들거렸다.

　천송장(天松莊)을 나서 솔밭 길에 접어든 아홉 필 말의 자갈 물린 입가에도 하얀 앙금이 함께 엉켜 있었다.

　청색 도포의 마상 무인은 타고 있는 백마의 갈기만큼이나 흰 수염이 가지런했다. 백마를 탄 무당파의 원로 진각 도인은 솔밭 사이로 쉬엄쉬엄 말을 몰다가 뒤를 힐끔 돌아봤다.

천송장의 대문이 이젠 보이지도 않으니 꽤 벗어났나 보다. 그제야 진각 도인은 긴 도포 소맷자락을 팔오금까지 걷어붙였다.

천송장은 무당산 북쪽에 있는 무당 속가제자의 집안이다. 삼대째 무당파와 속가제자의 연을 맺고 있으니 무당파의 호북 지부라고 불려도 이상할 게 없었고, 또 비아냥거리기 좋아하는 사람들은 더러 그렇게 부르기도 했다.

진각 도인은 천송장의 장주 민동주의 회갑연에 참석하여 이틀을 붙잡혀 지내다가 이제야 무당산으로 귀환하는 중이었다.

무당파의 원로 진각 도인이 대동한 무당파의 젊은 무인의 수는 여덟 명. 소수이긴 하지만 무당파 내에서는 알아주는 후기지수들이었다.

인사치레 삼아 회갑연에 참석한 것이 그만 이틀이나 눌어붙어 있다가 이제야 출행하게 되었으니 빨리 말을 몰아 귀환하여야 함에도 워낙 더운 여름 날씨인지라 그것마저도 여의치가 않았다.

솔밭 길은 시원한 바람 한 갈기 내어주지 않고 답답한 열기만이 가득했다.

두두두두—!

등 뒤쪽에서 들려온 말발굽 소리에 진각 도인의 고개가 돌려졌다. 급하게 말을 몰아 달려오는 젊은이는 언뜻 보기엔 천송장의 가솔로 보였다.

진각 도인이 말고삐를 당겨 말을 세웠다.

뒤따르던 젊은 문도들 중 하나가 뒤에서 달려오는 말을 향해 말머리를 돌려 마주 나아갔다.

"무슨 일이오?"

뒤따라 달려온 꽁지머리를 한 삼십대 초반의 사내가 말을 급히 세우며 소리쳤다.

"장주님의 전갈입니다! 잠시만 기다려 주십시오!"

"간밤에 인사는 드리고 나왔는데… 무슨……?"

무당파의 젊은 문도가 의아하게 묻자 천송장의 꽁지머리 사내가 허리를 접으며 자신이 급하게 뒤따라온 사정을 이야기했다.

"저희 장주께서 장문인을 위해 미리 준비해 두신 게 있사온데 일행 분들이 급하게 떠나시는 바람에 미처 전해드리지 못하였습니다."

"준비해 두신 것이라면……?"

"장문인께 감사의 뜻을 전하려 조촐하게나마 마련해 둔 답례품이 있습니다. 잠시만 말을 돌려 좀 챙겨 가셨으면 하는 장주님의 뜻입니다."

그제야 무슨 뜻인지 알아들은 젊은 문도가 진각 도인을 향해 의향을 묻는 시선을 던졌다. 진각 도인은 그렇잖아도 무언가 빼먹고 온 듯 뒤가 궁금하던 차에 고개를 끄덕거려 보이며 은근슬쩍 물었다.

"짐은 많은가?"

진각 도인의 물음에 천송장의 꽁지머리 사내가 큰 소리로 답을 했다.

"그렇게 많지는 않습니다만… 그래도 두세 분은 되돌아가
셔야 수월할 듯합니다."

늦게 귀환한 후 뒷말이 나오지 않을까 걱정하던 차에 빈손
으로 돌아가느니 뭐라도 들고 가는 편이 낯이 서겠다 싶었던
진각 도인이 젊은 문도들을 향해 가보라는 손짓을 했고, 여덟
명의 젊은 문도 중 세 명의 문도가 천송장의 꽁지머리 사내를
따라 말머리를 돌려 내달려갔다.

남은 진각 도인 일행이 진상품을 싣고 뒤따라올 문도들을
염두에 두고 천천히 말을 몰아 솔밭 길을 나아가고 있을 때,

"아— 악!"

솔숲 깊은 곳에서 비단 자락이 찢어지는 듯한 여인의 비명
소리가 들려왔다.

흠칫 놀란 진각 도인은 뾰족한 여인의 비명 소리가 들려온
솔숲 쪽으로 급히 고개를 돌렸다. 진각 도인의 머리를 언뜻 스
치는 것은 인근의 여인네가 이른 아침부터 흉한에게 무슨 몹
쓸 봉변을 당하고 있지 않나 하는 걱정이었다.

찌푸린 얼굴로 지시를 기다리는 젊은 문도들을 향해 진각
도인이 작게 턱짓을 해 보였다.

두 명의 젊은 문도가 말에서 뛰어내려 비명 소리가 들려온
숲 속으로 민첩하게 들어갔다.

잠시 지루한 여름의 땡볕만이 정수리에 내리쬐었다.

진각 도인은 걷어붙인 도포 소맷자락으로 이마에 송골송골

맺힌 땀을 훔치며 눈살을 조심스럽게 찌푸렸다.

솔숲으로 뛰어들어 간 문도들이 돌아오고도 남아야 할 시간이 흘렀음에도 감감무소식이다. 의아한 진각 도인이 남은 세 명의 문도에게 시선을 주며 막 무어라 의구심을 나타내려 할 때, 숲 속에서 수풀을 헤치며 나오는 인기척이 들려왔다.

작게 안도의 숨을 내쉰 진각 도인은 고개를 돌려 뒤를 돌아봤다. 때를 맞추어 천송장 방향에서도 말발굽 소리가 들려왔다.

이제 모두 합류하여 돌아가는 일만 남았다.

진각 도인은 너무 더운 날씨 탓에 만사가 귀찮아 그렇게 간결한 생각을 했다. 그 간결한 생각에 찬물을 끼얹는 외침.

"웬 놈들이냐!"

그것은 자신을 수행한 젊은 문도의 목소리였다.

진각도인의 시선이 빠르게 돌아갔다.

이남일녀의 무인들.

그중 두 사내의 손에 피 묻은 칼이 늘어뜨려져 있었다.

숲 속에서 나온 피 묻은 칼, 그리고 여인 하나.

진각 도인의 머리를 빠르게 스치고 지나가는 생각.

함정.

더위에 찌들었던 진각 도인의 노안이 빠르게 식었다. 차갑게 식은 노안 속으로 들어오는 세 필의 말과 마상의 무인들.

되돌아온 말들은 자신의 문도들이 탔던 그 말들이 맞는데 마상 위에 앉은 자들은 진상품을 챙기러 갔던 문도들이 아니었다. 그 세 명의 마상무인 중엔 천송장에서 보냈던 그 사내도 끼어 있었다. 그중 자신을 향해 비리게 입꼬리를 말아 올리는 삼십대 초반의 사내. 바로 그 꽁지머리의 사내였다.

당했다.

마상에서 푸른 도포가 펄럭이며 치솟아 올랐고, 이에 놀란 말이 휘청거리며 나댔다.

힝— 이이— 잉—!

"쳐라!"

＊　　　＊　　　＊

형문산(荊門山)과 장강(長江)을 낀 대도시 의창(宜昌).

의창의 외진 한구석을 사람들은 우암골이라 불렀다.

한참을 걸어도 사람의 기척은 들리지 않았다. 적막한 거리를 걷는 스산한 발자국 소리에 한 번쯤 반겨 짖어줄 만한 동네 개의 심심한 목청도 없었다.

온 마을을 휩싸고 있는 퀴퀴한 냄새.

허물어진 돌담들과 폐가로 보이는 허술한 가옥들 속에 버려진 듯한 이층 건물 하나가 구정물이라도 덮어쓴 듯 꾀죄죄한 모습으로 서 있었다.

그곳을 바라보며 건장한 사내가 섰다.

반듯한 사내의 나이는 스무 살 안팎.

금방이라도 떨어질 듯 비딱하게 기운 현판으로 보아 이 이

층 건물은 이 마을이 매음굴로 전락할 때 버려진 주루(酒樓)쯤
으로 짐작되었다.

을씨년스런 야밤이 아닌데도 누군가 갑자기 불쑥 나타나 행
패라도 부릴 듯한 음침한 분위기로 인해 주변은 더욱 어둑해
보였다.

젊은 사내는 삐걱거리는 나무 계단을 밟고 올라서자마자 다
허물어져 가는 주루의 문을 스스럼없이 열어젖혔다.

끼— 이이— 익!

문이 열리자 의외로 소란스런 소리가 젊은 사내의 귓속으로
와락 빨려들어 왔다.

뭐라고 표현 못할 불쾌한 공기, 타락한 냄새, 그리고 지분거
리는 듯한 잡음.

더위에 찌들어 눅눅해진 먼지가 부서지고 떨어져 나간 주루
의 나무 벽면을 통해 들어온 햇살을 타고 은분처럼 부유했다.

희미하게 새어 들어오는 몇 갈기의 햇살이 빛살처럼 내리비
칠 뿐 유등 하나 켜놓지 않은 실내는 어두웠다.

"어머! 이게 뉘시더라?"

얼굴에 누런 분을 떡칠한 여인 하나가 젊은 사내 앞에 불쑥
나타났다. 너덜하게 해어진 속옷 차림으로 나타난 여인을 찬
찬한 눈길로 살피던 젊은 사내의 두 눈이 못 볼 꼴이라도 본 양
심하게 찌그러져 버렸다.

해어진 속옷 사이로 희멀건 살이 부끄러운 줄도 모르고 삐
져나와 있었고, 그 희멀건 살결에 밴 술 냄새와 아무렇게나 내

버려 놓았던 여인의 과거 흔적이 뒤섞여 몹시 역하게 느껴졌다.

매음굴(賣淫窟).

여기저기서 하릴없이 나뒹굴던 술 취한 여인의 몸뚱이들이 낯선 젊은 사내의 존재를 확인하곤 어둡고 구석진 곳에서 하나둘 부스스 일어났다.

"어머! 잘생긴 도련님, 어느 누나가 그리워서 이런 누추한 곳까지 찾아오셨나요?"

눈 주위가 깊은 음영으로 그늘진 중년여인의 얼굴이 불쑥 다가오자 젊은 사내는 급히 목을 뒤로 젖히며 여인의 비린 교태를 피해 버렸다.

벌레 보듯 피하는 젊은 사내의 외면에 중년여인은 놀라거나 불쾌한 기색도 없이 지저분한 암내를 풍기며 속옷을 더욱 흩뜨려 놓았다.

끈적끈적한 중년여인의 손길에 땀 젖은 가슴 앞섶이 젖혀지며 희멀건 젖무덤이 노골적으로 출렁 삐져나왔다.

"동전 다섯 푼이면 뻗친 기운을 쏙 빼드릴 수 있고, 열 푼이면 사지의 뼈마디가 녹녹해지도록 만들어드릴 수도 있어요. 후하게 쳐서 은자 한 냥이면 도련님이 죽이시든 살리시든 마음대로…… 호호호—!"

젊은 사내의 입에서 싸늘한 음성이 짧게 새어 나왔다.

"비켜!"

"어머! 섭섭해라! 벗겨보지도 않고 물리시기에요? 속살은

아직 싱싱하다고요. 이 도련님이 맛도 안 보시고 왜 이러실까?'

중년여인은 젊은 사내가 달아나기라도 할까 봐 양팔을 불쑥 내밀어 덥석 끌어안을 듯 달려들었다.

중년여인의 끈적끈적한 도발에 젊은 사내는 몸을 비켜 세우며 달려든 중년여인의 발을 슬쩍 걸어버렸다.

탓!

중년여인은 심하게 엄살을 떨며 바닥에 나뒹굴었다.

"악—!"

짧은 비명을 지르며 쓰러진 중년여인의 얼굴이 하얗게 변하더니 독기를 잔뜩 품은 안색으로 발딱 일어섰다. 그리곤 젊은 사내를 향해 길게 자란 손톱을 앞세우고 달려들었다.

"이 개새끼가! 사람을 자빠뜨려? 이 상놈의 새끼! 오냐, 그래! 나 오늘 장사 다했다! 죽여라—!"

꼴사납게 퇴짜를 맞았다며 분한 생각을 한 중년여인은 악다구니를 쳐대며 젊은 사내에게 달려들었다. 그때, 이층으로 이어지는 계단에서 컬컬한 사내의 음성이 터져 나왔다.

"뭐야? 왜 이렇게 시끄러워?"

씩씩대며 달려들던 중년여인은 그제야 분한 몸을 멈춰 세우곤 계단 난간 사이로 얼굴을 내미는 대머리 사내를 힐끔 노려보듯 확인했다. 그러더니 무슨 대단한 응원군이라도 만난 듯이 양 허리에 두 손을 떡하니 걸쳐 놓으며 바락바락 악을 써댔다.

"글쎄 저 새끼가 대뜸 사람을 괄시하며 패대기치잖아!"

중년여인의 악다구니에 계단에서 얼굴을 내밀던 사내가 언짢은 소리를 질렀다.

"이년아! 좀 아가리 닥치고 있어봐!"

대머리 사내가 뽀얗게 쌓인 먼지를 발길로 피워내며 계단을 밟고 내려와 젊은 사내를 찬찬히 확인했다. 이맛살을 구기고 한쪽 눈매를 찌그러뜨린 대머리 사내가 젊은 사내를 아래위로 훑어보며 입을 열었다.

"넌 뭐냐?"

"누굴 좀 찾으러 왔는데."

매음굴에서 어깨 노릇하는 오추는 젊은 사내를 향해 찌그러뜨린 눈매를 더욱 위협적으로 실룩거려 보였다.

"누구?"

"사람."

오추의 입가에 비릿한 조소가 물렸다.

"어! 새끼 봐라? 그래, 사람, 누구?"

"삼십대 초반의 남자, 꽁지머리."

"남자? 꽁지머리? 그런 놈 없어! 꺼져!"

뚱한 오추의 말에 젊은 사내는 입꼬리를 삐딱하게 말아 올렸다.

"잘 생각해 봐라."

대머리 사내 오추의 얼굴이 어이없어하며 와락 일그러졌다.

"이런 좆만 한 새끼, 안 꺼져! 하나!"

오추는 셋까지 헤아리고 젊은 사내를 걷어찰 생각이었다.

하지만 셋까지 헤아릴 수가 없었다. 오추의 입이 다시 막 열리는 순간,

"둘!"

파―!

젊은 사내에게 정강이가 전광석화처럼 까인 오추는 두 발이 바닥에서 한 뼘 정도 퉁겨 올랐다가 앞으로 푹 꼬꾸라져 버렸다.

쿵―!

낡은 마룻바닥에 면상을 처박은 오추는 확 피어오른 먼지를 급히 빨아들이며 벌떡 튀어 올랐다.

빡―!

허리를 펴기도 전에 다시 다른 쪽 정강이마저 젊은 사내에게 까인 오추는 연이어 앞으로 폭 꼬꾸라졌다.

또 한 번 더 마룻바닥에 면상을 처박은 오추는 일어설 엄두도 내지 못하고 얼굴만 번쩍 치켜 올렸다.

입술에 잔뜩 묻은 뽀얀 먼지를 지우며 흘러내리는 붉은 코피. 오추의 입에서 울음이 설핏 섞인 욕지거리가 새어 나왔다.

"이― 씨― 바!"

"꽁지머리. 나이는 삼십대 초반."

젊은 사내의 반복되는 물음에 슬금슬금 일어선 오추는 대뜸 허리춤에서 한 뼘 조금 넘는 소도(小刀)를 빼 들었다.

"이 시벌 놈이―! 오늘 한번 죽어볼까?"

서슬 퍼런 칼날을 앞세우고 엄포를 놓은 오추 앞에 젊은 사

내의 목소리는 조용하고 차분했다.

"꽁지머리다. 잘 생각해 봐라."

슉—!

오추는 젊은 사내의 명치를 향해 소도를 뻗어냈다. 매음굴에서 잔뼈가 굵은 오추의 손은 빨랐다. 하지만 그것뿐이었다.

팟—!

소도를 틀어잡고 뻗은 오추의 손목이 젊은 사내의 손아귀에 잡혔다. 명치 앞에서 멈춘 칼끝.

더 이상 배를 향해 내뻗지도, 도로 거둬들이지도 못하는 칼끝은 제 힘에 부쳐 부르르 떨렸다.

젊은 사내의 입에서 다시 차분한 음성이 새어 나왔다.

"꽁지머리. 나이는 삼십대 초반. 여기에 있을 거다. 잘 생각해 봐라."

툭—!

오추의 손아귀에서 맥없이 빠져나온 소도가 바닥에 떨어졌다. 오추는 하얗게 탈색한 얼굴로 고개를 절레절레 흔들어댔다.

"이봐, 난 정말 몰라. 그런 사람 모른다고."

"몰라?"

젊은 사내가 움켜잡았던 오추의 손목을 놓아주었다. 손목이 풀린 오추는 뒤로 넘어질 듯 후다닥 물러나더니 이층 주루 쪽을 힐끔거리며 누군가의 도움을 기다리는 표정이었다.

그때, 이층 주루 쪽에서 굵직한 음성이 계단을 타고 내려왔다.

"친구 분이신 것 같은데, 올려 보내라."

젊은 사내의 발길이 이층으로 올라가는 계단 쪽으로 향했다. 계단 아래에서 엉덩이를 슬그머니 빼고 서 있던 오추가 젊은 사내를 향해 겸연쩍은 웃음을 보이며 괜히 한소리 건넸다.

"오, 올라가 봐."

퍽ㅡ!

"큭ㅡ!"

젊은 사내의 발에 또다시 정강이가 까인 오추의 입에선 짧은 비명이 튀어나왔고 허리는 새우처럼 푹 접혔다.

"모른다며?"

젊은 사내는 푹 꺾인 오추의 뒷머리를 힐끗 흘겨보며 무너져 내려앉을 듯한 나무 계단을 밟고 이층으로 올라갔다.

지저분한 일층에 비해 이층은 제법 그럴싸하게 갖추어져 있었다. 좀 낡아 보이긴 했지만 고급스러워 보이는 탁자며 의자, 가구들이 살림집처럼 깨끗하게 들어앉아 있었다.

한쪽 벽면엔 먹물깨나 먹었을 듯한 문사가 일필휘지로 써갈긴 편액 하나가 걸려 있었고, 그 아래엔 큼지막한 등받이 의자를 갖다 놓고 몸을 깊숙이 눕힌 사십대의 사내가 이층으로 올라온 젊은 사내의 아래위를 훑고 있었다.

등받이 의자에 몸을 눕히듯 앉은 사내의 덩치는 곰처럼 컸다. 하관에 가득 돋아난 밤송이수염.

"소형제, 누굴 찾아왔다고 했지?"

"꽁지머리."

밤송이수염의 사내는 심심한 소리로 중얼거렸다.

"꽁지머리를 한 사내가 어디 한둘이어야 말이지."

그렇게 구시렁거리던 밤송이수염은 젊은 사내를 힐끗 노려
보며 매우 조심스럽게 목소리를 낮추었다.

"혹시… 융중산… 암천봉?"

밤송이사내의 말에 젊은 사내가 고개를 작게 끄덕여 보였
다. 젊은 사내의 고갯짓을 확인한 밤송이사내의 눈동자가 흔
들리더니 말투가 단박에 변해 버렸다.

"어찌 되시는가?"

젊은 사내의 대답은 간결했다.

"사제(師弟)."

젊은 사내의 입에서 말이 떨어지기가 무섭게 등받이 의자에
깊숙하게 뉘었던 밤송이사내의 몸이 놀라 튀어 올랐다. 황망
하게 몸을 일으킨 밤송이사내는 젊은 사내를 향해 대뜸 허리
를 부러져라 접어 보였다.

"아, 안으로 모시겠습니다!"

밤송이사내가 열어준 문은 이층에서 외부로 통하는 비밀 문
이었고, 그 비밀 문을 나서자 바로 외벽 계단이 나왔다.

외벽 계단을 밟으며 내려가자마자 오래된 기와집이 나타났
다. 겉모습으론 대여섯 가구가 모여 사는 평범한 민가처럼 보
였으나 안으로 들어서자 몇몇 무인의 따가운 시선이 그 집안

구석구석에 숨어 있다는 것을 알 수 있었다.

밤송이사내가 젊은 사내를 안내하여 들어간 곳은 사면이 담장 없는 기와집채로만 둘러진 사합원(四合院)의 중앙 마당[中庭]이었다. 그 중앙 마당에 큼지막한 장방형의 나무 식탁이 하나 놓여 있었고, 이십대 중반의 여인이 식탁 위에 자그마한 찻잔을 쭉 늘어놓고 차를 음미하고 있었다.

밤송이사내는 덩치에 어울리지 않게 다소곳한 걸음으로 연붉은 무복을 입고 앉은 여인에게 다가가 깊숙하게 허리를 접어 보였다.

"아가씨, 암천봉에서 사람이 왔습니다."

연붉은 무복의 여인은 밤송이사내의 말에 적잖게 놀라는 기색이었다.

"뭐? 암천봉?"

동그랗게 눈을 치켜뜨던 여인의 시선이 젊은 사내 쪽으로 향했다. 젊은 사내를 확인한 여인은 한 손을 들어 올려 밤송이사내를 물렸다.

"됐어요. 그만 가보세요."

밤송이사내가 조심스런 걸음으로 왔던 길을 되짚어 사라지자 여인이 자리에서 일어섰다.

"네가 웅이냐?"

마웅이 대답을 했다.

"예."

연붉은 무복을 입은 여인은 잠시 마웅의 얼굴과 행색을 살피더니 먼저 자리에 앉았다.

"생각보다 일찍 하산했구나. 우선 좀 앉아라."

마웅은 맞은편 의자에 앉았다.

실바람이 전하는 여인 특유의 향취.

여인은 작은 찻잔을 집어 들어 입속으로 톡 털어 넣곤 대뜸 두 발을 식탁 위에 떡하니 올려놓았다.

까닥! 까닥!

마웅은 말없이 여인의 발장난을 지켜봤다.

나이가 스물댓 살 정도로 보였다. 가무잡잡하게 그을린 얼굴만 보아도 첫인상이 아주 다부져 보이는 것이 보통내기는 아닌 듯 보였다.

그리 작지 않은 키에 몸집은 조금 야윈 듯 보였다.

허리 뒤로 삐뚜름하게 늘어뜨려진 붉은 검초(劍鞘)의 장검.

"난 넷째 낙수련."

마웅은 장난스럽게 까딱거리는 두 발에서 시선을 거두어들이며 작게 고개를 숙여 보였다. 마웅의 시선이 낙수련의 옆구리에 삐죽 튀어나온 장검의 검파(劍把) 쪽으로 향했다. 짙은 손때로 검게 변한 손잡이.

붉은빛 은은한 검집에 비해 유난히 검게 변색한 손잡이가 낙수련의 만만찮은 과거를 이야기하는 듯했다.

낙수련이 마웅을 노려보며 입을 열었다.

"제삼각주님은 편안하시지?"

"······."

망태사부에 대한 안부 인사에 마웅은 대답을 하지 않았다.
그 침묵에 심기가 뒤틀렸는지 낙수련의 눈매가 사나워졌다.

"이봐, 동생! 반말이라 아니꼬워? 그런 거야?"

마웅의 입가에 엷은 미소가 물렸다.

"사저(師姐), 발부터 좀 내려주시죠."

낙수련의 사나워진 눈빛이 이번엔 일그러진다.

"어쭈! 너, 뒈질래?"

거친 말투와는 달린 낙수련의 입술엔 미소가 번졌다. 차가
운 미소를 베어 문 얼굴선은 그럭저럭 고왔다.

짝진 쌍꺼풀이 묘하게 매력을 주는 얼굴이었다.

까무잡잡한 얼굴에 이목구비는 반듯해 보였고, 단정하게 틀
어 올린 머리엔 검은 나무젓가락 비녀가 길게 꽂혀 있었다.

마웅은 그냥 웃었다. 그 웃음은 반듯하지 못하고 그만 피식
거리고 말았다. 마웅의 웃음이 채 사라지기도 전에 차가운 발
검 소리가 터졌다.

챙―!

"요놈 봐라! 웃어? 사저의 말씀 앞에 감히 실실 웃어?"

마웅은 눈을 가만히 내리깔며 낙수련이 식탁 위로 내민 장
검의 칼끝을 힐끗 노려봤다.

"신고식이라도 해야 합니까?"

낙수련은 잠시 마웅의 시선 끝에서 칼끝을 까불거리며 마웅
의 흔들리지 않는 눈빛을 찬찬히 살폈다. 그러더니 빼 든 장검
을 슬그머니 식탁 위에 내려놓았다.

"얘는… 갑갑하게 신고식은 무슨, 그냥 장난이지."

그러나,

탁—!

순간, 낙수련은 탁상 위에 올려놓은 자신의 장검 검수(劍首)를 장심으로 짧게 끊어 쳐버렸다. 검의 예봉은 그다지 넓지 않은 식탁 위쪽 공간을 가르며 날아들었다.

핑—!

마웅의 허리가 비틀렸다. 짧은 거리를 두고 자신의 명치 쪽으로 쏘아온 장검의 손잡이를 마웅이 왼손으로 낚아채는 순간, 낙수련은 식탁 밑을 무릎으로 차올렸다.

꽝—!

마웅은 재빨리 낚아챈 낙수련의 검을 등 뒤로 돌려 꼿꼿하게 바로 세워 잡은 뒤, 자신의 머리 위까지 떠오른 식탁을 오른손바닥으로 짓눌러 바닥에 내렸다.

쿵—!

식탁 위에 놓여 있던 자그마한 찻잔과 차제구들이 요란스럽게 떨어지며 사방으로 흩어졌다.

"사저!"

낙수련은 마웅이 부르는 소리에 두 눈동자에 머물던 이채를 빠르게 지우며 바락 소리부터 질렀다.

"왜, 인마?"

"처음 상면하자마자 꼭 칼 꼬치를 만들어야 합니까?"

"자식이 엄살은……. 칼이나 돌려줘."

앙칼스럽게 말을 되받는 낙수련을 향해 마웅은 유들유들한 얼굴을 내밀었다.

"…어째, 심기가 많이 불편해 보입니다."

마웅이 등 뒤에 세운 낙수련의 장검을 내밀어 돌려주자 낙수련은 뾰루퉁한 표정으로 칼을 챙겨 넣었다.

"대사형이란 인간이 이틀 동안이나 소식이 끊겨서 그래."

대사형이라 함은 바로 이훈직을 가리키는 말이다.

"겨우 이틀 동안요? 몇 달씩 소식이 끊긴 것도 아닌데 뭘 그리 걱정이십니까? 어디 참한 기방(妓房)에서 앳된 기녀 엉덩이나 토닥거리며 푹 쉬고 계시겠죠. 너무 걱정 마세요."

마웅은 그렇게 능청을 떨어 보이곤 재빨리 낙수련의 안색 변화를 살폈다. 순간적으로 확 달아올랐다가 급하게 얼어버리는 낙수련의 얼굴과 표정. 양쪽 입꼬리에 가늘게 떨리는 억지 미소는 칼날처럼 날이 서있었다.

"기방? 어머! 뭐… 그럴 수도 있겠네! 내가 왜 그 생각을 진즉에 못했지? 괜히 바보처럼 나 혼자만 속 태우고 있었던 거네? 어머머! 어이가 없어서!"

혼잣말처럼 주절대는 낙수련의 표정에서 마웅은 자신이 무언가를 잘못 더듬거려 놓은 것은 아닌가 하며 순간적으로 넓은 오지랖을 후회해야만 했다.

낙수련이 자리에서 부스스 일어났다. 그리곤 멍한 얼굴로 어딘가로 걸음을 떼놓았다. 마웅은 따라 일어섰다.

"저… 사저?"

무언가에 살짝 넋이 나간 낙수련이 멍한 눈길로 돌아섰다.

"…왜?"

돌아서는 낙수련의 얼굴은 슬쩍 스치기만 해도 폭발할 듯 팽팽하게 독기가 들어차 있었다. 마웅은 조심스럽게 물었다.

"그냥 여기서 기다릴까요?"

꿔다 놓은 보릿자루처럼 머쓱했던 마웅이 자신의 거취에 대해 묻자 낙수련은 잠시 거기에 대해 생각을 하는 척하더니 돌연 말없이 그늘 깊은 집 안으로 들어가 버렸다.

마웅은 뚱한 표정으로 서 있다가 쓴 입맛을 다시며 의자에 앉았다. 마웅이 의자에 앉은 채 주변에 떨어져 나뒹군 찻잔 조각을 주워 모아 식탁 한쪽에 쌓아놓고 있을 때, 마웅과 동년배쯤으로 보이는 약관의 사내 하나가 집채 복도 끝에 나타나 마웅을 향해 이리 오라며 손짓을 해 보였다.

마웅은 자리에서 일어서 사내 쪽으로 걸어갔다. 마웅이 가까이 다가서자 사내가 대뜸 자신의 이름부터 밝혔다.

"웅아, 반갑다. 난 여섯째 가창빈이다. 앞으로 잘 지내자."

마웅은 그나마 제대로 된 인사치례를 건네는 가창빈을 향해 어색한 웃음을 보이며 고개를 주억거려 보였다.

마웅과 비슷한 체구를 가진 가창빈은 하관이 빠르고 눈매가 몹시 가느다랬다. 진회색 무복에 왼쪽 허리 뒤로 넘겨진 장검. 역시 검수(劍手)였다.

가창빈은 가까이 다가온 마웅의 어깨에 한쪽 팔을 스스럼없이 걸쳐 놓으며 제법 다정한 척 굴었다.

"눈치를 챘겠지만 수련 누님과 대사형과는 그렇고 그런 사이야. 아니, 좀 더 정확하게 말해서 수련 누님이 일방적으로 대사형을 끔찍하게 아끼시지. 그러니 독사처럼 독이 올라 있을 수밖에. 너무 섭섭해 하지 마라."

마웅은 가창빈의 말에 마냥 고개만 주억거리며 복도 안으로 깊숙하게 걸어 들어갔다. 양편으로 쭉 늘어선 내실 중 한쪽 방에서 무언가 집어 던져져 와장창 부서지는 소리가 터졌다.

마웅이 잠시 걸음을 멈추고 소리가 난 쪽으로 고개를 돌리자 가창빈이 급히 마웅의 팔을 잡아끌며 속삭였다.

"수련 누님 방이야. 모른 척 그냥 가자."

마웅은 가창빈의 팔에 이끌려 복도의 끝에 있는 방문 앞에 섰다.

"여기가 네 방이고, 이 방 맞은편이 내 방이다."

가창빈의 말에 마웅은 자신의 방으로 정해진 방문을 열고 안으로 들어갔다. 서너 평(坪) 남짓한 작은 방엔 나무 침상과 자그마한 식탁과 등받이 의자 두 개, 그리고 장궤랑 삼단 서랍장이 하나 놓여 있었다.

큼지막한 원형 창문틀엔 뽀얗게 먼지가 쌓여 있었고, 환기가 되지 않은 방 안 공기는 오래 비워뒀던지 몹시 퀴퀴하게 느껴졌다. 방문 밖에 서 있던 가창빈이 괜스레 방 안을 휘둘러보며 너스레를 떨었다.

"오늘 올 줄 알았더라면 먼지라도 좀 털어낼 걸 그랬네. 대충 치우고 쉬어. 저녁쯤에 한번 들를게."

마웅은 고개를 돌려 가창빈을 향해 환하게 웃음을 보였다.

"응. 고맙다."

가창빈은 방문을 닫아주려다 말고 의아한 목소리로 물었다.

"근데 짐은 하나도 없냐? 너무 단출하잖아. 하다못해 갈아
입을 옷가지 정도는 가지고 왔어야지."

"장터에 있는 주루에 가서 다시 찾아와야 해. 들고 다니기가
뭐해서……."

장터에서 짐을 챙겨 와야 한다는 마웅의 말에 가창빈은 마
음이 동했는지 반색이다.

"오─호! 장터에? 지금 바로 찾으러 갈 거야?"

"좀 쉬다가. 매음굴 말곤 밖으로 나가는 문은 없어?"

가창빈이 그 마음 안다는 듯이 씨익 웃었다.

"나갈 때 이야기해. 내가 깨끗한 길을 안내해 줄게. 장터에
같이 가자. 응?"

마웅이 별 생각 없이 고개를 끄덕여 주자 가창빈은 입이 함
지박만 하게 벌어져서 마웅의 방문을 닫아주곤 제 방으로 들
어가 버렸다.

'장터에 못 나가 죽은 조상이라도 있나? 왜 저래?'

마웅은 피식 웃으며 해묵은 침상으로 걸어가 걸터앉았다.

다음 수순이 정해지니 막연한 한숨이 입 밖으로 토해졌다.

"후─!"

먼지 섞인 방 안 공기는 갑갑하게 느껴질 만큼 칙칙했다.

옅게 들어오는 햇살.

희미한 햇살에 등이 떠밀린 마옹은 두 팔꿈치를 두 무릎에 괴고 상체를 숙여 바닥을 내려다봤다. 융중산 암천봉에서 삼 년을 넘게 수련하다가 내려왔다. 자신이 어느 정도의 무위인지 알 수는 없다.

망태사부님의 말씀을 빌리자면, 깝죽대다가 맞아죽기 딱 좋은 정도의 무위에 올랐다고 하셨다. 그 말씀을 액면 그대로 받아들이지는 않지만 영 빗나간 평가는 아니라고 생각했다.

무림 서열에 끼는 초절정고수와 재수 없이 맞닥뜨리는 날이 바로 제삿날이 될 수도 있다는 이야기이다.

네 번째 사부이자 칠철각의 제삼각주 하복회와의 인연은 모두 끝이 났다. 완성하지 못한 수라무영권은 사형 이훈직에게서 마저 배워 익혀야 한다. 칠철각의 후예로서 주어진 임무를 수행하며 짬짬이 시간을 내어 익혀야 한다.

피땀 흘리며 연무만 하던 호시절은 이제 다 지나갔다.

준비되었던 일은 아니다. 갑작스럽게 시작된 일이다. 하지만 급히 준비를 해야 한다.

무인으로서의 삶.

망태사부께서 말씀하시기를, 무인이란 무림이라는 이름을 가진 장기판 위에 놓인 한낱 기물(棋物)에 불과하다.

적과 우군, 그리고 나.

그러니 적 앞에 망설이지 말아야 한다고 말씀하셨다. 죽이기를 망설이면 틀어쥔 주먹을 펴야 하고, 움켜쥔 칼자루를 놓아야 한다. 죽임 앞에 망설이는 것은 무인으로서의 삶을 부정하는 것이고 죽음을 자초하는 일이라며…….

망태사부 하복회는 이미 이 세상의 사람이 아니다.

회자정리며 거자필반이니 슬퍼하지 않았다.

'가야 할 길이 있으니 일어서야지.'

어깨를 억누르는 것이 무엇인지는 알지 못하여도 마웅은 그것을 힘겹게 밀쳐 내며 먼지 쌓인 침상에서 일어섰다.

마웅은 마룻바닥에 검고 크게 그려진 자신의 형상을 보았다. 옅은 햇살에 부쩍 커진 그림자.

*   *   *

하룻밤 묵었던 주루 객실에서 괴나리봇짐을 챙겨 나오기가 무섭게 가창빈은 마웅의 팔을 낚아채곤 어딘가로 향했다.

"따라와 봐."

"어딜?"

"따라와 보면 알아."

가창빈은 막무가내로 마웅의 팔을 잡아끌며 북적거리는 인파 속으로 들어섰다. 여름 한철의 장터 바닥은 이미 행인들의 지분거리는 땀내로 진창이 져 있었다.

가창빈이 인파 속에 섞여 다다른 곳은 생뚱맞게도 홍향(紅香)이라는 이름의 기루 앞이었다. 마웅은 이마에 흐른 땀을 훔치며 어이없어 웃었다.

"뭐야?"

"뭐긴, 기루지."

가창빈은 다짜고짜 기루 안으로 마웅을 끌고 들어갔다.

얼떨결에 따라 들어서긴 했지만 마웅의 마음은 똥 밟은 듯 불편했다. 훤한 대낮에 기루에 들어가고과서 그렇게 장터에 따라 나오고 싶어 했느냐며 가창빈을 흘깃 흘겨봤다.

"야, 남부끄럽게 기루엔 왜?"

못마땅해하는 마웅의 빈정거림에 가창빈은 되레 타박이었다.

"그 새끼 참 말 많네. 그냥 따라와 봐."

해 빠지기도 전에 기루를 찾은 두 사내를 확인한 늙은 기녀가 반색을 하며 다가오자 가창빈은 대뜸 마웅을 잡아끌며 기루 이층으로 통하는 계단을 밟아 올라갔다.

"오셨어요! 어머! 못 보던 도련님도… 도, 도련님?"

가창빈은 늙은 기녀의 목소리를 들은 체도 하지 않고 익숙한 걸음으로 기루 이층으로 들어섰다.

가창빈이 이층 기루의 좁다란 낭하 하나를 꺾어 돌아 구석진 내실 앞에 섰다. 문지방이 닳도록 많이 들락거렸던 것이 분명해 보였다.

가창빈은 기루 내실의 미닫이문을 조심스럽게 두드렸다.

똑똑!

내실 안에선 반응이 없었다.

가창빈이 미닫이문을 조심스럽게 열고 얼굴을 들이밀더니

내실 안을 확인하곤 머쓱하게 서 있는 마웅을 향해 턱짓을 해 보였다.

가창빈이 안으로 들어섰고, 마웅도 따라 들어섰다.

내실 안을 한가득 채운 지독한 술 냄새, 그리고 교자상에 앉아 있는 삼십대 초반의 사내 하나. 깡총하게 뒷머리를 묶은 꽁지머리 이훈직.

가슴 앞섶을 훤하게 풀어헤쳐 놓고 있었지만 얼굴에는 취기가 보이지 않았다. 가만히 들어 올리는 눈빛 또한 벼린 칼날처럼 살아 있었다. 세월의 흔적이 어느 한구석에 숨은 듯 내보였지만 그 기상만은 그대로이다.

"웅이가 왔구나."

마웅은 허리를 반으로 접어 보였다.

"어젯밤에 도착했습니다."

"앉아라."

이훈직의 느린 음성이 있고서야 마웅이 접어놓았던 허리를 폈고, 가창빈이 교자상 머리에 잽싸게 앉아 상 위에 놓인 안주 거리를 손으로 하나 집어 입속으로 날름 넣었다.

마웅이 이훈직을 마주 보며 교자상 앞에 앉았다.

이훈직은 자그마한 사기 술잔에 술을 찰랑찰랑하게 채우곤 목을 뒤로 젖혀 입속으로 털어 넣었다. 술잔을 내려놓은 이훈직이 마웅의 작게 숙인 얼굴을 지그시 바라보았다.

"왜 이제 왔냐?"

마웅은 갑작스런 사형의 물음에 고개를 번쩍 들어 올렸다.

"예?"

사형의 입에서 왜 벌써 하산하였냐는 물음을 기다리던 마웅으로서는 의아하지 않을 수 없었다. 이훈직은 다시 잔에 술을 채워 옆에 앉아 이제나저제나 하며 마른침을 삼키는 가창빈을 향해 술잔을 넘겨주었다. 가창빈은 이훈직이 내미는 술잔을 두 손으로 잽싸게 받아 챙기곤 입속에 톡 털어 넣었다. 이훈직의 시선이 다시 당황스런 마웅의 얼굴 쪽으로 향했다.

"보름 정도 시간이 비잖아. 어딜 다녀온 게야?"

"…근데 어떻게……?"

마웅의 의아한 반문에 이훈직의 입에선 여전히 질문만이 새어 나왔다.

"복수를 하고자 암합회를 추격하면 네 혼자서 해낼 수는 있었고?"

"……."

"되레 눈에 띄어 개죽음당하지 않은 것만으로도 다행으로 알아라."

"……."

이훈직은 어금니만 틀어 물고 묵묵하게 있는 마웅을 향해 잔에 술을 채워 그것을 마웅의 턱을 향해 내밀었다.

"자, 한잔해라."

마웅이 술잔을 받아 입으로 가져갔다. 하지만 이어지는 사형의 나직한 물음에 마웅은 입술에 댄 술잔을 멈칫해야만 했다.

"슬프냐?"

"……!"

"우선 마셔라."

마웅은 조심스럽게 술을 입에 물곤 술잔부터 내려놓았다.
그리곤 힘겹게 입속에 고인 술을 삼켰다. 식도를 불사를 만큼
술은 독했다. 어쩔 수 없이 터져 나오는 잔기침.

"쿨럭―!"

"이런 촌놈 하곤."

이훈직이 마웅의 사례를 빈정거렸다. 마웅은 잔을 잡고 내
밀었다.

"한잔 더 주십시오."

이훈직의 눈빛이 칼날에서 반사된 빛살처럼 날카롭게 변하
더니 입가에 녹록한 미소가 번졌다.

"그래, 너답다."

마웅은 이훈직이 따라주는 술잔을 노려보다가 잔이 차자마
자 술을 입속으로 털어놓곤 꿀꺽 삼켰다. 혀가 마비될 만큼 독
한 화주(火酒)가 다시 한 번 마웅의 몸을 저리게 만들었다. 마
웅은 술잔을 내려놓으며 후끈해진 날숨을 가만히 내쉬었다.

"후―!"

"암천봉 통나무집은 네가 불태웠냐?"

"…예."

"내가 모르고 있는 일부터 이야기해 봐라."

마웅은 선뜻 입을 열지 못하고 잠시 머뭇거리다가 어렵게 말문을 텄다.

"…암합회의 무인들이 암천봉에 들이닥쳤습니다."

망태사부 하복회의 내상은 깨끗하게 치유되지 않고 삼여 년의 세월 내내 남아 있었다. 혈수인 견자강에게 당한 혈수인장의 흔적 또한 지워지지 않고 검붉은 낙인처럼 가슴팍에 찍혀 있었다.

보름 하고도 며칠 전의 일이다.

한 번씩 산을 내려가 인가에서 생필품을 구해오던 망태사부 하복회가 예전 없이 창백한 낯빛으로 통나무집 마당을 서성거렸다. 무언가를 한참 고심하던 하복회는 마웅을 불러다가 툇마루에 마주 앉혔다.

하복회는 마웅에게 뜬금없이 이런저런 무인으로서 살아왔던 자신의 지난날을 널어놓았다.

그 속에는 무인으로서 살아왔던 자부심이 적잖게 많았으며 이루지 못한 회한 역시 적잖게 많았다.

그때까지만 해도 늙으신 사부님의 난데없는 넋두리 정도로 여기며 들어주었다. 그렇게 붙잡혀 앉아 있던 것이 야심해지기까지였다. 그리고 사흘이 지난 어느 날,

이렇다 저렇다 말도 없이 갑자기 산을 내려갔다 온 망태사부 화복회는 허겁지겁 달려와 마웅을 불러 세웠다.

"웅아, 네가 좀 갔다 와야겠다."

사부의 뜬금없는 말에 마웅은 의아하게 물었다.

"갑자기 어딜 갔다 오란 말씀이십니까?"

"네 고향이 하남성 무강 인근이랬지?"

"예."

"무강 인근의 어디쯤이랬더냐?"

"무강에서 서북쪽으로 십여 리쯤 가면 봉추골이라는 작은 두메산골이 있사온데…… 근데 사부님, 왜요?"

"마을에서 들은 소문인데…… 아, 글쎄, 네 고향 봉추골이란 곳에 역병이 창궐해서 민심이 흉흉하던 차에 인근 도회지를 관할하는 자가 역병이 크게 번질 것을 두려워한 나머지 봉추골을 둘러싸고 있는 숲에 불을 질렀다는구나. 산불이 너무 크게 번져 마을을 집어삼켜 버렸대. 그러니 되레 역병보다 더 무서운 큰 산불이 번져 마을 전체가 홀라당 다 타버렸다더구나. 그 산불을 미처 피하지 못하고 죽은 사람의 수가 기백 명이 넘었다고 하더라고."

사부의 말에 가슴이 철렁 내려앉았으며 부모님의 안위에 바짝 몸이 달아올랐다.

말을 한 필 구해서 밤낮을 달린다 해도 가는 데만 이삼 일은 족히 걸릴 거리였다.

황망해하는 마웅의 손에 사부는 은자 댓 냥을 쥐어주며 등을 떠밀었다.

"벼랑길 초입에 내가 미리 말 한 필을 사다가 묶어두었다. 어서 가봐라. 자식으로서 부모님의 생사는 알아봐야 하지 않겠느냐."

마웅은 망설일 수가 없었다. 그 길로 곧장 산을 내려가 사부가 나무에 묶어둔 말을 타고 북쪽으로 내달렸다.

하룻밤을 달려 잠시 들른 마을에서 망태사부가 들었다는 소문을 확인해 보았으나, 근자에 역병이 나돌아 사람이 많이 죽어 나가긴 했다는데 산불 이야기며 그 역병이 창궐했다는 마을마저 사부님의 말씀과는 사뭇 달랐으며 그 장소 역시 엉뚱한 곳이었다.

의아하긴 했지만 나선 김에 고향땅을 직접 확인해야 마음이 놓일 것 같아 다시 쉼없이 내달렸다. 고향땅이 가까워지면서 사부의 말이 새빨간 거짓임을 알았다.

심심풀이 장난삼아 제자를 고향땅으로 잠시 내몬 것은 아닐 것이라는 생각에 뒤가 몹시 불안해졌다. 마웅은 뒤가 찜찜하면서도 가까이 온 고향을 두고 되돌아갈 수 없어 잠시 봉추골에 들러 먼발치에서 평온한 마을을 내려다보았다.

"집 떠나거든 다시 나타나지 마라. 내 아들의 소식은 세상의 입을 통해 듣겠다!"

모질게 내뱉으시던 아버지의 음성을 곱씹으며 마웅은 말머리를 되돌렸다.

마웅이 융중산 암천봉에 되돌아온 것이 말을 되돌린 후 이틀이 지난 새벽녘이었다. 암천봉에 도착하자마자 무언가 수상쩍은 기운을 느낀 마웅은 은밀하게 몸을 숨기며 절벽 길을 우회하여 산을 올랐다.

조심스럽게 통나무집 언저리에 몸을 숨긴 마웅은 망태사부의 참수된 머리가 통나무집 처마에 걸려 있는 것을 보았다.

참수된 머리뿐, 머리를 잃은 주검은 보이지 않았다.

사부의 참수된 머리는 몹쓸 놈의 날짐승들에게 이미 두 눈알이 빼 먹혀 있었고, 여기저기 살점마저 뜯겨 많이 훼손되어 있었다. 지저분한 날벌레들까지 몰려들어 사부의 참수된 머리 주위에 윙윙거리고 있으니 마웅의 두 눈에서 실핏줄이 툭툭 터졌다.

마웅은 옴짝달싹도 하지 않고 몸을 숨긴 채 견뎠다.

그러기를 반나절.

마침내 통나무집 지붕 뒤편에서 빠끔하게 머리를 내미는 무인 하나를 발견했다. 지붕 뒤편에 숨은 무인이 작은 돌멩이를 숲 쪽으로 던져 누군가에게 은밀하게 신호를 보내자 또 한 명의 무인이 마웅이 몸을 숨긴 숲 반대편에서 모습을 드러냈다.

두 명.

숲 속에 숨은 무인이 마당 중앙에 서며 손짓하자 지붕 뒤편에 숨어있던 무인이 몸을 드러내며 마당에 내려섰다.

곧이어, 통나무 집 속에서 두 명의 무인이 밖으로 나왔다. 네 명의 무인은 두런두런 잠시 이야기를 주고받더니 다시 원위치로 돌아갔다.

도합 네 명이다.

은신자들을 확인했으면 그만 몸을 움직일 만한데도 마웅은 꼼짝도 하지 않고 으스레할 때까지 기다렸다. 땅거미가 조금씩 내려앉고서야 마웅은 에둘러 숲 반대편으로 향했다.

우거진 떡갈나무 위에서 절벽 길을 감시하는 무인이 눈에 들어오자마자 마웅은 놈과 제일 가까이에 있는 떡갈나무 위로 새둥지를 노리는 뱀처럼 기어올랐다. 소리없이 단 한 번에 명줄을 끊어놓아야 뒷일이 편하다.

푸드덕—!

한 무리의 산비둘기가 날아와 저편 나뭇가지에 앉았다.

기회다. 산비둘기들은 또다시 날아오를 것이고, 그때 놈의 시선과 신경이 비둘기 떼의 날갯짓에 쏠릴 것이다.

짧은 시간이 지나갔다.

드디어,

푸드덕—!

붙임성 없는 산비둘기 녀석들이 요란을 떨며 날아올랐다.

때맞춰 마웅의 신형도 건너편 떡갈나무 쪽으로 쏘아졌다.

파—드—덕!

우거진 나뭇가지 사이로 삐죽 빼고 있던 무인의 머리통이 솔개가 먹이를 낚아채듯이 낚아채는 마웅의 두 손에 틀어 잡히는 찰나,

뿌—그적—!

떡갈나무 가지가 잠시 흔들렸다.

마웅은 두 다리오금으로 굵직한 나뭇가지를 휘감고 아래로 머리를 축 늘어뜨린 후 한순간에 주검이 되어버린 무인의 머

리통을 움켜쥐고 있었다.

흔들리던 나뭇가지가 다시 잠잠해지자 마웅은 움켜쥐었던 주검의 머리카락을 잡아 끌어올려 그 주검을 조용히 나뭇가지에 걸쳐 놓았다. 그리곤 좀 더 어둠이 짙어지기만을 기다렸다.

어둠이 깔리자 마웅은 나무에 걸쳐 놓았던 무인의 옷을 벗긴 후, 그 옷을 자신의 몸에 껴입어 변복하곤 나무 위에서 슬그머니 내려와 뚜벅뚜벅 발자국 소리를 크게 내며 통나무집 마당으로 걸어갔다.

제일 먼저 반응을 보인 쪽은 지붕 위에 몸을 숨긴 무인이었다. 무인은 지붕 위에서 벌떡 일어나 깜깜한 사위를 한 번 휘둘러보곤 마당에 휘리릭 내려왔다.

"이봐, 오늘도 안 나타날 모양일세. 벌써 눈치를 채고 다른 길로 새버린 것은 아닐까? 피라미 한 마리 낚자고 이게 무슨 개고생인지……."

마웅은 작게 고개를 숙인 채 확실한 사정권 안으로 놈이 들어오기만을 기다렸다.

일곱 걸음 정도의 거리까지 다가왔을 때 마웅의 걸음도 슬며시 지붕에서 내려온 무인 쪽으로 향했다.

무인은 마웅의 몸에서 풍기는 기운이 의아했던지 다가서던 걸음을 멈칫거리며 몸을 사렸다.

"이봐, 자네……?"

의아한 목소리가 지붕에서 내려온 무인의 입에서 막 새어나오는 순간, 마웅의 신형이 검은 빛살이 되어 쏘아졌다.

파— 악!

마웅의 오른 손아귀가 무인의 울대를 치며 목뼈를 으스러뜨려 놓았다. 단말마도 없었다. 두 발이 허공에 붕 뜬 채 날아가 떨어진 무인은 통나무집 툇마루 모서리에 등짝이 처박히곤 툇마루 아래로 스멀스멀 무너져 내렸다.

갑작스런 소리에 놀라 방에서 뛰쳐나오는 두 명의 무인 사이를 검은 바람이 빠르게 스쳤다.

빠— 빡!

두 무인의 명치에 처박힌 마웅의 두 주먹.

툇마루에서 막 뛰어내리던 두 무인은 꼬꾸라지듯 신형을 띄운 채 빙글 돌아 마당바닥에 떨어졌다.

쿠— 쿵!

마웅의 신형이 뒤로 공중제비 돌아 날아올랐다가 다시 내리꽂혔다.

한 무인이 주춤 일어서려다가 마웅의 오른발에 관자놀이가 짓이겨지며 밟혀 버렸다.

빠— 각!

두개골에서 금이 가는 소리가 참혹하게 터지는 동시에 즉사. 마웅은 주검이 되어버린 무인의 관자놀이를 밟은 채 신형을 대각을 이루게 돌려 왼발을 뻗어냈다.

옆구리에서 귀두도(鬼頭刀)를 뽑아내던 무인의 턱주가리가 마웅의 왼발 뒤꿈치에 가격당하며 팩 돌아갔다.

쿵!

또다시 몸뚱이가 허공에서 한 바퀴 빙글 돌다가 땅바닥에
나가떨어진 무인은 깜빡 의식을 놓았다가 급히 정신을 차리고
몸을 일으켜 세우려 했다.

하지만 오른 손모가지가 으깨지는 고통.

"으— 으으!"

무인은 귀두도를 움켜쥔 자신의 오른 손모가지를 발로 지그
시 밟고 있는 마웅을 올려다봤다.

마웅의 입에서 차갑고도 조용한 음색이 새어 나왔다.

"내 사부님의 주검은 어찌했느냐?"

"뒤쪽 숲에……."

"암합회냐?"

이어진 마웅의 질문에 무인은 사색이 된 얼굴을 끄덕거렸
다. 마웅의 질문은 을씨년스럽게 이어졌다.

"소속?"

"양양(襄陽)지부 소속 과웅당(誇熊黨)……."

"나를 기다린 목적은?"

"뒤, 뒤를 밟아 여… 연결고리를 캐기 위해서……."

"함께했던 일행은 어디로 향했지?"

"…부회주님을 모시고 양양지부 쪽으로 귀환……."

마웅은 지그시 밟고 있던 발을 뗐다. 그것이 드러누워 있던
무인에게는 실낱같은 희망이라도 되었던지 과웅당의 무인은
곧바로 물러서는 마웅의 발목을 노리고 귀두도를 그었다.

슉—!

마웅의 오른발이 귀두도의 도병(刀柄)을 가볍게 툭 차 물리곤,

타ㅡ!

곧바로 과옹당 무인의 옆구리를 걷어차 버렸다.

파ㅡ 각!

걷어차인 과옹당 무인의 몸이 무릎 높이만큼 붕 떠올랐다가 저만치 날아가 떨어져 그대로 너부러져 버렸다. 아작 난 옆구리 갈비뼈가 심장까지 꿰뚫어 버려 즉사하며 입 밖으로 탁한 핏물을 게워냈다.

마웅의 이야길 들은 이훈직의 시선은 천장 모서리에 박혀 있었다.

"그래서 사부님의 시신과 머리를 거둬 묻어드린 후 통나무 집은 불태웠고, 곧장 놈들의 양양지부까지 쳐들어갔었다 이 말이구나?"

"…예."

이훈직의 시선이 마웅의 얼굴 쪽으로 향하며 입꼬리가 비리게 말려 올라갔다.

"갔으면 전부 쳐 죽여 놓고 올 일이지 왜 그냥 왔냐?"

암합회 양양지부까지 수소문하여 갔으나 망태사부의 말씀이 떠올랐었다.

"네놈이 무슨 부나방이더냐, 자꾸 불속으로만 뛰어들게?"

마웅은 할 말이 없었다.

"……."

"웅아."

"예."

"사부님의 죽음은 그분의 뜻에 따라 이미 예정되어 있었다."

마웅의 얼굴이 힐끗 들어 올려졌다.

"무슨 뜻입니까?"

"후인들을 배려한 죽음이었다."

"배려라시면……?"

이훈직은 마웅의 물음에 묵묵부답 일어서더니 방 한쪽 모서리로 걸어가 길게 내려온 붉은 줄을 잡아 몇 번 당기곤 되돌아와 앉으며 엉뚱한 소리를 했다.

"오늘은 막내를 위해 진탕 마셔볼까?"

이훈직의 말에 마웅은 묵묵히 있었고, 그동안 이리저리 눈알만 돌려대던 가창빈이 얼굴에 화색을 피워 보이며 나섰다.

"좋죠! 대사형, 코가 삐뚤어지게 한번 마셔봅시다!"

이훈직이 가창빈을 힐끗 쳐다보며 물었다.

"다른 형제들은?"

"대산 사형이랑 화수 사형, 그리고 묘담 사형은 곧 뒤따라오겠다고 했습니다."

"움직일 때 같이 나오지 그랬냐?"

이훈직의 물음에 가창빈의 얼굴이 난감하게 구겨졌다.

"우르르 몰려 나가면 수련 누님이 눈치를 채실 것 같아

서……. 지금 심기가 몹시 좋지가 않아요. 다 때려 부수던데
요."

"때려 부숴? 왜?"

마웅은 찔리는 게 있어서 작게 헛기침부터 해 보이며 끼어
들었다.

"으음! 사형."

이훈직의 시선이 마웅의 얼굴 쪽으로 향했다.

"왜?"

"제가 수련 사저에게… 사형이 기루에 있을 거라고……."

이훈직의 눈매가 사나워졌다.

"내가 기루에 있는 걸 네가 어찌 알고 수련에게 알려줬어?"

"하도 애타게 기다리시기에 그냥 농담 삼아… 인사치레
로…."

"농 삼아 한번 찔러봤다 이 말이구나?"

"…예."

마웅이 머쓱한 소리로 대답하자 가창빈의 타박이 쏟아졌다.

"아하! 그게 다 네놈 때문이었구나. 난 왜 갑자기 누님이 발
작을 일으켰나 했다. 이런 망할 놈의 새끼가 미리 재를 뿌려도
유분수지."

그렇잖아도 사형 보기에 면구스럽던 차에 가창빈까지 나대
며 깝죽거리자 단박에 마웅의 두 눈이 매섭게 돌아섰다.

"야, 그만 입 좀 닫자."

거친 마웅의 반박에 가창빈은 불만 가득한 눈을 치켜떴다.

"인마, 난 네 사형뻘이야. 이 새끼가 은근슬쩍 개개네?"

마웅은 차가운 음색으로 가창빈의 불만을 뭉그러뜨렸다.

"동문이지 사형은 아니다."

마웅의 말이 영판 틀린 말은 아니니 가창빈은 어이없다는 듯 입을 딱 벌리고 이훈직의 눈치를 살폈다. 딴엔 대사형의 개입을 고대했던 모양이다.

이훈직의 입에서 나온 말은 가창빈의 기대완 사뭇 빗나가 버렸다.

"그래, 동문이다. 까면 까일 수도 있다. 대산이가 내게 까였듯."

이훈직의 말에 가창빈의 억울하던 입이 그만 다물어졌다.

둘째 최대산은 대사형 이훈직보다 먼저 칠철각에 입문했고 나이 또한 이훈직보다 세 살이나 많았다. 그러나 어떤 모종의 사건으로 최대산은 이훈직에게 보기 좋게 까였다. 그 후 최대산은 이훈직을 대사형이라 불러야 했다.

사형제지간처럼 서로를 부르긴 했다. 하지만 동문이지 사형제간은 아니었던 것이다.

문밖에서 인기척이 나더니 두 명의 기녀가 큼지막한 교자상을 맞들고 내실 안으로 들어섰다. 세 사내는 작은 교자상이 큰 교자상으로 바뀌는 동안 일어서서 기다렸다.

두 기녀가 물러났다. 이훈직이 큼지막한 교자상 상석에 앉고 가창빈이 떨떠름한 표정으로 자리에 앉으며 빙그레 웃었다.

"뭐 하냐? 앉아라."

가창빈이 멀뚱하게 서 있는 마웅에게 건넨 말이다. 뒤끝은 없는 녀석이다. 마웅이 멀뚱하게 서 있었던 것은 겸연쩍어진 분위기 탓은 아니었다. 두 기녀가 물러나며 다시 닫아주지 않고 환하게 열어놓은 미닫이문. 그것이 마웅의 신경을 거슬리게 했던 것이다.

문을 닫을 요량으로 마웅이 미닫이문 쪽으로 향했다. 막 문고리를 손에 잡고 문을 닫으려고 할 때,

연녹색 장의를 입은 여인이 문 앞에 나타났다.

낯익은 얼굴, 그러나 선뜻 알아차리진 못했다.

"웅이 왔구나."

목소리와 함께 전해지는 희미한 꽃 내음.

그제야 마웅의 시선이 여인의 얼굴에 꽂힌 채 정지했다.

홍매화 향기의 기억… 초혜다.

第五章
반월(半月)

江湖若行記
강호 고행기

확연하게 여인의 향기가 느껴졌다.

초혜가 내실 안으로 들어선 후에 마웅은 말없이 조용히 문을 닫고 몸을 돌려세웠다.

돌아선 마웅의 시선 앞엔 초혜의 얼굴이 가지런하게 마주하며 손은 마웅의 팔오금을 잡았다.

느껴지는 체온, 다정한 목소리.

"앉자."

"…응."

겨우 삼여 년의 세월이 지났을 뿐인데, 십여 년쯤 못 본 사람처럼 마웅은 어색한 대답을 하며 초혜의 팔에 이끌려 앉았다.

마웅이 앉자 초혜가 마웅의 옆에 옷깃이 스칠 만큼 바짝 붙어 앉았다. 옷깃 바람에 전해지는 매화꽃 향기.

그 향기가 마웅의 마음을 은근슬쩍 두근거리게 만들어놓았으며, 초혜의 얼굴을 자꾸만 힐끔거리게 했다. 멋쩍게 내외하는 마웅과는 달리 초혜의 시선은 마웅의 얼굴에 착 달라붙어 떠날 줄을 모르며 신기해했다.

마치 친척 누나가 오래간만에 남동생을 만난 듯.

"어머! 이제 어른이 다 됐네."

마웅이 장성한 것에 비해 초혜는 변신이라 해야 할 만큼 농염한 여인의 모습으로 변해 있었다. 마웅이 초혜의 숨결을 느끼며 뚱한 목소리로 대답했다.

"너도……."

멋대가리 없는 마웅의 대답에 초혜는 고운 얼굴로 배시시 웃었다.

"나, 보고 싶었니? 가끔은 생각했었니? 난… 너… 많이 생각나던데……."

"그냥… 그랬어."

"그냥 그랬어?"

따지듯 캐묻는 초혜의 질문에 마웅은 자신도 모르게 귀찮다는 듯 성의 없는 대답을 툭 내뱉고 말았다.

"응!"

초혜의 목소리가 심드렁해졌다.

"덩치만 커졌지 다른 건 여전하구나?"

그때, 재회를 가만히 지켜보던 이훈직이 굴곡 없는 목소리로 끼어들었다.

"두 사람만 사람이냐? 너희 덕분에 우리 많이 외롭다."

그제야 초혜의 시선이 이훈직에게로 돌려졌다.

"대사형, 웅이가 올 예정이었으면 미리 귀띔이라도 좀 해주지 그랬어요?"

초혜의 원망 섞인 말에 이훈직은 말없이 초혜를 향해 턱짓을 해 보였다. 자신의 옆에 그만 오라는 턱짓이었다. 마웅이 보기엔 그랬다. 그 짐작이 맞았다.

초혜가 옷자락 소리를 내며 일어섰다. 그리곤 이훈직의 옆자리로 옮겨가 다소곳하게 앉았다.

마웅은 자신의 얼굴에 와 닿아 있는 초혜의 시선을 느끼면서도 애써 그것을 피했다. 몇 번이고 목구멍으로 치미는 속내의 소리를 되삼켜야했다.

네가 기녀냐, 부른다고 가서 넙죽 앉게?

그 말을 차마 할 수가 없었다.

초혜는 칠철각의 일원이면서도 이질감이 있는 존재다.

그녀가 무공을 배우고 익혔다는 소린 들어보지 못했으며 마웅 또한 본 적이 없었다.

어쩌면 서희기루의 서희와 같은 의미인지도…….

처음 첫 만남의 장소가 기루였고 재회 역시 기루이니 어쩌면 기녀가 확실한지도 모를 일이다. 그것이 마웅의 마음을 심하게 언짢게 만들어놓았다.

불편한 심사가 이훈직의 눈에 들켰다.

"웅아, 뭐 언짢은 일이라도 있어?"

이훈직의 물음에 마웅은 작게 당겨놓았던 턱을 번쩍 치켜 올렸다. 작게 숙여진 이훈직의 눈길은 들어 올려놓은 자신의 술잔 쪽으로 향해 있었다.

마웅의 시선도 이훈직이 들고 있던 사기 술잔 쪽으로 향했다. 그 작은 술잔에 술을 쪼르륵 따르고 있는 초혜의 손길.

마웅의 입가의 미소는 어색한 모양새로 말려 올라갔지만 의외로 목소리는 담담하게 새어 나왔다.

"없습니다."

"그래? 그런데 왜 우거지상이냐?"

마웅은 이훈직의 입술로 향하는 술잔을 지그시 보았다.

"마신 술이 독해서 잠시 신물이 올라왔습니다."

이훈직은 울대뼈가 들썩일 만큼 크게 술을 삼켰다.

꿀꺽―!

"안주라도 좀 챙겨 먹어."

"아닙니다. 한잔 더 마셔보겠습니다."

마웅은 그렇게 대단찮게 대답하곤 자신 앞에 놓인 술잔을 집어 초혜를 향해 불쑥 내밀었다.

"초혜야, 나도 한잔 따라줘!"

마웅의 갑작스런 말과 행동에 내실 안 공기가 일순 싸늘해졌다. 가창빈은 입이 딱 벌어졌고 이훈직은 말없이 초혜의 반응을 살피는 눈치였다.

초혜의 얼굴에 난감한 빛이 스친 것은 짧은 순간이었다.

"그래."

초혜는 대수롭지 않게 마웅이 내민 술잔에 술을 따라주었고, 술이 잔에 차자마자 마웅은 거침없이 술잔을 입으로 가져갔다. 그 순간, 이훈직의 음성이 묵직하게 새어 나왔다.

"잔 내려놔."

마웅은 심상찮은 이훈직의 목소리에 입술 앞에서 잔을 멈칫 세웠다. 그리곤 의아하다는 듯 이훈직을 쳐다봤다.

이훈직의 입에서 재차 차가운 음성이 새어 나왔다.

"내려놔라."

"왜요?"

마웅은 태연하게 그 이유를 물었고, 입술 앞에 놓인 술잔의 술이 마웅의 숨결에 가볍게 흔들렸다.

이훈직의 두 눈에서 일촉즉발의 기운이 내보였다.

"잔 다시 내려놓으라고 했다!"

마웅은 싱긋 웃으며 딴소리다.

"코가 삐뚤어지게 마시자면서 왜요?"

마웅은 뻗대듯 반박을 했지만 입술 앞까지 가져다 놓은 술잔을 슬며시 내려놓아야 했다. 개개는 것도 정도껏 해야 한다. 이만큼 개겼으면 이미 도가 지나쳤음을 잘 알고 있다.

자리가 자리인 만큼 이훈직 역시 많이 인내해 준 것임도 알고 있다. 재회의 자리가 아니었으면 재차 경고는 애당초 없었을 것이다. 마웅이 잔을 내려놓자 초혜가 마웅의 눈치를 살피며 되레 자신이 미안스러워했다.

"대사형, 좋은 날에 왜 이래요? 기껏해야 술 한잔인데……."

이훈직은 마웅의 얼굴에서 새파랗게 날이 선 시선을 떼지 않았다.

"아냐. 저 녀석을 위해서라도 지금 바로 잡아야 해."

초혜의 눈길이 마웅의 얼굴 쪽으로 향하며 보일 듯 말 듯하게 고개를 가만히 저어 보였다.

초혜는 마웅이 고분하게 있어주기를 원했다.

마웅 역시 분란을 일으킬 생각은 없었다. 그냥 자신이 느낀 짐작이 맞는지를 확인하고 싶었을 뿐이다.

사형 이훈직이 초혜를 마음에 품고 있고, 그것을 알고 있는 사저 낙수련이 기루 이야기에 그토록 발끈했었다는 사실.

이쯤 되면 망설일 것도 없다.

이훈직의 입에서 이런 저런 이야기가 나오기 전에 마웅이 먼저 가려운 곳을 긁었다.

"초혜랑 사형이랑 그렇고 그런 사이입니까?"

마웅의 말에 초혜가 화들짝 놀랐다.

"애, 애! 그게 무슨 소리니? 그렇고 그런 사이라니? 그런 거 아냐!"

손사래까지 쳐 보이는 초혜와는 달리 이훈직의 입꼬리는 또 그렇게 비리게 말려 올라갔다.

"그래. 우리, 그렇고 그런 사이이다. 그러니 앞으로는 동네 아무개 부르듯 초혜를 부르지 마라."

"왜 그래야 하죠?"

"왜라? 손위 초혜를 위한 게 아니라 나에 대한 예의이다. 그 것을 지켜야지 너의 몸이 성할 것이 아니냐? 왜, 아니꼬우냐? 아니꼬우면 까든지!"

마웅은 이훈직을 향해 빙그레 웃었다.

"누님이라고 부를까요, 아님 사저라고 부를까요? 그도 아니 면 대놓고 아예 형수님이라 불러드릴까요?"

"비웃어?"

서슬 퍼렇게 날이 선 이훈직의 물음에 마웅의 시선이 천천 히 초혜 쪽으로 향했다.

"누님, 이제 마셔도 됩니까?"

초혜는 마웅의 눈길을 차마 마주하지 못하고 고개를 비켜 세워 놓았다. 답은 이훈직의 입에서 나왔다.

"웅아, 마셔라."

마웅은 비켜나 버린 초혜의 얼굴에서 시선을 떼지 않으며 술잔을 잡아 입으로 가져갔다.

꿀꺽―!

마웅은 거친 목 넘김과 함께 술잔을 소리가 나도록 상 위에 탁 내려놓았다. 이어, 확 치밀어 오르는 화주의 독기를 어금니 를 질끈 깨물고 다스렸다.

자기를 생각했었냐는 초혜의 물음에 솔직하게 이야기를 못 했던 것이 후회가 됐다. 보고 싶었느냐며, 가끔씩 생각은 나더 냐며 초혜가 반갑게 물어대던 그 질문들에 대한 대답이 뒤늦게 식도를 타고 거슬러 올라오는 술기운과 함께 입 밖으로 토해지려 했다. 마웅은 그것을 막아서며 어금니를 질끈 깨물고 있었다. 왜 일까? 갑자기 왜 이럴까?

"자—! 한 잔 더 해라."

사형 이훈직의 목소리에 마웅은 작게 숙였던 얼굴을 급히 들어 올렸다. 이훈직이 가창빈의 술잔을 채워주곤 술병의 주둥이를 마웅의 빈 술잔 쪽으로 막 돌리고 있었다.

마웅은 잔을 내밀었고, 이훈직은 마웅의 얼굴을 지그시 바라보며 잔을 채웠다. 그 눈길 앞에 마웅은 실없는 사람처럼 괜스레 미소를 마주 보였다.

잡다한 이야기들이 오고 갔다.

마웅은 물 위에 뜬 기름방울처럼 떠 있었다. 가끔씩 자신의 안색을 살피느라 힐끔거리는 초혜의 눈길을 애써 모른 척하며 침묵했다.

그렇게 갑갑한 시간이 얼마나 지났을까.

방문이 요란스럽게 열리며 건장한 사내들이 우르르 몰려들어 왔다. 세 명의 사내 중에 몸집이 곰처럼 큰 사내가 귀청이 얼얼할 만큼 큰 소리를 버럭 질렀다.

"뭐야! 우리 없이 벌써 시작한 거야?"

가창빈이 벌떡 일어서며 세 사내를 반겼다.

"대산 사형, 제가 왔을 때 이미 대사형 혼자서……."

무어라 변명을 늘어놓으려던 가창빈이 엉거주춤 일어서는 마웅의 어깨를 툭 치며 인사를 시켰다.

"웅아, 둘째 대산 사형이다. 인사드려라."

마웅이 최대산을 향해 포권과 함께 작게 허리를 접어 보였다. 최대산은 삼십대 중반의 나이임에도 벌써 아저씨 티가 나는 평범한 얼굴의 사내였다.

이어지는 가창빈의 소개.

"이쪽은 셋째 묘담 사형."

묘담은 적당한 키에 깡마른 체구를 가진 이십대 후반의 사내였다. 오른쪽 허리 뒤에 빠져나온 검파(劍把).

셋째 묘담은 좌검수(左劍手)다.

다섯째 사형 손화수는 이십대 중반쯤의 나이에 모난 구석 없이 두루뭉술하게 생긴 사내였다.

"네가 웅이구나. 반갑다."

손화수가 넉넉한 미소를 입가에 물며 마웅의 어깨를 툭 치곤 지나갔다.

손화수와 묘담이 먼저 자리에 앉고, 최대산이 마웅에게로 다가와 솥뚜껑만 한 손을 마웅의 머리 위에 올려놓으며 히죽거렸다.

"귀엽게 생겼구나. 우선 앉자."

마웅은 나이 차이가 워낙 많이 나는 형님뻘이니 기꺼운 마음으로 따라 앉았다. 모두들 초혜를 향해 한마디씩 건네며 인사치레를 했다.

모두가 초혜를 무척 아끼고 보듬는 마음씀씀이들이었다.

초혜는 짓궂은 농담이나 겉치레 삼아 던지는 인사치레에 늘

배시시 웃는 낯으로 형제들을 대했다.

마웅은 술을 주면 잔을 들었고, 때론 형제들의 빈 잔에 술도 권하였다. 마웅은 형제들의 말투와 그 속에 잠재되어 있는 성격을 감지해 내며 조심스럽게 자리를 함께했다.

그렇게 저녁나절까지 술자리는 이어졌다.

작정을 했는지 앞으로의 계획이나 주어진 임무에 대해선 단 한 마디의 언급도 없이 그저 떠들고 마시고 웃기에 바빴다.

모두의 얼굴이 불콰해질 무렵.

초혜가 피곤하다며 먼저 자리에서 일어섰다.

이훈직이 초혜의 뒤를 따라 일어섰고, 마웅도 얼떨결에 따라 일어섰다. 초혜를 위해 좌중에서 일어선 사람은 이훈직과 마웅뿐이었다. 그러니 마웅은 자신이 서 있음이 어색해질 수밖에 없었다. 그것은 마웅의 자격지심일 뿐만은 아니었다. 앉아 있는 형제들의 모여든 눈길이 그것을 말해주고 있었다.

마웅은 자꾸 이훈직과의 사이가 꼬이는 것을 느끼며 다시 자리에 앉으려 했다.

그때,

초혜가 갑자기 마웅의 손을 자신의 두 손으로 잡았다.

"웅아?"

예상치 못했던 초혜의 태도에 마웅은 엉거주춤 섰다.

"응?"

마주한 초혜의 얼굴에 서먹한 기운이 스쳤다.

"다음에 만나 이야기하자. 진 사숙(師淑)에 대해 듣고 싶은 것도 있고⋯⋯."

마웅은 세 번째 사부이자 자신이 소방경으로 알았던 진충민의 죽음에 대해서 초혜가 궁금해한다는 생각에 별 생각 없이 고개를 주억거렸다.

"응, 그러지."

이훈직의 눈치를 보며 그렇게 나직하게 대답할 때 마웅은 초혜의 마주 잡은 손아귀 안에서 무언가 건네지는 것을 느꼈다. 작게 접은 종잇장이었다.

마웅은 급히 초혜의 눈 속을 들여다봤다. 초혜의 두 눈동자 속에서 은밀하면서도 교태스런 눈웃음이 빠르게 스치고 지나갔다. 그 의미 있는 눈웃음을 확인한 순간 마웅은 초혜의 손아귀 안에서 종잇장을 몰래 건네받아 주먹을 말아 쥐었다. 그리곤 초혜의 시선 앞에서 찬바람이 일 만큼 빠르게 돌아서며 자리에 앉았다.

옷자락을 사오락사오락하며 초혜는 내실을 나갔다.

초혜가 자리를 뜬 후 다시 불콰한 술자리가 이어졌다.

마웅은 교자상 아래에 말아 쥔 주먹을 숨기고 있다가 가만히 펴보았다. 조그맣게 접힌 화선지에 가느다란 세필(細筆)을 이용해 단아하게 적은 글씨는 단 두 글자.

독견(獨見).

야심한 밤길, 여섯 사내는 비칠비칠 취한 걸음으로 어둠을 희롱하며 걸었다. 고성방가에 노상방뇨, 화적질하러 내려온 도깨비 떼거지들처럼 칠흑 같은 어둠을 쫓아다니며 낄낄거렸다. 철부지 사내아이들처럼 세상 나 몰라라 낄낄거리는 웃음 속엔 마웅도 함께하고 있었다.

그렇게 매음굴 속에 있는 사합원(四合院) 근거지로 칠철각의 여섯 사내들은 되돌아가고 있었다.

여섯 사내의 희희낙락은 침묵하는 그림자 하나를 발견하곤 찬물을 뒤집어쓴 듯이 잠잠해졌다.

달빛에 길게 늘어진 여인의 그림자.

길게 드리운 그림자에 유난히 길게 삐져나온 나무젓가락 비녀가 도드라져 보였다. 넷째 낙수련이다.

골목 앞에 나와 기다리고 있던 낙수련은 달빛만큼이나 차가운 얼굴로 버티고 섰다가 타박타박, 흔들흔들 불량스런 걸음으로 다가와선 자꾸만 기우뚱거리는 이훈직의 어깨를 떠받쳤다. 차갑게 식어버린 얼굴 표정과는 달리 낙수련의 목소리는 여염집 새색시처럼 나긋했다.

의외였다.

"대사형, 많이 취하셨네요."

애써 취기를 물리려 했지만 이훈직의 입에서 새어 나온 목소리는 취기에 절어 많이 어눌했다.

"그래, 나… 취했다. 그런데……."

"어서 들어가서 쉬세요. 이야기는 내일 아침에 해요."

무슨 생각에서인지 이훈직이 뒤를 힐끔 돌아보며 갑자기 소리를 버럭 질렀다.

"웅아! 야, 웅아—!"

마웅이 잰걸음으로 이훈직 옆에 섰다. 첫 대면의 긴장감 때문인지, 아니면 퍼마셔 대던 다른 형제들과는 달리 스스로를 자제했던 술자리 탓인지 마웅의 몸이 개중엔 제일 반듯했다.

"예."

"야, 웅아. 인사해라. 넷째다."

이훈직의 말에 마웅은 머쓱하게 서 있었다.

정말 취한 것일까?

마웅이 난감해하며 서 있자 낙수련이 이훈직의 팔을 껴안고 끌어당겼다.

"대사형, 인사는 벌써 했어요. 제가 제일 먼저 쟤를 봤어요. 그리고 쟤가 대사형이 기루에 있다고 제게 일러바쳤는걸요."

이훈직은 게슴츠레한 눈으로 옆에 선 마웅을 지그시 흘려봤다.

"뭣이라? 웅아, 네가 고자질했냐?"

마웅은 새삼스레 묻는 이훈직을 향해 잠시 머뭇거리다가 어쩔 수 없이 짧은 대답을 꺼내놓았다.

"…예."

"이 자식이—!"

마웅의 대답이 떨어지기가 무섭게 이훈직의 손이 마웅의 뒤통수를 노리고 날아들었다. 마웅의 허리는 본능적으로 이훈직의 손을 피해 휘어졌고, 이훈직의 손은 허공을 그으며 지나쳤다. 그것으로 끝날 리는 없다. 그만한 술에 허튼 손을 놀렸을 이훈직이라곤 애초에 생각지도 않았다.

파— 팍—!

이훈직의 발과 주먹이 연타로 치고 들어왔다.

그간 비틀거리던 이훈직의 취기는 온데간데없이 사라지고 날카로운 권각이 마웅의 전신을 노리고 파고들었다.

마웅의 두 발끝이 지면을 박차며 뒤로 빠졌다.

타, 닷!

이훈직의 몸이 설핏 낮아지며 저만치 물러선 마웅을 향해 손을 까닥거려 보였다.

"와라! 오랜만에 흥이나 한번 돋워보자."

마웅의 대답은 시답잖았다.

"사형, 야심합니다."

"괜찮다. 취기를 물리기엔 땀을 흘리는 것보다 더 좋은 게 없어. 내일 아침에 개운하게 일어나려면 미리……."

이훈직은 너스레의 끝을 맺지 못했다.

마웅의 신형은 이미 소리없는 광풍처럼 이훈직을 향해 불어 닥쳤다. 두 사내는 적당한 사정권 안에 마주 서선 권각을 주고 받았다.

바람이 휘몰아 두 사내의 신형 속으로 빨려들었다.

밤공기를 쩌렁쩌렁 울리는 타격의 폭발음.

두 사내의 신형은 끝없이 움직였지만 두 발이 내딛는 자리는 서로가 약속이라도 한 듯이 늘 그 자리였다. 한 발의 비켜

섬도 없이, 한 발의 물러섬도 없이 그 자리 그대로 선 채로 수십 수를 순식간에 주고받았다.

한 번쯤은 격한 날숨이 쏟아질 만한데도 두 사내의 호흡은 들리지 않았다. 섬전벽력과도 같은 두 사내의 권각을 관심 있게 지켜보던 칠철각 무인들의 두 눈엔 한결같이 이채가 번뜩였다.

일수도 밀리지 않고 이훈직과 맞설 수 있는 마웅의 무위에 모두가 경악할 수밖에 없었다. 어느 순간, 이훈직의 몸이 빠르게 이 보(步) 뒤로 빠져나가며 대뜸 마웅을 향해 손을 뻗어내 엄지를 꼿꼿하게 세워 보였다.

"역시 내 사제다!"

그제야 마웅의 아랫입술에서 빠른 날숨이 얼굴 위에 뿜어져 나왔다.

"후—!"

얼굴 위로 흘러내린 머리카락 한 올이 빠르게 뿌려진 마웅의 날숨에 너울 날아올랐다.

*　　　*　　　*

초혜는 홍향기루의 나무 계단에서 한 손으로 턱을 괴고 앉아 밝은 달이 불만인 양 삐딱하게 올려다봤다. 반으로 뚝 부러뜨려 놓은 반달의 달빛이 착잡하게 굳어 있는 초혜의 얼굴을 푸르스름하게 물들여 놓았다.

야심한 밤이니 거리는 적막했다.

조심스레 내쉬는 한숨 소리마저 저 멀리까지 날아갔다가 사라졌다. 여름밤의 바람엔 온기가 있었다. 그 바람이 초혜의 귀밑머리를 날렸다. 뽀얀 귓밥을 간질이는 머리카락.

발자국 소리가 들렸고, 초혜의 시선은 그리 멀지 않은 어둠의 장막너머로 향했다.

잠시 후, 한 사내가 그 칠흑의 장막 속에서 불쑥 걸어나왔다. 초혜는 흐릿한 형체뿐인 사내를 확인하곤 다시 반쪽짜리 얼굴을 내민 달을 바라봤다.

"반쪽을 보지 않아도 온전한 네 얼굴을 내가 다 안다. 그런데도 반쪽만 낯을 내미는 것은 너나 나나 피차일반이구나."

초혜는 혼잣말을 중얼거리며 사내의 발걸음을 헤아렸다.

한 걸음.

두 걸음.

세 걸음…….

단 한 번의 머뭇거림도 없이 똑같은 크기의 발자국 소리로 다가오던 사내의 발걸음이 갑자기 뚝 끊어졌고, 때마침 표표히 흐르던 먹장구름은 반달의 달빛마저 가려놓았다.

초혜의 시선이 짙은 어둠을 묻힌 마웅의 얼굴로 옮겨졌다.

"쉰여섯 걸음이네."

뜬금없는 초혜의 말에 마웅은 의아하게 물었다.

"무슨……?"

"내가 너를 발견하고, 네가 내 앞에 서기까지의 발자국 수가 딱 쉰여섯 걸음이었다."

너무 엉뚱하니 우습지도 않았다.

"왜 그만 걸 헤아려?"

마웅의 물음에 초혜는 새치름해진 시선을 밤하늘로 돌렸다.

검은 강물 위에 떠다니는 구름인 양 밤하늘에 흐르던 묵빛
의 구름이 스르륵 물러나더니 턱을 괸 초혜의 얼굴에 푸른 달
빛이 한가득 들어찼다.

"그냥……."

되레 마웅의 입가에 멋쩍은 웃음이 물렸다.

"응, 그냥."

"그렇게 서 있을 거니?"

"어쩔까?"

"글쎄? 안으로 들어가기엔 보는 눈이 무섭고, 그냥 여기에
있을까?"

"좋을 대로."

"그럼, 좀 앉아."

마웅은 협소한 나무 계단을 살피다가 선뜻 앉지 못하고 머
뭇거렸다. 초혜는 협소한 계단 한쪽으로 바싹 붙어 앉으며 자
신의 옆 계단 바닥을 손으로 토닥토닥 두드렸다.

"이리 와 앉아."

마웅이 보기엔 같이 나란히 앉으면 서로의 어깨가 맞닿을
만큼 좁은 계단이라 차마 나란히 앉지 못하고 초혜가 앉은 바
로 밑 계단에 비스듬하게 비켜 앉았다.

"그냥 여기에 앉을게."

마웅이 바로 아래 계단에 앉자 초혜의 입술에서 바람 소리
가 터져 나왔다.

"피이! 무슨 남자가 그렇게 숙맥이라니? 뭐가 부끄럽고 부
담스러워 같이 앉지도 못해? 재미없어!"

똑 쏘아붙이는 초혜의 말에 마웅의 대답은 담담했다.

"부끄러워서가 아니라 불편한 게 싫어서 그래."

초혜는 입을 삐죽거리다가 무엇을 보았는지 가뜩이나 초롱
초롱한 두 눈에 이채까지 반짝이며 속삭였다.

"어머! 너 뛰어왔구나? 등짝이 땀으로 흠뻑 젖어버렸네."

마웅은 보이지도 않는 자신의 등 쪽을 힐끔거리다가 삐뚜름
하게 앉았던 몸을 등이 보이지 않게 돌려놓았다.

"아냐. 대사형이 뜬금없이 장난을 걸기에 잠시 받아주느
라……."

"응, 그랬구나. 난 또… 나 보고 싶어서 단숨에 달려오느라
땀에 흠뻑 젖은 줄 알았지. 좀 실망이다."

마웅은 고개를 돌리고 손톱으로 괜히 아랫입술을 긁적거렸
다. 대사형 이훈직과 수라무영권을 나누며 등짝에 적잖은 땀
이 배어 나왔던 것은 사실이다. 하지만 등짝이 축축하게 젖을
만큼은 아니었다.

그래, 사실은 뛰어왔다. 그러나 보고 싶어 안달이 난 것은
아니었다. 초혜를 만나보고 다른 형제들이 눈치를 채지 못하
게 재바르게 돌아가기 위해선 시간을 줄여야 했다.

단지 이유는 그것뿐이었다.

그래, 이유는 그것뿐이었다.

왜 그렇게까지 하면서 초혜라는 여인을 남몰래 만나야 하는가에 대해선⋯ 은밀하게 만나기를 원했으니 은밀하게 나와야 했다. 그것이 핑계란 것은 마웅 스스로도 알고 있었다.

고마웠다는 말을 하지 못했던 과거 때문일까.

그것 때문만은 결코 아닐 것이다.

어떤 하찮고 어쭙잖은 것이라도 푸근하게 다 받아줄 것 같은 사람. 그 여인이 초혜일 듯했다.

어쩌면⋯ 어머니, 내 고향.

그럼에도 불구하고 마웅의 마음 한구석은 무언가에 틀어 막힌 듯 답답하고 무거웠다.

"왜 따로 불러낸 거야?"

마웅의 물음에 초혜가 가만히 달을 올려다보며 미소를 지었다.

"그냥저냥."

"응. 그냥저냥. 나⋯ 솔직히⋯⋯."

떠듬떠듬 말을 끄집어내는 마웅을 향해 초혜의 눈동자가 관심을 보이며 마주했다.

"솔직히, 뭐?"

"사실⋯ 만나니 되게 반갑더라."

그렇게 어렵사리 속내를 한 점 드러내 놓은 마웅은 무슨 큰 짐이라도 내려놓은 듯 괜스레 어깨를 쭉 펴 보였다.

그때, 초혜의 속삭임이 마웅의 귓속을 간질였다.

"웅아?"

"응?"

"우리, 서로 얼굴 좀 보면서 이야기하자. 응?"

마웅은 빤히 쳐다보고 있는 초혜의 두 눈동자와 입가에 보일 듯 말 듯하게 내비친 미소를 견뎌내며 마주했다.

힘들었다.

마치 초겨울 새벽녘의 속삭임처럼 초혜의 은밀한 속삭임은 새벽안개 속 달빛만큼이나 을씨년스러웠다.

"웅아, 우리 둘이 오붓하게 있으면 죄가 되려나?"

마웅은 초혜의 두 눈동자에 가만히 물기가 들어차는 것을 보았다. 그 물기를 확인한 순간, 기다렸다는 듯이 치미는 울화.

"대사형이 너 못살게 굴어? 응? 말해봐!"

초혜의 얼굴이 가만히 달빛을 저어댔다.

"아냐, 그런 건 아냐."

터진 김에 쏟아졌다.

"대사형을 좋아해? 대사형의 여자야?"

초혜의 젖은 눈빛이 날이 서면서 따지듯 캐묻는 마웅의 얼굴을 노려봤다.

"네가 보기엔 그렇게 보여?"

마웅은 머뭇거리다가 단호한 소리를 내놓았다.

"…그래!"

초혜의 시선이 다시 밤하늘로 들려졌다. 두 눈 속에 잔바람이 들자 까만 두 눈동자에 잔잔하게 일렁거리는 반달의 달빛.

"싫어? 그래서 싫니?"

"상관없어! 내가 무슨 상관이야. 내 알 바는 아니지."

"그런데 왜 화는 내고 그러니?"

"내가 언제 화를 냈어!"

마웅의 짜증 섞인 말에 초혜의 얼굴이 마웅 쪽으로 홱 돌아섰다.

"지금 화내고 있잖니!"

마웅은 보았다. 바락 소리를 지르며 초혜의 얼굴이 자신을 향해 빠르게 돌아설 때, 초혜의 눈자위에서 뿌려지는 젖은 달빛을.

마웅은 잡아먹을 듯 자신을 노려보는 초혜의 눈빛을 피하지 않고 마주했다. 아니, 피할 수 없었다. 그럴 수 없었다.

젖은 두 눈이 왜 저토록 아름다우며, 송곳 끝같이 뾰족하게 날아와 박히는 시선이 왜 이토록 반갑고 고마울까.

여인의 눈물에… 알 수 없는 사내의 마음.

하지만 마웅의 뭉클한 마음은 잠시 이대로 머물고 싶은 생각과는 달리 엉뚱한 소리를 꺼내놓았다.

"…왜 울어?"

"내가 그걸 어떻게 아니?"

초혜의 어이없는 반문에 마웅이 할 수 있는 말은 딱 하나밖에 없어졌다. 사내니 그럴 수밖에 없었다.

"미안해."

때론 미안하다는 그 무뚝뚝한 말 한마디가 모든 뒷말을 잊게도 한다.

초혜는 가슴속에 잡다하게 쌓아놓았던 이런저런 말들을 마웅의 미안하다는 말 한마디에 모두 물려야 했다.

초혜의 두 눈 속에 물기는 더 이상 들어차지 않았다. 다시 밤하늘로 들어 올린 얼굴엔 반쪽짜리 낮빛의 달그림자가 푸르게 물들었다.

"참 우습다. 네가 내게 왜 미안해?"

"내가 울렸으니……."

"너 때문은 아냐."

"……."

그런데 섭섭했다. 아니라는 초혜의 말에 마웅은 섭섭하여 은근히 화가 치밀었다. 하지만 그 치민 속내를 안으로, 안으로만 다스리며 겉으로 드러내지 않았다.

그래야만 했다. 그러지 않으면 그녀 앞에 속내가 들킬 것이다. 그럴 수는 없지 않는가.

초혜는 반달을 쳐다보며 마웅에게 말을 전했으나, 그 전하는 말은 제 홀로의 말처럼 들렸다.

"답답해. 그냥 답답해. 아무 이유 없이 답답하니 눈물이 나고 화가 나. 넌 그런 적 없니?"

"있어."

"그럴 땐 어떻게 해? 응아, 남자들은 그럴 땐 어떻게 해?"

"다 큰 남자는 울지 않아. 그냥 어금니 악물고 견뎌. 견디다

보면 잊어. 잊으면 그만이야. 그래도 안 잊히는 일은……."

"그래도 안 잊히는 일은? 그럴 땐 어쩌지?"

"벼려. 칼을 벼리듯 마음을 벼려."

마웅의 대답을 들은 초혜의 입가에 쓰디쓴 미소가 파랗게 번졌다.

"난… 숨을 곳을 찾아. 우습게도 그곳이 바로 남자란다."

마웅은 중얼거리는 초혜의 얼굴을 지그시 노려봤다. 초혜는 서슬 퍼렇게 노려보는 마웅의 눈길이 너무나 따갑게 느껴졌던지 마웅의 얼굴 쪽으로 시선을 슬며시 돌리다가 마웅의 두 눈빛이 칼날처럼 날이 서있다는 것에 놀라며 어깨를 작게 움츠렸다.

"얘? 왜……? 무섭게 왜 그래?"

"그래서 기녀짓해?"

초혜의 얼굴이 꽁꽁 얼어버렸다. 두 눈동자가 분노에 휘날리며 바르르 떨렸다.

"그래서 뭐?"

"또 미안하다고 말해야 하는 건가?"

"그럴 필요 없어! 가ㅡ! 내 앞에서 꺼져ㅡ!"

초혜의 독이 오른 목소리가 밤공기를 쩌렁쩌렁 울릴 만큼 크게 터져 나왔다.

어둠 저 먼 곳, 귀 밝고 잠 없는 어느 집 개가 참견하고파 왈왈 짖어댔고, 기루의 이층 창문이 환해지더니 잠이 깬 기녀 하나가 밖으로 부스스한 얼굴을 내밀어 앙칼진 초혜의 목소리를

잠시 내려다보더니 언짢게 창문을 쾅 닫으며 밝혀놓았던 불마
저 꺼버렸다.

세상이 다시 묵직한 침묵 속에 휩싸일 즈음, 마웅은 자리를
털고 일어섰다. 초혜의 흔들리는 시선이 커다랗게 일어선 마
웅의 그림자를 흘겨봤다.

"갈 거니?"

"가라며?"

"정말 갈 거니?"

"정말 안 가면?"

"앉아."

"왜?"

작게 떨리던 초혜의 입술에서 울음 섞인 목소리가 다시 뾰
족하게 토해졌고.

"앉아—!"

마웅은 귀 막고 눈 가린 사내처럼 그 자리에 선 채로 뻗댔
다.

"……."

초혜는 바람이 흩트려 놓은 귀밑 머리카락을 손을 들어 올
려 귓바퀴너머로 가지런히 넘겼다.

"내가 싫니?"

"그러는 넌?"

"넌 남자잖니. 그러니 너부터 말해봐."

마웅은 초혜가 올려다보던 반쪽 얼굴의 달을 가만히 쳐다보

며 잠시 뜸을 들이다가 어렵게 입을 열었다.

"난… 네가 좋아."

참으로 어려운 마웅의 고백을 초혜는 의외로 담담하게 받아들였다. 이미 예전부터 알고 있었던 것처럼, 그것을 진즉에 확신했던 사람처럼 자그마한 목소리로.

"나도."

마웅은 멈춘 시간 속에 잠시 서 있었다. 그 시간과 공간 속에서 멍하니 머물며 초혜의 화답을 몇 번이고 곱씹었다.

미지근한 여름밤의 바람이 마웅의 경직된 얼굴을 스쳐 현재를 일깨웠고, 가슴속에 잠시잠깐 쌓였던 침묵이 마웅의 입에서 소리가 되어 새어 나왔다.

"내가 좋아하는 것이, 네가 좋아하는 것과 같진 않을 거야. 그렇겠지?"

이따금 의미는 진실과 엇나갈 때가 있다.

눈빛만으로 슬퍼하던 초혜는 그렇게 마주 엇나가며 마웅과 똑같은 말로 되물었다.

"그렇겠지?"

마웅마저 왜곡되고 엇나가 버린 의미를 진실로 받아들였다.

"응, 그래."

초혜는 입술 밖으로 한숨을 숨기듯 내쉬었다.

"후—!"

그리곤 적잖게 실망한 목소리로 물었다.

"나를 누나라고 생각하니?"

"사실 처음엔 그렇게 생각하지 않았어. 이젠 어쩔 수없이 그 래야 하지 않을까?"

"그런데 왜 지금은 그렇게 부르지 않니?"

"대사형이 없으니… 그리고… 내가 원래 좀 싸가지가 없는 놈이잖아. 지금 당장에라도 꼭 그 소리가 듣고 싶으면 그렇게 불러주고."

초혜의 얼굴이 겸연쩍어하며 웃었다.

"시시하다."

"뭐가?"

"그냥……."

마웅은 알 수 없는 초혜의 대꾸에 알 수 없는 마음으로 나무 계단에 도로 앉았다. 또 그렇게 알 수 없는 미련이 꼬리를 물 었다.

"누나처럼 느껴지지가 않아."

마웅의 말에 초혜가 고개를 끄덕이며 동감했다.

"나도 동생으론 생각이 안 들더라. 왜 그럴까?"

마웅이 싱거운 웃음을 보였다.

"왜 그렇긴, 난 버릇없는 놈이고 넌 착한 여자니까."

초혜의 입에서 소녀 같은 웃음이 툭 터져 나왔다.

"푸웃! 내가 착하니?"

"응."

그 짤따란 대답을 끝으로 두 사람은 서먹한 얼굴을 어둠에 묻어두었다. 잠시잠깐 서로의 존재를 서로가 모를 만큼 두 사람은 서로에게 침묵했다.

달빛이 흐르는 구름에 낯이 가리기를 두어 번.

서로의 존재를 먼저 기억해 낸 사람은 초혜였다.

"난 네가 무서울 때가 있어. 너를 처음 봤을 때에도 사실 조
금 무서웠다?"

"……."

"그러면서도 늘 네가 궁금했었다? 우습지?"

"……."

별로 우습지 않아 대답 없는 마웅에게 초혜는 무슨 말이든
한마디 거들어주기를 강요했다.

"넌 어땠어?"

마웅은 심드렁한 소리로 되물었다.

"뭐가?"

"나."

"그냥… 예뻤어."

뚱하게 내뱉는 마웅의 말에 초혜는 활짝 웃었다.

"정말?"

"……."

"얼마큼?"

"유치하게 왜 그래?"

"치이! 여자들은 원래 그런 거 좋아해. 얜, 잘 알지도 못하면
서 남부끄럽게 면박이람?"

새치름해지는 초혜의 표정을 힐끔 훔쳐보던 마웅은 무슨 큰

선심이라도 쓰듯 한마디 툭 던져 버렸다.

"굉장히 예뻤어."

"굉장히? 얼마큼?"

초혜는 즐기듯 장난스러웠고, 마웅의 입은 코뚜레가 당긴 소처럼 초혜의 집요함에 끌려들어 갔다.

"내가 여태껏 본 여자 중에 제일."

마웅은 그렇게 낯간지러운 말을 내놓은 후 무슨 몹쓸 소리라도 한 듯이 오만상을 구겼고, 초혜는 입가에 함박미소를 지었다. 하지만 그 환하던 초혜의 미소는 시름시름 앓다가 사그라졌다.

그 상심한 미소가 의아한 마웅이 조심스럽게 물었다.

"왜?"

"응?"

"왜 좋아하다가 말아? 꼭 울어버릴 사람처럼… 갑자기… 또 왜 그래?"

"그냥… 저냥."

초혜의 바싹 마른 목소리 속으로 난데없이 눈물이 주르륵 흘러내리며 젖어버렸다. 갑작스럽게 흐르는 초혜의 눈물을 확인한 마웅은 당혹스러워 말문이 막혔다.

아리고 저리는 가슴. 바람에 가슴이 베었나 보다.

마웅은 초혜의 젖은 눈빛이 푸른 달빛에 물들며 무언가를 망설이듯 가만히 흔들리는 것을 보았다. 한가득 고였던 상심한 눈물은 두 줄기 작은 눈물 자국을 기억해 내며 다시 흘러내렸다.

"웅아, 남자들은 왜 여자가 자기의 소유물이라고 생각할까? 그 사람은 단 한 번도 내게 묻지 않았다. 자신이 결정하면 난 그냥… 저냥."

"너도 대사형을 좋아하잖아? 그렇게 보이던데?"

"그렇게 보였어? 글쎄? 그것을 고민해 본 적은 있었지만… 그러려고 노력해 본 적도 있었지만… 운명이라며 순응해 보려고 한 적은 있었지만……."

"있었지만… 아니었구나? 아니면 아니라고 말해. 뭐가 무서워 말을 못해? 싫으면 싫다, 좋으면 좋다 말을 해."

초혜는 양손을 다소곳이 들어 올려 두 볼에 두 줄기로 난 눈물 자국을 갈무리했다.

"나… 그 사람이랑… 태중혼약(胎中婚約)한 사이야."

어렵고도 참으로 힘든 초혜의 고백에 마웅의 눈빛은 순간 얼음 조각처럼 얼었다가 몹쓸 바람에 꺼지는 불빛처럼 암연 속으로 훅 빨려 들어가 사라져 버렸다.

참담한 분노.

마웅은 무슨 봉변이라도 당한 사람처럼 중얼거리며 벌떡 자리에서 일어섰다.

"그… 그랬… 었구나. 빌어먹을! 난 그런 줄도 모르고……."

초혜의 얼굴이 급히 일어선 마웅에게로 돌아갔다.

"우, 웅아?"

"으… 웅?"

마웅은 대답하는 것마저도 난감하고 힘들었으니, 초혜의 얼굴을 마주하는 것은 더더욱 힘든 일이었다. 그러니 저 한편에 드리운 어둠의 장막 속으로 시선을 던져 두었다.

그 시선의 끝은 그리 오래가지 못하고 초혜의 원망 서린 목소리를 향해 이내 되돌려 놓아야만 했다.

"비겁해!"

마웅은 어둠 끝에서 되돌린 시선을 초혜 쪽으로 천천히 옮겨놓았다.

"비겁해? 내가 뭘? 내가 뭘 어쨌는데 비겁해?"

"지금 내 앞에서 달아날 생각만 하잖니."

마웅은 섭섭함에 화가 난 초혜의 얼굴을 찬찬히 노려봤다.

"내게 뭘 바라? 대사형은 좋은 사내야. 누구보다도 남자답고 책임감도 강하고 사리 분별도 확실하고… 그리고 결정적으로… 내겐… 내겐 사부님과도 같은……."

"그래서?"

"그래서라니?"

초혜가 마웅과 마주 서며 고집을 피우듯 되뇌었다.

"그래서?"

새파랗게 얼어 있는 초혜의 얼굴은 푸른 달빛 때문만은 아니었다. 한 계단 위에 버티고 선 초혜의 얼굴은 마웅의 당혹한 시선과 키를 맞추며 마주했다.

달빛의 요기가 서린 초혜의 자태와 미모였다.

그랬다. 엄습하는 두려움.

"난……."

"난… 뭐?"

"어쩔 수 없어. 난……."

"비겁해."

마웅은 고개를 절레절레 저었다.

"아냐, 그런 게 아냐."

"비겁해! 비겁해!"

"아냐! 아니라고!"

으르렁거리는 마웅의 외침에 초혜는 지지 않으려 펑펑 흐르는 눈물로 대들었다.

"비겁해, 넌 비겁해! 비겁하다고! 이 나쁜 놈아!"

생떼 같은 악다구니는 차라리 가련했고, 그렇게 흐르는 여인의 눈물은 피 묻은 칼날보다도 더 잔인했다.

마웅은 고운 얼굴에 굵게 흐르는 두 줄기의 눈물을 보지 말았어야 했다. 바르르 떨리는 아랫입술에 맺혔다가 울먹이는 턱 아래로 뚝뚝 떨어지는 푸른 달빛의 눈물을 아예 쳐다보지 말았어야 했다.

꼭 그랬어야만 했는데, 그것을 용서하고 바라본 것이 마음 한쪽에 불씨가 되도록 방관하는 죄를 짓게 했다.

분명 이것은 죄다.

그러한 죄의식은 미묘하고 사악한 음모가 되어 어둠 속으로 녹아들었다. 마음 한편은 '아니다, 이러면 안 되는 거다' 하며 소리를 쳤지만 마웅의 두 손은 자신도 모르게 초혜의 어깨울음으로 향하고 있었다.

두 손이 느끼는 초혜의 두 어깨는 두 눈이 감지한 것보다 더 왜소하고 작았다. 조금만 힘을 주어도 아스러질 듯한 둥근 어깨의 체온은 오히려 넉넉할 만치 따스했다.

마웅은 경색된 얼굴로 물었다.

"왜 하필 나야? 왜?"

초혜의 눈자위는 젖어 있었고 붉은 입꼬리는 웃고 있었다.

"그런 걸 왜 묻니?"

"네가 하는 짓이 하도 수상쩍어서 그런다."

"넌 왜 내 앞에 있니?"

"네가 불렀잖아."

"부르면 달려오는 내 강아지니?"

마웅은 입가에 쓴 미소를 물며 고개를 작게 끄덕였다.

"그래. 네가 챙겨주는 밥을 맛있게 받아먹던 강아지라서 단걸음에 달려왔다. 그래, 그게 나의 잘못이었구나?"

초혜는 고개를 도리도리 저었다.

"서희기루에서부터 몰래 널 훔쳐보며 내 첫 남자라고 생각했어. 나 혼자서… 나 혼자서 너를 내 남자라고……."

"첫 남자? 모르는 사람이 들으면 오해하기 딱 좋을 소릴 하는구나. 난 네 손목 한번 잡은 적도 없다."

"몸이 중요한가? 마음보다 그게 더 중요한 거야?"

"때론… 남자의 기준에선……."

큰 의미를 담지 않았던 마웅의 말에 초혜는 자신의 두 어깨를 보듬은 마웅의 두 손을 거칠게 털치곤 차갑게 돌아섰다.

"나 그만 들어갈래."

"……!"

잡을 수도 없다. 그렇다고 '그래, 나도 가마' 라고 말하며 마주 뒤돌아서기도 머쓱했다. 더 마음이 무거운 것은 의미 없는 자신의 말에 낙담한 사람처럼 뒤돌아서 버린 초혜의 태도였다.

마웅은 그것을 확인하려 돌아선 초혜를 향해 질문을 던졌다. 던지지 말았어야 할 질문이었고 품지 말았어야 할 의문이었다.

"벌써 대사형이랑 잤구나? 그렇지?"

마웅의 당돌한 질문에 초혜의 걸음은 멈칫하는 듯, 휘청거리는 듯 잠깐 혼란스러워하더니 아찔했던 그 순간을 벗어나며 기루의 문 쪽으로 반듯하게 걸어갔다.

초혜는 반쯤 넘어 나간 걸음으로 걸어갈 뿐 끝내 답을 주지 않았다. 주지 않는 대답이 오히려 더 확실한 대답처럼 여겨졌다.

마웅은 괜스레 애먼 반달을 잠시 노려보다가 쓰디쓴 미소를 입가에 베어 문 채 뒤돌아섰다.

'빌어먹을!'

마웅은 사실이 그렇다 할지라도 하릴없을 뿐인 그 일에 욕지거리를 되뇌며 나무 계단에서 내려섰다. 그리곤 저만치 보이는 어둠을 보며 걸었다.

한 발, 두 발, 세 발……

초혜가 헤아리던 자신의 발자국 수를 따라 헤아리며 걸었다. 초혜가 헤아렸다는 쉰 몇 걸음이 가까워 올쯤, 야심한 침묵을 날카롭게 깨뜨리며 들려온 초혜의 목소리.

"비겁해! 너무해! 너무 비겁하다고─!"

그 비명 같은 외침을 향해 마웅은 되돌아섰으나 보이는 것은 반달의 푸른 달빛과 달빛이 미치지 못한 저 먼 곳의 어둠뿐이었다.

완고한 어둠.

그곳에는 초혜의 모습도, 목소리도 더 이상 들리지도, 보이지도 않았다.

장승처럼 선 채로 되뇌는 초혜의 목소리.

비겁해…….

너무해…….

너무 비겁해…….

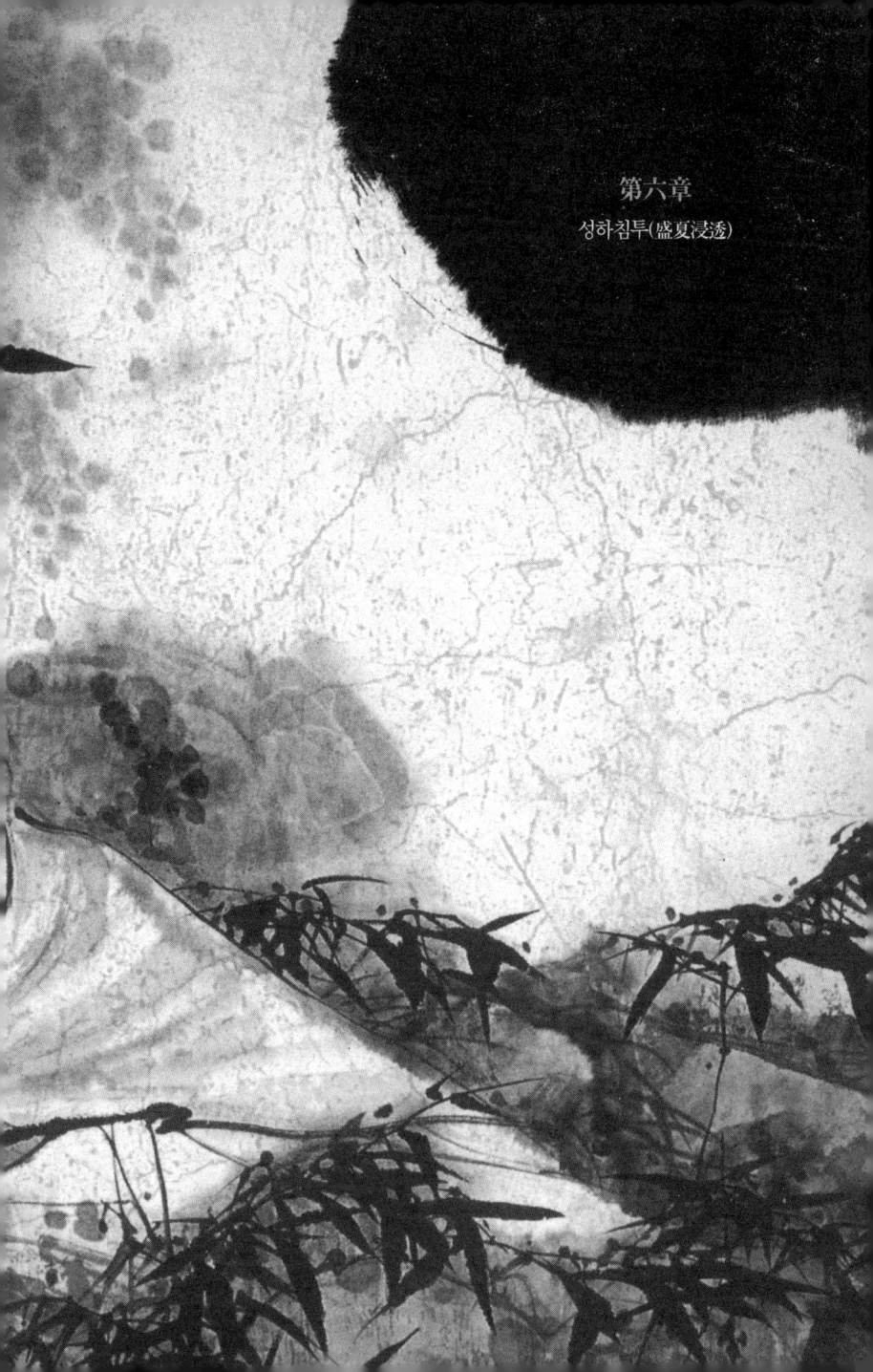

第六章
성하침투(盛夏浸透)

江湖苦行記
강호 고행기

쾅—!

미닫이 문짝이 무례하게 왈칵 열렸다.

침상에 두 다리를 쭉 뻗고 벽에 등을 기대고 앉아 있던 마웅은 가만히 실눈을 떴다.

원형 창으로 들어온 아침햇살은 풋풋했다.

"웅아, 빨리 나와! 아침 먹고 바로 출행이다!"

문턱 너머에 서 있는 사내는 가창빈이었고, 녀석의 목소리는 호들갑스럽게 느껴질 만큼 달떠 있었다.

새벽까지 잠을 못 이루던 마웅은 벽에 등을 지고 앉은 채 깜박 잠이 들었다가 잠꼬대 같은 소리로 물었다.

"…어디로?"

"몰라! 빨리 튀어나와!"

*　　　*　　　*

한여름의 태양은 대지를 백랍으로 만들 작정인가 보다.

작열하는 땡볕 아래, 일곱 필(匹)의 말이 협곡으로 들어섰다. 양옆으론 황폐한 비탈과 그 비탈 위로 성하(盛夏)의 열기를 받들며 푸르게 몸을 불사르는 울창한 숲.

반나절 동안 심한 갈증을 참아내었으니 말이나 사람이나 입꼬리에 게거품 같은 앙금이 물리기는 매한가지였다.

잔인할 만치 지루하게 울어대는 매미 소리… 귀 울림.

간간이 불어온 바람은 체온보다도 뜨거워 가쁜 호흡을 더욱 버겁게 했다. 그나마 협곡으로 들어서면서 깊은 산그늘의 여운 탓에 한여름의 폭염을 다소나마 피할 수 있었으니 그게 어딘가 싶을 정도였다.

의창(宜昌)을 벗어나 서북쪽으로 향한 지 이틀 하고 반나절이 지나서야 호북성의 중앙 관문인 호천관(湖天關) 언저리에 도착할 수 있었다.

가파른 산비탈 사이를 이으며 철옹성처럼 높다랗게 솟은 관문의 높이는 족히 대여섯 장(丈)은 되어 보였다. 성벽마다 세워놓은 깃발들이 폭염을 견디지 못하고 하나같이 비 맞은 수양버들처럼 축축 늘어져 있었다.

그 사이로 드문드문 보이는 관군들의 모습.

활짝 열려진 관문은 우마 수레가 두셋은 한꺼번에 들락거릴
만큼이나 넓고 높았다.

한창 뜨거울 정오 무렵이라서 그런지 관문을 통과하는 행인
들은 보기 드물 정도로 줄어 있었다. 칠철각의 일곱 후예들은
호천관의 관문이 시야에 보이자 말고삐를 바싹 당겨 줄여놓은
마보를 더욱 느리게 했다.

출행의 목적은 아직 모른다.

묻지 않으니 알려주는 사람도 없었다.

마웅은 이틀 하고 반나절 동안 필요한 대답 외엔 침묵으로
일관했다. 형제들이 그 침묵을 의아해하며 물을 때마다 마웅
은 그냥 쓴웃음만 지었다.

형제들은 마웅의 쓴웃음을 첫 임무에 대한 긴장 탓이려니
하며 두루뭉수리하게 받아들였다.

의창의 사합원 근거지에서 출발하기 직전에 이훈직이 마웅
에게 지나가는 말처럼 물었었다.

"밤새 어딜 그리 쏘다녔냐?"
"뒷산에요."
"뒷산엔 왜?"
"그냥저냥요."

마웅의 뚱한 대답에 이훈직은 입으론 웃고 눈으론 힐끗 흘
겨보다가 대수롭지 않다는 듯 넘겨 버렸다. 그것으로 마웅은

초혜와 자신 사이의 야릇했던 불상사를 끝맺음했다고 여겼다.

그러고 싶었고 그래야만 했다.

하지만 초혜의 목소리가 귀신 씐 듯 마웅의 뇌리에서 지워지지 않고 끝끝내 따라다니며 괴롭혔다.

"비겁해! 너무해! 너무 비겁해!"

초혜의 목소리가 또다시 곱씹히자 마웅은 편두통이라도 앓는 듯 한쪽 눈매가 작게 찌푸려졌다.

그때, 이훈직의 바짝 마른 목소리가 낮게 깔렸다.

"관문 통과 시 나와 묘담만 나선다. 모두 입단속해라."

대사형 이훈직이 모두에게 주의를 주듯 그렇게 말은 했지만, 정작 이훈직의 눈길은 마웅에게로만 집요하게 향해 있었다. 그걸로 봐선, 늘 그렇게 통용되던 일이 첫 임무로 따라나선 마웅을 위해 새삼스레 한 번 더 거론된 것으로 보여졌다.

그것을 알아차린 마웅이 이훈직의 시선 앞에 작게 고개를 끄덕여 보이고서야 이훈직의 시선은 전면으로 향했다.

일곱 명의 마상무인을 확인한 수문 관군들이 뿔피리를 짧게 불어 주위를 경각시켜 놓았다.

관군의 뿔피리 소리가 신호가 되어 이훈직과 셋째 묘담이 관군들을 향해 한 손을 높이 치켜들어 보이며 빠른 마보로 관문을 향해 나섰다.

말발굽 소리와 함께 흙먼지를 뽀얗게 피어 올리며 관문 앞까지 달려간 이훈직과 묘담. 두 사내는 말에서 뛰어내려 관군들을 향해 포권을 해 보이며 인사치레부터 하곤 수문 관군들과 두런두런 이야기를 나누기 시작했다.

잠시 후, 느긋한 마보로 관문을 향하던 다섯째 손화수가 의아하다는 듯이 고개를 갸웃거렸다.

"예전 없이 오래 걸리네. 검문이 너무 까다로워."

손화수의 말에 낙수련이 양어깨에 내려앉은 먼지를 손으로 툭툭 털어내며 의아심을 거들었다.

"다섯째가 맹한 소리를 하네. 무림맹의 호위대가 지나갈 것이라는 소식을 미리 통보받고 지레 경계를 하는 것이겠지."

마웅은 낙수련의 말을 듣고서야 이번 임무가 무림맹과 직접 관련이 있다는 것과 무림맹의 호위를 받는 자가 아주 중요한 인물일 거라고 짐작했다.

뒤처져 따르던 형제들이 관문 가까이 다다랐을 쯤, 묘담이 너털웃음을 크게 터뜨리며 수문 관군 중에 수문장쯤으로 여겨지는 자의 어깨를 스스럼없이 툭툭 두드리곤 몸을 돌려세웠다.

호천관의 수문장은 무엇이 그리 좋은지 돌아선 묘담의 뒤통수를 바라보며 함박웃음을 지어 보였다.

"머무는 동안 말썽은 피우지 마시게들!"

이훈직이 말에 먼저 뛰어올라 탔고, 뒤이어 묘담이 단숨에 말에 올라타며 중년 나이의 수문장을 향해 뒤늦은 대답을 했다.

"연줄은 놓아드릴 테니 제갈세가(諸葛世家) 쪽으로 조카란 사람을 한번 보내세요. 제가 도착하는 대로 미리 언질은 해두겠습니다."

묘담의 말에 수문장의 입이 연방 귀밑까지 찢어졌다.

"그래주면 고맙지! 좀 잘 부탁하이! 장도에 피곤들 하겠네! 어서 들어가 보시게!"

말머리를 관문 쪽으로 막 디밀던 이훈직이 수문장을 돌아보며 한 소리 더 던졌다.

"보름 안으로 보내시오! 그 후엔 우리가 없을 테니."

이훈직의 말에 수문장은 이훈직을 향해 작게 허리까지 접어 보이며 황공해했다.

"아이고! 여부가 있겠수! 오늘 당장 조카 놈에게 다리를 놓아두었다고 기별을 해두겠소!"

이훈직과 묘담의 뒤를 따라 관문 쪽으로 향하던 마웅은 자신의 옆에 바짝 붙어 있던 낙수련의 얼굴을 살폈다.

땀에 섞여 번들거리는 비웃음.

무림인들은 관군 개개인 보기를 벌판에 세워놓은 허수아비 정도로밖엔 여기지 않는다. 지금 낙수련의 비웃음이 딱히 그런 것만은 아닐 것이다. 마웅은 낙수련의 입가에 번져 있는 비웃음으로 두 사형과 수문장 사이에 오고 갔던 약속이 몽땅 사기란 것 정도는 눈치챌 수 있었다.

어쨌거나 칠철각의 형제들은 관군의 눈과 귀를 간단하게 속여 무사통과될 듯했다.

막 관문으로 들어설 때, 마웅의 눈길이 호천관 성벽 아래에 아무렇게나 퍼질러 앉아 꾸벅꾸벅 졸고 있는 늙은 비렁뱅이 쪽으로 잠시 스치다가 신기한 것이라도 본 듯이 두 눈을 빛냈다.

한창 더울 정오 무렵이라 한둘 있을 법한 좌판마저 걷어 치우고 없는 이즈음에 머리위로 내리붓듯 쏟아지는 가혹한 땡볕을 견디며 세상모르고 졸고 있는 늙은 비렁뱅이라니.

마웅은 늙은 비렁뱅이를 신기해하며 잠시 보다가 못 볼 것이라도 본 양 짐짓 시선을 앞으로 급히 돌려놓았다. 하지만 마웅은 관문을 통과한 후 무언가 께름칙한 것이라도 있는 듯 말머리를 획 돌려세웠다.

마웅이 말머리를 틀어 왔던 길을 되짚으며 관문 밖으로 도로 나가자 의아한 이훈직이 뒤를 돌아보며 소리쳤다.

"야, 막내야!"

마웅은 이훈직의 부름에 대꾸도 없이 곧장 관문 밖으로 나가선 말을 멈춰 세우곤 성벽 아래쪽으로 시선을 던졌다. 성벽 아래에 좀 전까지만 해도 퍼질러 앉아 있던 늙은 비렁뱅이는 그 짧은 시간에 온데간데없었다.

마웅은 순간적으로 자신이 무언가에 홀린 것은 아닌가 하며 고개를 갸웃거려야 했다. 가창빈이 급히 말을 몰아 마웅을 뒤따라왔다.

"야! 무슨 일이야?"

"아무것도 아냐. 가자."

마웅은 그렇게 건성으로 대답하고 가창빈과 함께 다시 관문 안으로 말을 몰아 달렸다.

관문 안으로 들어선 마웅은 곧장 이훈직의 옆을 따라붙었다.

"대사형?"

"갑자기 무슨 일이야? 왜 멋대로 이탈해?"

매섭게 나무라는 이훈직을 향해 마웅은 자신이 의아해하던 것을 끄집어냈다.

"대사형, 이 더위에 땀을 조금도 흘리지 않는 사람이라면 대단한 내력의 소유자겠죠? 더군다나 옅은 숨결 속에 한기까지 설핏 내보였다면……?"

이훈직의 눈매가 더욱 매서워졌다.

"이 녀석이, 그게 무슨 자다가 봉창 두드리는 소리냐?"

"내공이 어느 지점에 도달하면 스스로 체온을 조절하는 능력까지 생기는 수가 있다던데, 그게 사실입니까?"

흔하지 않은 일이지만 초절정의 고수들 중엔 한겨울에 더위를 느끼며 구슬땀을 흘리고, 한여름에 한기를 느끼며 입 밖으로 뽀얀 입김을 쏟아낼 수 있는 고수들이 분명히 있었다.

이훈직이 알고 있기엔, 얼마 전에 작고하신 자신의 사부만 해도 그 경지에 가까운 내공을 소유했다. 다만 사부 하복회는 그것을 일시적으로밖엔 사용하지 못했다는 것뿐.

"있긴 있지. 현 무림엔 열 손가락으론 다 헤아리지 못할 만큼 적잖게 많은 절정의 고수들이… 근데 왜?"

이훈직의 탐탁찮아하는 대답을 마웅이 빠르게 받아들였다.

"그런 자를 제가 방금 본 것 같습니다."

순간, 이훈직의 두 눈에 이채가 스치며 그 날카로워진 시선이 마웅의 얼굴 쪽으로 홱 돌아섰다.

"어디서?"

"관문 성곽 아래에서요."

"나이는?"

"적어도 환갑 진갑은 넘긴 늙은이였습니다. 아니, 나이를 짐작할 수 없을 만큼 많이 늙어 보였……."

이훈직이 마웅의 말을 급히 자르고 들어왔다.

"행색은?"

"거지 중에서도 상거지였습니다."

빠르게 오고 가던 두 사람의 문답 속으로 의아하게 생각한 형제들이 우르르 모여들었다. 궁금한 목소리는 둘째 사형 최대산의 입에서 먼저 나왔다.

"무슨 일이야?"

이훈직의 시선이 최대산 쪽으로 휙 돌아갔다.

"대산아, 금분세수(金盆洗手)한 전대 개방방주의 용모가 어땠지?"

"전대 개방의 방주? 대비개(大鼻丐) 목변항이야. 그의 명호처럼 코가 주먹만 하지. 어디서든 금방 드러나는 얼굴이야. 근데 왜?"

이훈직은 최대산의 반문을 무시하고 마웅 쪽으로 급히 시선을 돌렸다.

"그자가 맞아?"

마웅은 고개를 가만히 저어 보였다.

"아닌데요. 살짝 매부리코였는데요."

"매부리코? 확실하냐?"

"코를 유심히 봤거든요. 콧바람에 한기가 뿜어졌습니다. 그래서 의아하게 생각했죠."

이훈직은 검미를 꿈틀거리며 마웅을 노려봤다.

"뭐, 한기? 겨울철 입김처럼 그런 한기? 혹시 잘못 본 건 아니냐? 그런 절정의 고수가 대놓고 그러진 않았을 텐데?"

마웅의 대답엔 자신감이 있었다.

"확실합니다. 늙은 비렁뱅이가 성벽 아래에 퍼질러 앉아 있기에 그냥 별 생각 없이 봤죠. 그런데 그 장소가 이상하게도 그늘이 아니라 땡볕이었습니다. 이상하잖아요. 이 더위에 그늘진 곳을 찾아가 앉아 있어야 할 늙은이가 죽으려고 작정을 하지 않은 다음에야 그 땡볕 아래에서……."

"그래서?"

"그래서… 이상하다고 생각했죠. 수상쩍게 여기며 관문 안으로 막 들어서는 척 힐끔 훔쳐봤죠."

셋째 묘담이 쪽 째진 두 눈 속으로 옅은 안광을 뿜어내며 관심을 보였다.

"그랬더니?"

"가만히 내쉬는 콧바람에서 뽀얀 한기가 빠르게 뿜어졌다가 사라졌습니다. 분명 갈무리해 두었던 몸속의 한기를 한순간에 몰아쉰 것으로 보였습니다. 관문 안으로 들어와서 생각해 보니 여간 이상한 게 아니었습니다. 그래서 바로 말머리를 돌려 달려갔습니다만……."

마웅이 말끝을 슬며시 흐리자 이훈직의 눈길이 마웅을 뒤따라갔던 가창빈 쪽으로 향했다. 대사형 이훈직의 눈길을 받은 가창빈은 제풀에 찔끔 놀라며 무슨 억울한 일을 당한 사람처럼 고개를 절레절레 저었다.

"제가 갔을 땐, 그런 늙은이는 없었습니다."

이훈직의 시선이 다시 마웅의 얼굴 쪽으로 빠르게 돌아갔다.

"어떻게 된 거냐?"

"재차 확인하러 갔을 땐 이미 흔적도 없이 사라지고 없었습니다."

"그 짧은 시간에?"

"예."

넷째인 사저 낙수련이 새치름한 얼굴로 마웅을 노려보며 이죽거렸다.

"야, 웅아! 너, 더위 먹고 헛것을 본 게 아니냐? 괜히 확실하지도 않은 일로 이렇게 수선을 피우는 건 아니냐고?"

낙수련은 그렇게 못마땅하게 빈정거리며 손가락을 세 개 펼쳐 마웅의 시선 앞에 살랑살랑 흔들어 보였다.

"웅아, 요게 지금 몇 개로 보이니?"

못미더워 놀려먹으려는 낙수련의 장난질을 이훈직이 매섭게 나무랬다.

"수련아, 이만한 더위에 정신 줄을 놓을 만큼 허술한 막내가 아니다! 좋은 말로 할 때 손모가지 치워!"

이훈직이 나무라자 낙수련은 입이 댓 발이나 튀어나와 놀려
먹던 손을 허리 뒤로 급히 숨겨 버렸다.

이훈직은 토라져 외면한 낙수련을 잠시 노려보다가 시선을
다시 마웅 쪽으로 돌렸다.

"그래, 네가 보기엔 그자가 어떻더냐? 본 느낌이 어땠냐고?"

"정말 아주 평범해 보였습니다. 어느 구석에서도 무인의 흔
적을 발견할 수가 없었습니다. 동네에서 흔히 보던 비렁뱅이
의 풍모였습니다."

"뭣이? 아주 평범해? 너의 말을 액면 그대로 받아들인다
면… 그자는 한서(寒暑)를 내공으로 다스리고, 삼화취정(三花
聚頂)의 경지에 무공의 흔적마저 깨끗하게 지울 수가 있었다.
그렇다면 반박귀진(返撲歸眞)에 도달한 자다. 그런 자가 이 시
점에 이런 곳에?"

미간을 잔뜩 찌푸리며 고심하던 이훈직의 시선이 최대산 쪽
으로 향했다.

"어때? 짐작 가는 구석이 없어?"

최대산 역시 난감한 표정으로 고개를 가로저었다.

"없어. 내가 아는 그만한 고수 중엔 매부리코가 없어. 혈수
인 견자강의 용모를 제삼각주께 들어 안다며? 혹시 혈수인 견
자강 그자는 아니냐?"

최대산의 반문에 이훈직도 고개를 저었다.

"혈수인 견자강은 아니야."

"그럼, 암합회 회주 우문광후란 자가 아닐까? 그만한 경지

의 무인이라면 현 무림에서 손가락 안에 꼽힐 만한 자야."

"암합회 회주, 우문광후? 그럴 가능성은 없어. 아무리 궁하고 아쉬워도 그렇지, 암합회의 회주가 그런 모습으로 변복까지 하면서… 아냐! 절대 아냐!"

묘담이 끼어들었다.

"대사형, 암합회의 인물이 아니라면 정파 쪽을 생각해 봐야 하지 않을까요?"

"정파의 고수라고 해봐야 빤한 사람들이야. 정파 쪽에 그만한 경지의 고수가 없지 않아 있는 것이 사실이지만, 매부리코를 가진 자는 내 기억엔 없어."

아니라는 단호한 이훈직의 말꼬리를 묘담이 물고 늘어졌다.

"오래전에 금분세수를 했던 자거나, 아니면 돌연 은거해 버린 기인들은 의외로 많지 않습니까?"

"금분세수하고 무림을 떠났던 은거기인이 왜 이 시점에 이런 곳에 돌연? 이상하잖아."

새치름하게 고개를 돌려놓았던 낙수련이 뾰로통한 목소리로 끼어들었다.

"아이참! 뭐가 이상하다고 그래요? 우리랑 같은 것을 노리고 왔다면 충분히 가능한 일이잖아요. 안 그래요?"

이훈직의 얼굴이 와락 구겨졌다.

"같은 목적?"

이어, 작게 숙여진 이훈직의 입에서 쏟아지는 날숨.

"후우! 그래, 충분히 가능하지."

그때, 가창빈이 이훈직의 난감한 눈치를 살피며 한소리 거들었다.

"저… 대사형, 제가… 말씀드릴 게 있는데요."

이훈직은 은근히 기대에 찬 눈빛을 가창빈의 얼굴 쪽으로 들어 올렸다.

"왜? 뭐 짚이는 것이라도 있냐?"

이훈직의 물음에 가창빈은 난감한 얼굴로 마른침을 꿀꺽 삼키곤 꿀 먹은 벙어리처럼 입을 꼭 닫아버렸다.

그러니 이훈직의 눈이 슬며시 찌그러졌다.

"뭐야?"

가창빈은 입가에 어색한 웃음을 물며 그제야 자신이 대사형을 불렀던 이유를 입 밖으로 어렵게 끄집어냈다.

"땡… 별에서 이럴 게 아니라… 어디 좀 들어가서… 사실… 배도 고프고… 목도 마르고…….'

가창빈은 목을 자라처럼 말아 넣으며 이훈직의 일그러지는 낯빛을 살피다가 기어이 죽는 소리로 마무리했다.

"대, 대사형, 죄송합니다."

이훈직은 고개를 꽉 숙인 가창빈의 정수리를 잠시 노려보다가 이마에 흐르는 땀을 손등으로 훔치며 애먼 말고삐를 짜증스럽게 휙 꺾었다.

"오냐, 그래! 일단 어디 좀 들어가자!"

가창빈은 죽다가 살아난 사람처럼 슬며시 고개를 들며 길게 안도의 한숨을 뽑아냈다.

"휴우―!"

호천관의 관문을 통과하는 사람들을 상대로 장사를 벌여놓고, 그것을 터전 삼아 생계를 유지하는 사람들이 모여 만든 작은 마을 한중간에 중문객잔(中門客棧)이 자리했다. 하지만 자그마한 마을에 비해 객잔의 크기는 여느 도회지의 주루 못지 않게 컸다.

호천관의 관문을 통과하는 사람들은 중문객잔을 한 번씩은 꼭 들른다 해도 과언이 아니었다. 그러니 마을에 단 하나뿐인 중문객잔이 번성할 수밖에 없었다.

늘 뜨내기 손님치레를 해야 하는 장사인 만큼 중문객잔의 주인장은 함부로 괄시 못할 무림인이라 알려졌다.

폭염으로 한산하던 거리와는 달리 객잔 안은 수많은 손님이 모여들어 장터 바닥처럼 북새통을 이루고 있었다.

칠철각의 일곱 후예들은 혼잡한 객잔 이층에서 겨우 빈자리 두 개를 찾아내어 늦은 점심을 하곤 적잖은 웃돈까지 보태어 큰 객실 두 개와 작은 객실 하나를 구해 여장을 풀었다.

홍일점인 낙수련이 작은 객실을 독차지하고, 대사형 이훈직과 둘째 최대산, 그리고 셋째 묘담이 한 방을 사용했고, 다섯째 손화수와 가창빈, 마웅이 같은 방을 사용했다.

가창빈은 객실에 들어오자마자 침상에 벌러덩 나자빠져 버렸고, 손화수는 대사형 이훈직의 지시가 있었던지 묘담이랑 객잔 밖으로 정보를 캐러 나갔다.

객실을 홀로 빠져나온 마웅은 그간 제대로 씻지 못한 몸이 몹시 부대껴 세면장을 찾아갔으나, 세면장 앞에 장사진을 이룬 사람들을 보곤 그만 발길을 돌려야 했다.

발길을 돌리는 마웅의 시선 속으로 세면장에서 막 몸을 되돌리는 열대여섯 살 정도 먹은 사내아이가 들어왔고, 때마침 그 사내아이의 볼멘 목소리가 마웅의 귓속으로 스며들었다.

"젠장! 날씨가 더우니 까마귀 할아비 같은 인간들까지 물을 찾아 씻겠다고 설쳐 대네!"

마웅은 세면장이 장사진이 되어버린 것에 불만을 토로하는 사내아이를 힐끔 보았다. 깔끔한 차림새에 얼굴이 계집애처럼 곱상하고 하얀 사내아이였다. 사내아이의 행색은 한눈에 보기에도 뜨내기 보부상 차림새였다.

보나마나 어느 자그마한 상인 집안의 자제다.

마웅은 녀석의 곁으로 은근슬쩍 붙으며 물었다.

"너, 여기에 자주 왔던 모양이구나?"

사내아이의 표정은 단박에 낯가림부터 했다.

"누… 구세요?"

"나? 그냥… 여기 초행인 사람."

마웅의 말에 사내아이는 무슨 큰 발견이라도 한 듯이 입을 과하게 벌렸다.

"아―!"

그리곤 뚱한 소리로 물었다.

"장사치의 아들로 태어났으니 만날 이곳저곳 떠돌이 신세

이긴 하죠. 근데, 왜요? 제게 무슨 볼일이라도 있으세요?"

"아냐. 볼일은 없고… 어디서 씻지?"

곱상하게 생긴 사내아이는 마웅을 힐끗 흘겨보며 손가락으로 장사진을 이룬 세면장 쪽을 가리켜 보였다.

"어디서 씻긴요? 저기 세면장이 있잖아요. 눈 없어요?"

사내아이는 그렇게 매정한 목소리로 마웅에게 면박을 줘놓고도 모자라 혼잣말로 구시렁거렸다.

"젠장! 눈까리는 노리개 삼아 낯짝에 붙이고 다니나?"

그렇게 구시렁거리며 돌아서 제 갈 길을 가려는 놈의 발걸음을 마웅이 다시 붙잡았다.

"씻으러 왔다가 왜 그냥 가냐?"

"줄이 저렇게 길게 늘어섰는데 어떻게 기다려요? 기다리다가 해 다 저물겠네."

곱상한 사내놈은 또다시 마웅에게 퉁명스럽게 면박을 질러놓고 귀찮다는 듯 제 갈 길을 바삐 걸어갔다. 마웅은 녀석에게서 멀찌감치 떨어져 털레털레 걸어가는 놈의 뒤를 따라붙기 시작했다.

예상했던 대로 녀석은 곧장 객잔을 벗어나 어딘가로 향했다. 행인들의 수가 거의 없다시피 하니 뒤를 밟는 마웅의 정체가 금방 녀석에게 들킬 수밖에 없었다.

미행다운 미행을 했으면 들킬 리가 만무했겠지만 마웅은 꼭 그렇게까지 해가면서 녀석의 뒤를 따라가고 싶진 않았다.

뒤통수가 간지러웠던지 뒤를 힐끔 돌아보던 녀석에게 들킨 마웅은 걸음을 멈추고 빙그레 웃으며 딴청을 피웠다.

마웅이 잠시 딴청을 피우던 눈길을 다시 녀석 쪽으로 돌렸을 때, 녀석은 땅으로 꺼졌는지 하늘로 솟았는지 사라지고 없었다.

그제야 마웅은 입가에 잔잔한 미소를 베어 물며 신형을 날렸다. 이글거리는 어느 민가의 지붕 위로 마웅의 신형이 날아올랐다.

퍼드덕!

"시원하냐?"

녹음이 짙은 숲 속에 녹음보다도 더 깊게 드리워졌던 정적이 능청스런 사내의 목소리에 깨어지자 쪼그려 앉아 있던 소년의 고개가 놀라 홱 돌아섰다. 돌아선 소년의 얼굴과 목덜미는 흥건하게 젖어 있었다.

보부상 소년은 곱상한 얼굴을 찌푸리며 풀어헤쳐 놓았던 가슴 앞섶부터 급히 여미곤 몹시 놀란 표정을 지었다.

"용케 따라오셨네요?"

"뒤를 밟은 보람이 있구나."

마웅의 싱거운 대꾸에 곱상한 녀석은 자그마한 옹달샘 앞에 쪼그려 앉아 있다가 발딱 일어섰다.

"눈치가 빠르면 절간에서도 새우젓을 얻어먹는다더니, 엄청 눈치가 빠르시네요. 어서 씻으세요. 물이 많이 차가워요."

"그래볼까?"

마웅은 대뜸 웃통을 훌훌 벗어젖히며 옹달샘 앞으로 다가섰다. 옹달샘은 눈여겨보지 않으면 찾아내기도 힘들 만치 우거진 수풀 속에 숨어 있었다.

마웅은 두 손아귀를 오목하게 펴고 옹달샘에서 물을 퍼 올려 얼굴에 뿌리듯 물을 끼얹었다.

날숨이 '후—우!' 하고 뿜어질 만큼 물은 차갑고 맑았다.

목덜미와 가슴팍에 연방 물을 끼얹던 마웅은 자신의 뒤에서 자그마한 기척 하나도 내지 않고 서 있는 녀석에게 물었다.

"뭐 좀 가지고 온 건 없냐? 씻는 참에 제대로 좀 씻어보자."

녀석이 다가와 마웅의 젖은 얼굴 앞에 주먹만 한 피낭(被囊)을 불쑥 내밀었다.

마웅이 젖은 손으로 피낭을 건네받아 그 속을 살폈다. 자그마한 피낭 속에 든 것은 노란 가루분이었다. 코끝을 피낭 주둥이에 박고 냄새부터 확인했다.

팥을 곱게 빻은 세안용 가루분이었다.

향기를 첨가하지 않았을 뿐 분명 여염집 여인들이나 사용할 법한 가루분이었다. 마웅의 입에서 피식 웃음이 나왔다. 생긴 대로 논다더니 곱상하게 생긴 사내 녀석이 별걸 다 챙기고 다닌다 싶었다.

마웅은 그래도 이게 어디냐 싶어 가루분을 찍어 얼굴에 바른 후, 세수를 하고 목과 몸에도 팥가루를 쿡쿡 찍어 바르며 씻었다.

공짜라면 양잿물이라도 먹는다고 하지 않더냐.

마웅은 나선 김에 아예 바지 허리춤도 풀어헤쳐 내렸다. 마웅이 풀어헤쳐 놓은 바지가 막 무릎에 걸릴 쯤, 곱상한 녀석의 입에서 의외로 뾰족한 소리가 터져 나왔다.

"이, 이게 무슨 해괴한 짓거리입니까?"

바지 허리를 무릎에 걸치고 있던 마웅은 단속곳 바람으로 뒤돌아보며 뚱하게 물었다.

"왜 그래? 보는 사람도 없는데?"

곱상한 사내 녀석은 두 볼이 홍당무가 되어 있었고, 입은 댓발이나 튀어나와 애먼 나무 끝을 노려보고 있었다.

"아, 아무리 그래도… 그, 그렇지, 초면에 홀라당 버… 벗을 참이십니까?"

"짜식이! 남자끼리 내외는……."

마웅은 그렇게 구시렁거리며 깡총하게 입혀 있던 단속곳까지 발아래로 마저 벗어 내렸다. 그리곤 사타구니며 무릎이며 팥 가루분을 찍어 발라가며 물을 끼얹어 철버덩철버덩 씻어댔다.

잠시 후, 바지런하게 몸을 씻어대던 마웅의 입에서 은근한 소리가 새어 나왔다.

"벌써 내려가게?"

마웅의 목소리에 슬금슬금 달아나듯 꽁지를 내빼려던 녀석은 등을 보인 채 찔끔 놀라며 뻣뻣하게 섰다. 그 모습을 힐끗 노려보던 마웅은 혹시나 하며 물었다.

"너, 계집애냐?"

녀석은 사내아이답지 않게 가느다랗던 목소리를 짐짓 굵게 내며 뚱한 소리로 되물었다.

"그, 그… 게 무슨 소립니까?"

녀석의 말투에 마웅은 두 눈이 확 찌그러졌다. 그리곤 급히 벗어두었던 속곳 바지부터 챙겨 입었다.

"이런 망할! 너, 계집애구나!"

석상처럼 굳어버린 녀석의 입에서 대뜸 딸꾹질부터 터져 나왔다.

"딸꾹! 기가 막혀! 그, 그게… 무, 무슨 말씀이십니까?"

마웅은 단속곳을 챙겨 허리춤까지 끌어올리곤 바로 으름장을 놓았다.

"이 자리에서 한번 껍데기를 벗겨봐?"

마웅의 사나운 협박에 녀석의 목소리가 단박에 계집애의 목소리로 변색되었다.

"딸꾹—! 일부러 속인 건 아니에요."

마웅은 가늘게 떨리는 남장소녀의 목소리를 꼬나보며 벗어놓은 바지부터 챙겨 입었다. '남장소녀, 남장여인'이라는 말은 심심찮게 들어는 봤지만 직접 대하는 것은 난생처음이었다. 적잖게 당황스러웠지만 마웅의 목소리는 차분했다.

"하루 이틀 그러고 다닌 솜씨가 아닌데? 꼴사납게 왜 그러고 다니지?"

뒤돌아선 채 몸이 딱딱하게 굳어져 버린 남장소녀의 목소리엔 이젠 울먹임까지 서렸다.

"가, 가업을 물려받아야 하는데 제가 무남 외동딸이라…….
딸꾹―!"

마웅이 고개를 끄덕거리며 벗어놓은 윗도리를 한 손에 챙겨
들고 남장소녀 쪽으로 슬금슬금 다가서자, 남장소녀는 갑자기
몸을 홱 돌려 언제 빼 들었는지 한 뼘 길이의 소도(小刀)를 마
웅을 향해 매섭게 내밀었다.

"저, 저리 가요! 딸―꾹!"

제 딴엔 깊은 숲 속에서 욕이라도 보게 될까 더럭 겁을 집어
먹은 모양새였다.

마웅이 남장소녀가 내지른 소도의 칼끝을 힐끗 보며 윗도리
를 챙겨 입었다.

"칼은 거두어라. 나쁜 사람이 아니다."

"딸꾹―! 그, 그걸 제가 어찌 믿어요?"

마웅은 발발 떨리는 남장소녀의 칼끝을 힐끔 노려보다가 뚱
한 소리를 내놓았다.

"못 믿어? 그럼 말고!"

마웅의 입에서 말이 끝이 나는 순간, 마웅의 신형이 바람이
되어 남장소녀의 칼 든 손목과 허리를 동시에 낚아채 버렸다.

"아―악!"

날카롭게 터진 남장소녀의 비명 소리와 함께, 놀란 산새들
이 우거진 나무 속에서 푸드덕거리며 열화의 하늘로 날아올랐
다.

이어진 짤따란 정적.

남장소녀의 딸꾹질도 그 순간에 멎었다.

마웅의 한 팔에 허리가 휘어 잡혀 상체가 뒤로 발라당 젖혀
진 남장소녀는 자신의 얼굴 앞에 바싹 다가온 마웅의 얼굴을
겁먹은 눈으로 바라보며 울먹였다.

"제… 발……!"

"제발 뭐?"

"저… 는 아직… 어리거든요."

애걸하는 남장소녀의 눈빛 앞에 마웅은 짐짓 눈을 게슴츠레
하게 치켜뜨며 능글맞게 물었다.

"그런데 어쩌라고?"

"제… 발! 소녀의……!"

마웅은 남장소녀의 말을 차갑게 잘라 버렸다.

"너, 내게 뭐 원하는 거라도 있냐?"

남장소녀는 마웅의 뜬금없는 질문의 뜻을 몰라 고개를 작게
저어 보였다.

"어, 없어요. 있을 리가 만무하잖아요."

"그런데 왜 너 혼자 미리 사고치고 난리법석이냐?"

마웅의 말에 남장소녀의 놀란 눈이 더 동그래졌다.

"…네?"

"이래 봬도 난 아직 숫총각이라고! 그런 내가 너같이 덜 여
문 계집애에게 귀하신 동정을 쉽게 바칠 것이라고 생각했냐?
아무리 꿈 많은 소녀래도 그렇지, 너 참 싸가지 없다. 그치?"

마웅의 면박 섞인 너스레에 남장소녀는 겁먹은 얼굴을 사르

르 풀어내며 고개를 주억거렸다.

"…예."

"괜히 착한 오빠에게 음흉한 생각일랑 품지 마라. 알았어?"

"네!"

착하게 대답하는 남장소녀를 향해 마웅은 짐짓 이맛살을 험상궂게 구기며 으름장을 놓았다.

"너, 이 오빠 믿어, 못 믿어?"

마웅의 말에 차분하게 가라앉았던 남장소녀의 낯빛이 다시 울상이 되며 일그러졌다.

"모, 못 믿어요."

"못 믿어? 왜? 내가 뭘 어쨌게?"

"저의 어머니께서 말씀하시기를……."

"그래, 너의 어머님이 뭐랬는데?"

"남정네가 믿으라고 하면… 믿고 따라나서면… 절대로 안 된다고……. 그러면 어머니 짝 난다고… 제게 신신당부를……."

마웅은 입 밖으로 터져 나오려는 웃음을 참느라 이마에 진 땀이 다 날 지경이었다. 마웅은 발랑 까진듯하면서도 어딘가 모르게 한구석이 순진해 보이는 이 남장소녀의 얼굴을 짐짓 무서운 눈빛으로 노려보며 물었다.

"고향은 어디고 이름은 무엇이냐?"

"고향은 아실 것까지 없고요. 그냥… 장삿길을 배우러 다니는 소소(小笑)인데요."

"성(姓)은?"

"…진(陳)."

떨떠름한 남장소녀의 대답을 들은 마웅은 한쪽 눈매를 삐딱하게 구기며 험상궂게 속삭였다.

"다시 묻겠다. 잘 생각해 보고 대답해라."

진소소는 울상이 되어 고개를 조심스럽게 주억거렸다. 마웅은 그 고갯짓을 보며 으르렁거렸다.

"이 오빠, 믿어, 못 믿어?"

마웅의 물음에 진소소는 금방이라도 울음을 터뜨릴 표정으로 고개를 절레절레 흔들어댔다.

"못 믿어요. 안 믿을래요!"

"음! 그래?"

마음이 상한 듯 뚱한 소리를 내놓던 마웅은 진소소의 가녀린 허리를 감싸 안고 있던 팔을 와락 잡아당겨 휙 돌렸다.

갑작스런 마웅의 손길에 진소소의 입에서 또다시 비단 폭이 찢어지는 듯한 날카로운 비명이 터져 나왔다.

"아— 악!"

마웅은 소도를 틀어잡은 진소소의 손목을 잡은 채 진소소를 자신의 등 뒤로 한 바퀴 빙글 돌려 업어버렸다. 그리곤 소도의 칼자루를 끝끝내 놓지 않는 진소소의 손을 자신의 목덜미에 바짝 붙였다.

그러니 사정을 모르는 사람이 보면 진소소가 사내의 등에 올라타고, 그 사내의 목을 소도로 겨누는 꼴로 여겨졌을 것이다.

마웅은 진소소를 등에 업은 채 자신의 울대뼈 앞에 소도를 들이밀고 있는 꼴이 되어버린 진소소를 향해 무심한 소리를 내놓았다.

"정 못 믿겠거든 언제든지 나의 목을 그 칼로 그어버려라. 알았지?"

마웅은 야무진 소리를 건네놓곤 소도를 틀어잡은 진소소의 손목을 스르륵 놓아주었다.

"……!"

마웅의 태도에 당혹한 진소소는 무어라 대답해야 할지 몰라 입을 꼭 닫은 채 꼬나 쥔 소도의 끝을 발발 떨고 있었다. 마웅은 진소소를 업은 채 태연스레 숲을 내려갔다.

얼마나 산을 내려갔을까. 마웅은 심심한 입을 열었다.

"신법(身法)은 누구에게 배웠어?"

마웅의 물음에 진소소의 목소리는 아직 가시지 않은 경계심 때문인지 목구멍 안으로 자꾸만 기어들어 갔다.

"…아버지에게서."

"응! 아버지가 상인이면서도 무공을 곧잘 하시는 모양이구나?"

"저는 잘 몰라요. 지금은 그냥……."

"지금은 그냥? 그럼, 과거엔 무림인이셨고, 지금은 손발 깨끗이 씻고 장사꾼으로 착실하게 사신다 이 말이겠구나?"

"…예, 그런가 봐요."

진소소는 마웅의 목덜미 앞에 들이밀어진 소도를 슬며시 물렀다. 마웅은 그것을 아는지 모르는지 그냥 제 궁금한 것만 물어댔다.

"신법 외엔 배운 게 없어?"

"험한 꼴 당했을 때 재빨리 도망가는 법만 배우면 된다면서 딸랑 그것만……."

"응. 이곳은 장사를 배우러 다니다가 잠시 들른 곳이겠구나?"

이웃 친척이 묻듯 목소리에 정감을 실어내는 마웅의 질문이 계속 이어지자 진소소의 목소리도 조금씩 안도하며 자연스러워졌다.

"보부상들에게 섞여 장삿길을 따라나선 것이 올해로 두 해 정도 되어요. 그러니 계절마다 한 번씩은 꼭 들르던 곳이었어요."

"어쩐지 그래 보이더라. 장삿길이니 이곳에서 오래 머물진 않겠구나?"

"아뇨. 요번엔 제 혼자 따로 남아 누굴 좀 만나보고 가려고요. 함께 출행했던 보부상들과 행수 어른은 어젯밤에 먼저 장삿길을 떠났는걸요."

마웅이 의아해하며 물었다.

"응? 혼자 남았어? 왜?"

"이참에 이곳에서 아버지나 한번 뵙고 가려고요."

"왜 아버지랑 같이 장삿길을 나서지 않고 혼자 따로 떨어졌어?"

"사실 저의 아버지는 장사를 잘 몰라요. 거의 어머니가 장사를 다 하셔요. 아버지는 이곳저곳 지방을 돌아다니면서 한 번씩 잡다한 특산물을 챙겨 오시긴 하지만……."

마웅은 건성으로 고개를 끄덕여 주었다. 보나마나 빤하다. 무림인으로 살다가 손을 씻고 단번에 장사치로 변신하기가 그리 쉬운 일은 아니다.

무림인들은 대부분 역마살이 조금씩은 끼어 있는 팔자다. 또 그러한 습성에 길들여지기가 다반사다. 장사에 소질이 없는 사람이니 이 핑계 저 핑계를 대며 세상 유람이나 했으리라.

마웅은 그렇게 진소소의 아버지란 사람을 평가해 버렸다.

그러다가 문득 무언가 모르게 마음 한구석이 찝찝해졌다. 그래서 마웅은 혹시나 하며 물었다.

"너의 아버님이 언제 도착하시는데?"

진소소는 입을 열려다가 마웅의 눈치를 살피며 쉽게 말문을 열지 못하고 잠시 뜸을 들였다. 그러니 마웅의 찝찝한 마음 한구석이 더욱 불편해졌다. 그래서 다그치듯 대답을 재촉했다.

"언제 오시기로 했냐니까?"

"언제 오시기는요. 벌써 만나서 며칠을 같이 보냈는걸요."

마웅은 의아했다.

"아까는 만나기로 했다고 하지 않았느냐?"

마웅의 말에 진소소는 무슨 큰 억울한 일이라도 당한 것처럼 과하게 놀랬다.

"제가 언제요? 언제 그랬어요? 지금 객실에 저랑 함께 있는데요. 이틀 전에 만나서 몇 밤을 함께 보냈는걸요."

마웅은 혹시나 했던 불편함이 가지자 그제야 입가에 쓴 미소를 물었다.

"웅! 지금 객실에 계시다고. 난 또 오늘내일 오신다는 소리를 들은 것 같아서… 혹시나 했었다."

"왜요? 그건 또 무슨 말씀이세요?"

"아냐. 아무것도 아니다. 그냥저냥… 궁금해서."

"저… 내릴래요. 그만 좀 내려주세요."

진소소의 조심스런 목소리에 마웅은 단호한 소리로 거절했다.

"안 돼!"

"왜요? 남부끄럽게 왜 이래요?"

왠지 모르게 그냥 뻗대고 싶어진 마웅은 뚱한 소리를 내뱉곤 산길을 털레털레 내려갔다.

"내 맘이다! 왜?"

*   *   *

"웅이는 어디 갔냐?"

이훈직의 목소리에 침상 위에서 하릴없이 빈둥빈둥 몸을 굴리고 있던 가창빈이 놀라 벌떡 일어섰다.

"웅이요? 웅이야 또 바깥에 나갔죠."

"또 어디?"

"빤하죠. 그 녀석이야 잠시라도 연무를 하지 않으면 뼈마디에 녹이 스는 줄 아는 놈인 걸요. 어디 조용한 곳을 찾아가… 근데, 왜요?"

"화수가 돌아왔다."

이훈직의 말에 가창빈의 몸은 침상에서 튕겨지며 바닥에 내려섰다.

"왔어요? 그럼 놈들이 곧 도착하겠네요."

"그래. 그러니 웅이를 데려다 놔라."

가창빈의 얼굴 표정이 대번에 구겨졌다.

"대사형, 제가 그놈이 어디에 처박혀 있는지 어찌 알고요? 곧 저녁때니 저녁 먹기 전엔 돌아올 겁니다. 밥 때는 기가 막히게 알고 찾아들어오더라고요."

가창빈의 볼멘소리에 이훈직의 얼굴이 난감해하며 구겨졌다.

"오늘쯤이라고 미리 일러뒀는데도 이 녀석은 그새를 못 참고 또 기어나갔어? 보이거든 바로 내게 보내!"

이훈직이 그렇게 언짢은 속내를 드러내보이곤 몸을 돌려 세우려하자 가창빈이 이훈직을 급히 불러 세웠다.

"저, 대사형!"

이훈직의 눈길이 삐뚜름하게 돌아섰다.

"왜?"

"곧 일을 치러야 한다면 미리 저녁을 당겨서 먹죠?"

삐뚜름하던 이훈직의 눈길이 아예 찌그러져 버렸다.

"야, 인마! 넌 기껏 밥 못 챙겨 먹을까 봐 그게 걱정이냐? 한 끼 못 챙겨먹었다고 뒈졌다는 사람은 아직 못 봤다!"

이훈직은 가창빈의 면구스러워하는 얼굴을 잠시 노려보다가 쓴 입맛을 다시며 자신의 방 쪽으로 걸어가 버렸다.

멀리서 방문 닫히는 소리가 난 후에야 가창빈은 작게 숙였던 고개를 슬며시 들어 올렸다.

가창빈은 낯을 구기며 고개를 갸웃했다.

단 한 번도 끼니를 걸러본 적이 없는 가창빈이다. 적어도 자신이 기억할 수 있는 한도 내에선 그랬다. 정 먹을 게 없으면 풀을 씹고 물을 마셔 그것으로 한 끼 삼아 배를 채웠던 그다. 그런 가창빈에겐 정말 의아한 이야기다.

'정말 한 끼 안 먹어도 안 죽나?'

*   *   *

남장소녀인 진소소와 숲 속 옹달샘에서 다시 만났다.

어제 헤어지면서 오늘 다시 만나자고 미리 약속한 것은 아니었다.

우연이었지만 결코 우연만은 아니었다.

마웅은 빙그레 웃었고, 진소소는 뜻밖이라는 듯이 짐짓 놀라며 부끄러워했다. 하지만 마웅은 진즉에 알고 있었다.

진소소가 자신이 옹달샘 가에 도착하기 이전부터 저 우거진

숲 속 한쪽에 몰래 숨어 있다가 뒤늦게 마웅 앞에 불쑥 나타나
선 이제 막 도착한 척하며 놀라워했다는 사실을.

마웅은 산을 오르며 흘린 땀을 옹달샘의 차디찬 물로 씻어
내고 연무를 했다. 마냥 시간을 죽이고 있느니 차라리 이러고
있는 게 오히려 마음이 편했다. 대사형 이훈직이 대기 명령을
내렸지만 적어도 오늘 안으론 일을 치르지 않을 것이라는 계
산에 답답하고 지루한 객실을 나와 버렸다.

무림맹의 호위대가 오늘내일 호천관의 관문을 통과하여 이
곳에서 여장을 잠시 풀 것이다.

여장을 풀기 전과 그 첫날은 경계가 심할 것이고, 그런 예민
한 때에 일을 벌릴 바보는 없을 것이다. 적어도 하룻밤을 안심
시킨 후에 기습을 할 것이라고 판단한 마웅은 제 홀로 느긋했
다.

그렇게 마웅은 오후나절이 다 지나갈 때까지 연무를 했다.

그런데 깊은 녹음 속에서 마웅의 연무를 또랑또랑한 눈길로
구경을 하던 진소소가 해도 지기 전에 그만 내려가자며 졸라
댔다.

아직 해가 지려면 한 시진은 족히 남았으니 마웅은 일찍 산
을 내려가는 것이 그다지 내키지 않았다. 그런 마웅에게 진소
소는 자신의 아버지와 단둘이 어디에 가볼 때가 있다며 일찍
하산하기를 종용했다.

저녁나절이면 떠나는 사람, 새로 들어서는 사람들로 인해
한창 관문이 혼잡할 때다.

반나절이 가까워올 동안 다소곳하게 앉아 말없이 자신을 바라보고 있던 진소소에게 혼자 내려가라는 말은 차마 할 수가 없었다.

마웅은 어쩔 수 없이 웃통만 벗어젖히고 흐른 땀을 씻었다. 개운하게 씻은 마웅은 진소소와 나란히 산을 내려왔다.

그간 있는 듯이 없는 듯이 얌전하게 있던 진소소는 산을 내려가기 시작하면서부터 조잘조잘 말이 많아졌다.

종알거리는 진소소의 입에서 나오는 이야기의 대부분이 자신과 자신의 집안에 관한 시시콜콜한 이야기들이었다.

어머니 이야기, 아버지 이야기, 남장하고 다니느라 치러야 했던 곤혹스러웠던 사연들.

가만히 듣고만 있기가 뭐했던 마웅이 한 번씩 끼어들며 별로 궁금하지도 않는 것을 궁금한 척 끄집어냈다.

마웅의 질문은 당연히 과거 한때 무림인이었다던 진소소의 아버님에 관한 궁금증이었다.

아버지처럼 진소소의 어머니 역시 무림인이었단다.

진소소의 양친은 어느 단체에 속했고, 그 단체에서 인연을 맺었다고 한다. 진소소의 말로는 진소소의 어머니의 무공은 그다지 내세울 만한 게 못 된다고 했지만, 아버지는 제법 이름이 있었던 단체에서 꽤 이름이 알려진 무인이라고 했다.

진소소는 그 말을 믿지 않는다고 한다. 그 말이 어머니의 입에서 나온 이야기란 것이 진소소가 믿지 않는 이유였다.

진소소의 어머니는 장삿속이 아주 밝았단다. 그러니 허풍도 아주 심할 수밖에 없고, 그러기에 진소소는 어머니의 이야기 대부분이 허풍일 거라고 여기고 있었다.

마웅은 내내 고개를 주억거려 주며 새 떼처럼 종알거리는 진소소의 얼굴을 힐끔거렸다.

귀엽다. 예쁘장한 소녀가 남장을 하고 있으니 더 그렇게 보였는지도 모를 일이다. 장삿길을 통해 이런 저런 세상 풍파를 겪으며 닳고 몹쓸 때가 배었을 법도 한데 아직 열다섯의 어린 나이 탓인지 진소소의 마음과 얼굴 한구석에 해맑음이 많이 남아 있었다.

마웅의 첫사랑이었던 춘란이란 계집아이도 예전엔 저랬다.

예전엔 저러했었다.

씁쓰레한 추억에 마웅은 잠시 낯을 찌푸렸고, 그 모습을 본 진소소가 의아해하며 물었다.

"왜 그래요?"

마웅은 무심결에 뇌리에 머물던 생각을 꺼내놓았다.

"으, 응! 그냥 첫사랑이 생각났어."

진소소의 두 눈은 귀한 것을 발견이라도 한 듯이 단박에 번뜩거렸다.

"어머! 첫사랑?"

마웅은 자신의 입에서 나온 말을 주워 담고 싶어졌다. 저 나이의 계집애들이 다 그러하듯, 첫사랑에 관한 이야기라면 밤을 새면서까지 듣고 싶어한다.

짐작대로 진소소의 입에서 난감한 질문들이 마구잡이로 쏟아져 나왔다.

"이름이 뭐에요? 몇 살이에요? 헤어졌나요? 아니면, 지금도 만나는 언니에요? 예뻐요? 첫사랑을 하면 가슴이 어때요? 늘 두근두근 하나요? 울 어머니 이야기론 사람이 반쯤 넋이 나가 버려 웃다가 울다가 가끔 미친 사람처럼 보인다던데··· 그게 정말이에요? 오빠도 그랬어요? 네? 어머! 오빠는 좋겠다! 그런 것도 다 해보고!"

마웅은 열을 내며 조잘거리는 진소소에게 면박을 주듯 뚱한 소리를 내뱉었다.

"좋긴 뭐가 좋아?"

"어머! 왜요? 우리 어머니 말씀으론, 그때가 제일 봄날이라 던데? 오빠는 어땠어요?"

"지랄 같았어."

마웅의 거친 말에 진소소의 달떴던 얼굴 표정이 찬물을 뒤집어쓴 듯이 새치름해졌다. 잠시 입을 닫고 있던 진소소가 겸연쩍어하는 마웅의 얼굴을 힐끔 흘겨보며 뾰로통한 목소리를 내놓았다.

"보나마나 그 언니에게 보기 좋게 차였군요? 그렇죠?"

마웅은 싱겁게 웃었다.

"웅!"

진소소의 입에서 웃음이 툭 터졌다.

"풋! 꼬시다! 아이참! 고것 잘됐다! 쌤통이다!"

마웅은 자꾸만 입 밖으로 새어 나오려는 웃음을 애써 참으며 진소소의 머리 위에 손을 가만히 얹었다.

"소소야?"

"예?"

"넌 변하지 마라."

마웅의 뜬금없는 말에 진소소의 두 눈이 동그래졌다.

"…예?"

"사람이 변하면 슬퍼. 특히나 좋았던 사람이 변하면 많이 슬퍼. 그러니 넌 변하지 마라."

마웅의 말에 진소소의 입에서 헛바람이 뿜어져 나왔다.

"피—이! 나보고 만날 꼬맹이로 있으란 거예요? 저도 해볼 건 해봐야죠?"

"아냐. 그런 말이 아냐."

진소소는 마웅의 입을 또랑또랑하게 쳐다보며 물었다.

"그럼요?"

"세월이 변하고 몸이 변하고 세상이 변하더라도 마음만은 변하지 마라."

진소소는 잠시 말없이 앞만 바라보며 걷다가 뒤늦게 시답잖아하는 목소리를 꺼내놓았다.

"시시해! 꼭 쉰내 풀풀 나는 영감쟁이처럼 시시해! 너무 시시해!"

진소소의 뾰족한 목소리에서 마웅은 초혜의 목소리를 기억하고 말았다. 갑자기 몰려드는 편두통.

마웅은 자신도 모르게 중얼거려야 했다.

"아냐. 그런 게 아냐. 아니라고."

마옹의 중얼거림에 진소소가 자신에게 한 소리인 줄 알고
캐물었다.

"뭐가요?"

"아냐. 아무것도 아냐. 아무것도⋯⋯."

*　　　*　　　*

"예— 에?"

마옹은 자신의 짐작이 빗나가자 어이없어하며 물었고, 그
물음을 이훈직은 더 어이없어해하며 마옹에게 되물었다.

"왜?"

이훈직의 계획은 무림맹의 호위대가 관문을 통과하여 이곳
에 도착하면 바로 그 즉시 기습하겠다는 것이다. 그러니 당혹
스러웠다.

마옹만 당혹스러워한 게 아니었다. 낙수련도, 가창빈도, 손
화수도 당혹스러워하는 눈치들이었다.

마옹은 말끝을 슬며시 흐렸다.

"가장 예민할 시기에 건드린다는 것이⋯⋯?"

이훈직은 의아해하는 마옹에게 고개를 절레절레 흔들어 보
였다.

"알아. 하지만 그래야만 한다. 설명은 묘담이 해줄 것이다."

이훈직이 상황 설명을 묘담에게로 넘기는 것으로 봐선 묘담

사형이랑 대산 사형과는 이미 상의를 하고 결론까지 내놓은 작전이었던 모양이다.

묘담이 빙 둘러앉은 형제들의 얼굴을 휘둘러보며 나직하게 목소리를 깔았다.

"우리 쪽 끄나풀들에게서 흘러나온 정보다. 무림맹의 호위대가 처음 출발한 곳은 복건성 쪽이었다. 호북성에 들어오면서부터 놈들은 부쩍 예민해져 있는 상태다. 물론 그 원인 제공은 우리 쪽에서 했다. 천송장(天松莊) 민동주의 회갑연이 있은 후에… 이 부분은 길게 이야기하지 않아도 무슨 뜻인지 알겠지?"

마웅도 들어서 아는 이야기이다.

천송장의 회갑연에 참석하고 나오는 무당파의 진각 도인과 그를 수행하며 따라나섰던 무당파의 젊은 후기지수 여덟 명이 칠철각의 후예들이 파놓은 함정에 빠져 몰살되었던 사건.

그 사건이 호북성에서 터진 직후에, 무림맹의 호위대들은 호북성에 발을 디디자마자 바짝 긴장했다.

칠철각 쪽 끄나풀들의 정보론, 호북성을 통과하는 내내 호위하던 사두마차(四頭馬車)를 그날 밤 바로 야반도주시키듯 중간 경유지에서 빼냈다는 것이다.

사두마차를 호위하는 무림맹 무인의 수는 오십여 명.

그들은 모여서 호송하는 대로변보다 흩어져 밤을 지새워야 하는 중간 경유지를 더욱 부담스러워했다는 것이다.

그러니 무림맹 호위대가 이곳 호천관에 머무는 것은 잠시잠

간일 것이다. 잠시 머물다가 야심한 밤에 몰래 출발할 것이라는 게 결론이었다.

그러니……

마웅과 상황을 처음 들은 형제들이 수긍이 간다며 고개를 끄덕이자 이훈직이 말을 더 보태었다.

"더 곤란해진 것은 내일 아침쯤에 무당파에서 출발한 지원대가 호천관 관문 언저리에서 무림맹 호위대와 합류하게 될 것이라는 첩보가 있다."

이훈직의 말이 떨어지기가 무섭게 낙수련의 입에서 짜증이 툭 터져 나왔다.

"에이— 씨! 잘못하다가 우리가 되레 당하는 거 아냐? 혹시 우리 쪽 움직임이 벌써 파악된 게 아니냐고? 막내가 봤다는 그 성곽 아래의 비렁뱅이영감도 자꾸 신경이 쓰여!"

이훈직은 언짢은 눈길로 낙수련의 까무잡잡한 얼굴을 노려보다가 인정한다는 듯 작게 고개를 주억거렸다.

"그래, 이번 작전은 이리저리 뒤가 구린 구석이 많다."

마웅이 그간 궁금하던 것을 끄집어냈다.

"사두마차 속엔 누가 있으며 그자를 어찌할 참입니까?"

순간, 이훈직과 몇몇 형제들의 황망해하는 눈길이 일시에 마웅의 얼굴 쪽으로 날아와 꽂혔다.

거친 소리는 묘담의 입에서 먼저 튀어나왔다.

"어라! 이 새끼 봐라?"

이어, 이훈직의 입에서 경직된 목소리가 새어 나왔다.

"웅아, 도대체 너란 놈은 뭐냐? 상갓집에서 펑펑 울다가 뒤늦게 '누가 죽었소?' 하는 격이구나?"

마웅은 힐끗 이훈직의 눈치를 살피며 입을 닫아버렸다.

이훈직의 날카로워진 눈매가 가창빈 쪽으로 향했다.

"너는 도대체 뭐 하는 인간이야? 웅이는 첫 출행길이라 그렇다 쳐도, 같이 붙어 다닌 너라도 미리 챙겨주고 이야길 해줬어야지! 아직까지 임무 파악도 하지 않고 낭창하게 있는 저놈이나, 그것을 나 몰라라 하며 방관한 네놈이나! 이 새끼들이 정말!"

이훈직의 불호령에 가창빈은 침상 끄트머리에 걸터앉아 있다가 후다닥 내려와 대뜸 두 무르팍을 객실의 마룻바닥에 꼬라박았다.

쿵—!

"죄송합니다! 웅이가 묻지도 않기에 저는 다른 형님들이 이미 귀띔해 준 줄로만 알고……."

가창빈이 저렇게까지 부복을 하며 죽는소리를 하자 마웅은 처신을 어찌해야 할지 몰라 잠시 머뭇거렸다.

이훈직의 노성이 마웅의 귀청을 후려쳤다.

"넌 뭐 하고 있어, 이 새끼야!"

마웅이 조용히 일어나 가창빈 옆에 무릎을 꿇었다.

"천천히 알아도 충분하다고 생각했습니다. 창빈이는 잘못이 없습니다. 모두 제 잘못입니다."

그렇게 자신의 잘못을 시인한 마웅이 고개를 작게 숙이는 순간, 고개를 설핏 숙이는 마웅의 턱을 향해 섬전같이 뿌려지는 누군가의 발길.

발길을 확인한 마웅은 움찔하다가 발길을 피하지 않고 순순히 얼굴로 받아들였다.

파악!

"이 새끼, 정신 상태가 왜 이래!"

셋째 묘담의 발길질이었고, 묘담의 독기 서린 목소리였다. 마웅은 묘담의 발등에 턱주가리가 차이며 뒤로 상체가 한 번 휘청거렸다가 되돌아왔다.

마웅은 아찔한 정신을 가다듬으면서 입술 아래로 흐르는 미지근한 물기를 입술로 핥았다.

진한 피 맛.

비린 피 맛이 나쁘진 않았다.

이어, 묘담의 손이 마웅의 한쪽 따귀를 노리고 또다시 날아들 때, 묘담의 손목을 낚아채는 둘째 사형 최대산의 우악스런 손길.

"그만 해라! 막내 잘못만은 아니다."

묘담의 독기 서린 눈길이 최대산 쪽으로 휙 돌아갔다.

"사형ㅡ!"

"그만 하라고 했다."

최대산의 목소리는 그 큰 몸집만큼이나 묵중했다.

묘담은 힐끗 이훈직의 눈치를 살피다가 마웅의 얼굴을 노려보며 들어 올렸던 손을 슬며시 내렸다.

손을 내린 묘담은 발끝으로 꿇어앉은 마웅의 무르팍을 툭툭 차며 으르렁거렸다.

"야 너, 한 번만 더 신경 거슬리게 하면 아주 씹어뱉어 버린 다! 알았어?"

마웅의 대답은 느렸다.

"…예."

이훈직의 굴곡 없는 목소리가 끼어들었다.

"둘은 그만 가서 앉고, 너희 둘은 일어서."

이훈직의 말에 최대산과 묘담이 제자리로 돌아가서 앉고 마 웅과 가창빈이 자리에서 일어섰다.

이훈직의 조용한 목소리가 마웅에게로 이어졌다.

"그동안 별로 말이 없기에 첫 임무에 대한 초조감으로 그러 고 있는 줄로만 알았지. 그런데 정작 네놈은 엉뚱하게도 우리 보다도 더 느긋하게 있었다는 말이 되는구나? 그렇지?"

마웅은 이훈직의 말이 영 틀린 것이 아니라 그냥 입을 꾹 닫 고 있었다.

이훈직의 음성이 다시 마웅의 귓속을 찝쩍댔다.

"무림맹의 호위를 받으며 사두마차 속에 들어앉은 자는 과 거 칠철각의 인물이다. 배신자니 죽여야 한다. 나이는 오십대 중반, 이름은 반중휘. 제일각주를 가까이에서 보필하던 인물 이다. 평생을 제일각주를 따라다니며 시비 역할을 하던 자로 중책을 맡았던 자는 아니다. 또한 무위도 그리 대단한 자는 아 니다."

이훈직의 말은 잠시 끊겼다가 이어졌고, 임무에 대한 이훈
직의 설명은 대충 이러했다.

문제는 반중휘란 자가 칠철각의 제일각주에 대해서 너무나
많이 알고 있다는 점이었다. 용모파기는 물론이고 아주 사사
로운 버릇이며 식성, 행동 양식, 제일각주에 관한 일이라면 낱
낱이 꿰뚫고 있었던 자다. 그것이 문제였다. 아직 무림맹에서
는 칠철각의 우두머리였던 제일각주에 대한 이렇다 할 정보를
가지지 못한 상태였다.

그런데 얼마 전에 칠철각의 제일각주가 신강(新疆)을 지나
청해(靑海) 쪽에 모습을 드러냈다. 그 첩보를 받은 무림맹에서
이런 저런 정보를 캐내던 중에 과거 제 혼자 살겠다고 달아났
다가 장사치 행세를 하며 숨어살던 제일각주의 시중 하나를
낙양 쪽에서 찾아냈다.

그자가 바로 반중휘란 자였고, 반중휘는 낙양이 아닌 복건
성 인근에서 무림맹의 손아귀에 들어갔다.

그나마 다행인 것은 반중휘가 옛날 자신이 모시던 주군에게
해를 끼치기 싫어서인지, 아니면 다른 무슨 꿍꿍이속이 있어
서인지는 몰라도 아직까진 굳게 입을 함구한 상태였다.

하지만 무림맹까지 호송된다면 그 뒷일은 누구도 장담할 수
없는 상황이었다.

그런 상황이 되기 전에 미리 반중휘의 입을 살인멸구해야
한다는 것이 이번 임무의 핵심이다.

설명을 마친 이훈직이 마웅을 삐딱하게 노려보며 은근한 소

리를 건넸다.

"임무에 임하기 전에 그 임무의 성격에 대해 치밀하게 파악해야 하는 것이 원칙이다. 어떤 경우에서든 그것을 간과하면 자신뿐만이 아니라 동료의 목숨까지 위험에 빠뜨리는 악수가 될 수 있다. 웅아, 넌 여태껏 실수를 했고, 악수를 뒀다. 그러니……."

잠시 말을 끊어놓던 이훈직은 한쪽 눈매를 삐뚜름하게 구기며 진중한 목소리를 꺼내놓았다.

"이번 임무에서 반중휘의 목을 치는 일을 네가 맡아라."

갑작스런 이훈직의 말에 모든 시선이 빠르게 이훈직의 얼굴로 향했다가 다시 마웅의 작게 숙인 낯으로 향했다.

마웅의 대답은 의외로 쉽게 나왔고, 목소리마저 무덤덤했다.

"예."

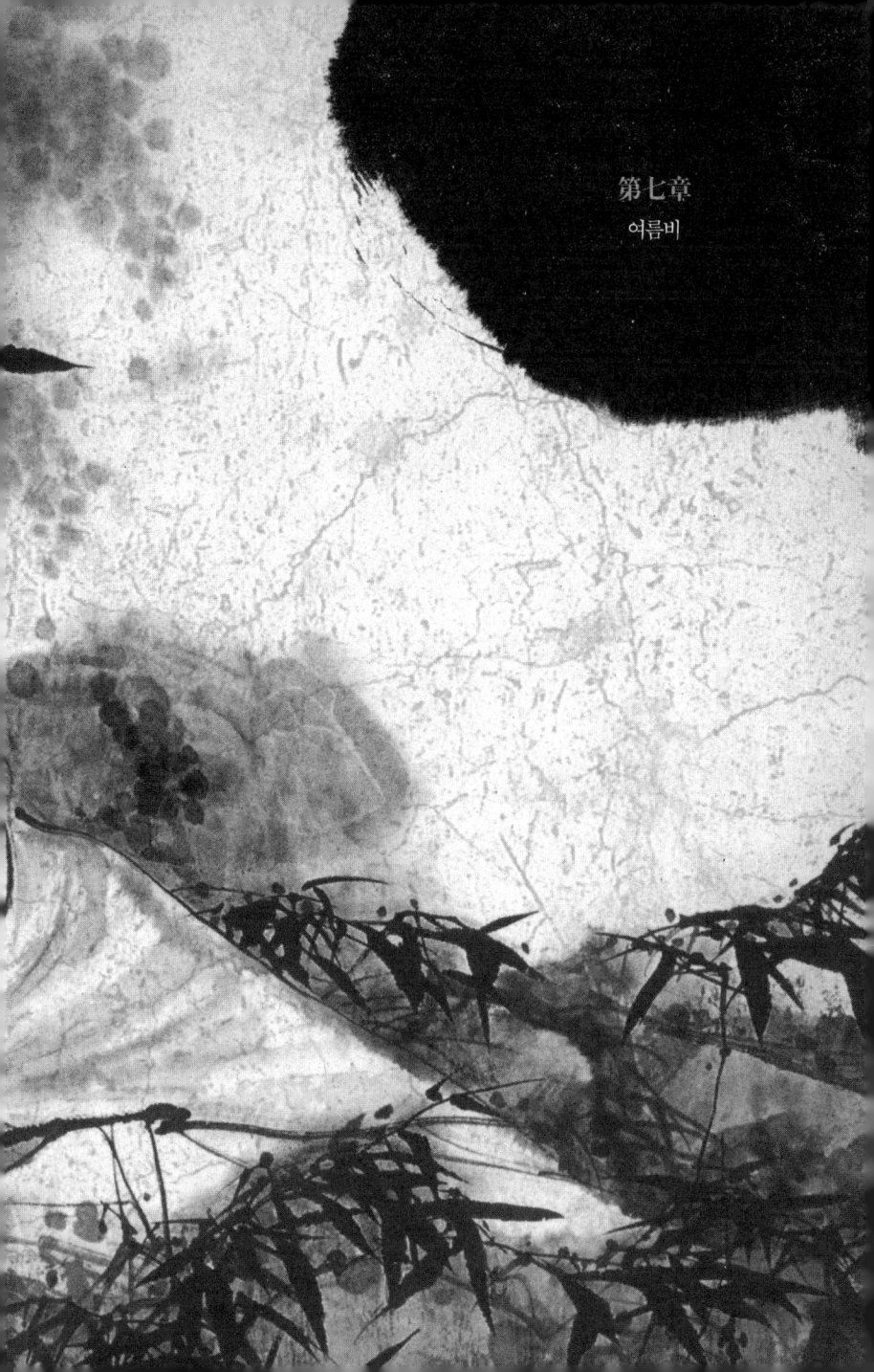

第七章
여름비

江湖苦行記
강호고행기

중문객잔 이층, 건장한 두 사내가 노대에 서 있었다.

어둑어둑해지는 거리.

갑자기,

투— 두 —두— 둑!

굵다란 빗방울 소리가 들리기 시작하더니 거리로 몰려 나갔던 구경꾼들이 소란을 피우며 객잔 안으로 다시 몰려들어 왔다. 빗방울에 쫓긴 사람들의 왁자지껄한 소란이 잦아들고 곧이어,

쏴— 아— 아!

한순간에 어둠이 짙어지더니 억수가 내렸다.

무림맹의 호위대들은 그렇게 억수 같은 빗줄기를 앞세우고

나타났다. 빗줄기에 함락당한 길바닥은 찰나지간에 진창을 이루며 거리를 텅 비워놓았다.

오십여 필의 마상 행렬.

선두의 마상무인은 표기무사들이었다.

두 표기무사의 어깨에 강건하게 걸쳐져 있는 무림맹의 깃발. 맹(盟), 그리고 용호상박의 붉은 그림.

그 품은 기세와는 달리 비에 젖어 축축 늘어진 깃발에는 장도의 여독이 적잖게 묻어 있었다.

간간이 들려오는 투레질 소리와 그 투레질에 섞인 말들의 거친 호흡.

푸— 두— 두!

마차 바퀴 소리는 질벅했다.

보기에도 무척 견고해 보이는 사두마차.

두 줄기의 굵은 마차 바퀴 자국 속으로 빗물이 소용돌이치며 들어찼다. 삼십여 필의 말이 마차 앞에, 그리고 마차 후미를 따르는 이십여 필의 말과 마상 무인들.

사나운 빗줄기 속에서 조금도 흐트러지지 않는 그들의 꼿꼿한 기백. 마웅과 이훈직의 눈길이 그들을 쭉 훑었다.

노대의 난간을 두 손으로 짚고 무림맹 호위대의 행렬을 내려다보던 이훈직이 지나가는 말처럼 물었다.

"막내야, 주먹이 근질근질하지 않냐? 어때?"

이훈직의 목소리엔 분명 객기가 아닌 뜨거운 호기가 서려 있었다. 그 물음에 마웅이 물었다.

"사형, 초혜 누나랑 잤어요?"

쏴— 아— 아—!

빗소리만이…….

잠시잠깐, 마웅은 귀로는 빗소리만을 듣고 눈으로 빗줄기에 젖어가는 마상 무인들의 행렬을 노려보고 있었다.

뒤늦게 터지는 웃음소리.

어색함.

"하… 하… 하하……!"

빗소리에 섞여 희미하게 들리는 웃음소리는 분명 대사형 이훈직의 것이었다. 마웅은 이훈직의 웃음소리를 돌아보지 않았다.

빗소리에 섞여 들리던 웃음소리는 제풀에 지쳐 더 이상 들리지 않았다. 대신 이훈직의 착 가라앉은 음성이 들렸다.

"그걸 왜 네놈이 궁금해하냐?"

묵묵한 마웅의 눈과 귀, 그 모두를 빗소리가 장악했다.

쏴아— 아아— 아!

혼잣말처럼 작게 이어지는 이훈직의 음성.

"그리고… 이 시점에서 왜 그딴 게 궁금해?"

하지만 마웅은 강단지게 재차 물었다.

"잤어요, 안 잤어요?"

그렇게 고집을 피우며 물어놓은 마웅은 호흡을 참아냈다.

가슴속에 한가득 들어찬 숨을 참아냈다.

빗소리… 빗소리.

이훈직의 대답은 빗소리에 잠기며 빗나갔다.

"너, 그 애 좋아하냐?"

"제가 먼저 물었습니다."

마웅은 참았던 숨결과 함께 이훈직의 물음을 빠르게 받았고, 이훈직은 대번 불쾌해했다.

"네가 먼저 물었어도 내가 원하면 넌 내게 먼저 대답해야 한다. 대답해라."

이훈직의 경직된 목소리는 빗줄기만큼이나 매섭게 마웅의 귓속으로 내리꽂혔다. 마웅의 입가에 젖은 미소가 설핏 스치고 지나갔다.

"무뢰한이나 되자고 무인의 길을 걷는 건 아닙니다."

마웅의 대답은 엉뚱한 말로 빗나갔다.

"내가 너에게 무뢰한이 되라고 강요했냐? 난 너의 대답을 원한다. 에두르지 말고 묻는 말에나 대답해라."

마웅의 두 눈이 가늘어졌다. 가느다란 눈길에도 빗줄기는 넘쳐 났고 그 넘쳐흐르는 눈길로 대답했다.

원하니 그렇게라도 대답했다.

"그냥저냥요."

"오호! 그냥저냥? 그건 또 무슨 개소리냐?"

이훈직의 목소리가 날카로워졌고, 마웅은 노대 밖으로 한 손을 내밀어 손아귀에 빗물을 받았다. 그리곤 그것을 불끈 틀어쥐었다. 마웅의 주먹에서 빗물이 뿜어지며 마웅의 입에서 뚱한 소리가 새어 나왔다.

"뭐… 그냥, 개소리죠."

"너 지금 내게 개개는 거냐?"

마웅은 이훈직의 얼굴을 보지 않아도 그의 입꼬리와 눈초리가 한쪽으로 삐뚤어졌음을 잘 안다.

이미 알고 있다.

"형님?"

마웅은 '사형'이라 부르지 않았다. '형님'이라고 부른 것이 실수는 아니다. 그것을 모를 이훈직도 아니다.

"왜?"

"비가 와서 그런가 봐요. 다 날씨 탓이죠. 그런데 정말 잤어요?"

마웅의 고집스런 질문은 장난스러웠고, 이훈직의 대답은 너그러웠다.

"그래, 잤다. 어쩔래?"

"어쩌긴 뭘 어째요? 그냥저냥……."

무덤덤한 마웅의 대답에 이훈직의 눈길이 굵게 내리는 빗줄기 속으로 향했다.

"새끼가 싱겁긴……."

마웅은 웃었다.

두 눈으로, 눈빛으로만 웃었다.

"웅아."

"예, 대사형."

"무뢰한은 되지 마라."

이훈직의 뜬금없는 요구에 마웅의 한쪽 눈에 작은 파랑이 일었다. 다스렸다. 벼리듯 다스렸다.

마웅은 대답하지 않았다. 대답하면 꼭 소리 내어 웃어야만 할 것 같아서 대답은 하지 않았다.

빗소리는 간단없이 이어졌다.

쏴— 아아아— 아!

그쯤 노대에 선 두 사내의 눈길이 아래로 향했고, 무림맹의 마상 행렬이 중문객잔 앞에서 일제히 멈춰 섰다. 누구도 그 자리를 벗어나거나 말에서 내려서는 무인 하나 없이 그대로 빗줄기를 건디며 서 있었다.

선두 쪽의 한 중년사내가 말안장에서 뛰어내렸다.

철퍽—!

중년사내의 두 발이 진창이 진 땅을 으깨며 내려서자 중년사내의 두 발에 놀란 흙탕물이 사방으로 마구 튀었다.

사내는 손등까지 덮인 시커먼 가죽 보호대를 낀 손으로 흠뻑 젖은 얼굴을 쓱 훑어 내리곤, 객잔의 나무 계단을 밟아 객잔의 입구에 올라섰다.

때를 맞추어 뛰어나와 맞이하는 객잔의 주인장.

호위대의 대장으로 짐작되는 중년사내와 객잔의 주인장은 한참 이야기를 나누더니 서로 등을 보이며 돌아섰다. 이어, 호위대 대장의 한 손이 높이 들어 올려졌다.

"모셔라—!"

호위대장의 외침에 선두 쪽 삼십여 필의 말이 일사불란하게 움직였다. 삼십여 명의 마상무인들이 양 갈래로 갈라지며 주위 경계를 하자 그 속으로 사두마차가 재바르게 들어섰다.

마차의 여닫이문이 열리더니 검은 미염(美髥)에 검은 장의를 입은 무인이 먼저 마차에서 내렸다. 나이가 지긋해 보이는 검은 장의의 무인은 무림맹에서 상당한 직위에 있는 자로 여겨졌다.

이어, 양편으로 늘어선 마상무인들이 사두마차를 에워싸며 거리를 바싹 좁히자 이내 사두마차의 모습은 거리를 좁히며 모여든 말들에 가려져 더 이상 보이지 않았다.

사두마차가 은폐되자 뒤를 받치고 있던 이십여 명의 마상무인들이 일제히 말에서 뛰어내려 객잔 안으로 난입하듯 우르르 몰려 들어갔다.

곧이어, 객잔 일층에서 시작된 웅성거림과 함께 이런 저런 잡다한 소음들이 객잔 전체에 번져 나갔다.

사두마차를 에워쌌던 삼십여 명의 마상무인들이 그 소란한 틈을 이용해 말에서 일제히 뛰어내렸다.

그제야 사두마차의 모습이 보였으나 사두마차는 이미 문이 닫힌 상태였다. 무림맹의 무인들이 호위하던 반중휘는 이미 객잔 안으로 들어간 것으로 보였다.

굵은 빗줄기 속으로 그 치밀한 작전과도 같은 일련의 모습을 내려다보던 마웅이 중얼거렸다.

"이상한데요?"

"뭐가?"

"제일각주 문제 외에도 뭔가 또 다른 것이 있죠?"

"왜 그렇게 생각하지?"

이훈직의 반문에 마웅은 이훈직을 향해 무표정한 얼굴을 돌려세웠다.

"제일각주에 대한 신상을 잘 안다는 이유만으로 저토록 삼엄한 호위를 한다는 것이 상당히 의아하지 않습니까? 마치 내상을 입은 자신들의 주군을 호위하듯 너무 과하게 호위하지 않습니까? 그래서 분명히 다른 이유가 또 있을 거라는 생각이……."

이훈직이 마웅의 의아해하는 말을 자르며 끼어들었다.

"그래, 다른 이유가 또 있다."

마웅은 기다렸다는 듯이 빠르게 이훈직의 말을 받았다.

"다른 이유란 게 혹시 용목(龍目)과 봉조(鳳爪)와 관련이 있습니까?"

마웅의 말에 이훈직의 두 눈에 이채가 번뜩였다가 빗소리에 지워졌다.

"용목과 봉조에 관한 이야기는 어디에서 들었어?"

"우연찮게 주워들은 적이 있습니다."

"용목과 봉조, 그것 때문에 칠철각이 정사 양쪽에게 협공을 받고 무너졌다. 하지만 그것은 허상이다. 허상을 쫓는 군상들에게 우리 사문이 어이없이 무너졌다. 그러니 그 허황된 이야기에 관심 가지지 마라. 사문의 금기 사항이다."

이번엔 마웅의 입꼬리가 비리게 말려 올라갔다.

"금기 사항이라고요? 이상하지 않습니까? 제칠각주였던 진충민이란 분은 무당파 내부에 잠입해서 용목과 봉조에 대해 조사하다가 발각되어 참수까지 당했습니다. 그렇지 않습니까?"

마웅의 은근슬쩍 넘겨짚기에 이훈직의 눈살이 찌그러졌다. 이훈직은 잠시 머뭇거리더니 날숨에 가벼운 한숨을 섞어냈다.

"후—우! 그럴 만한 우리 쪽 속사정이 있었다. 그 문제에 대해선 일단 거기까지만 이야기하도록 하자. 훗날 기회가 주어지면 상세히 알려주마."

이훈직은 그 문제에 관하여 더 이상 거론하고 싶어하지 않아했고, 또 그래야만 할 상황이 되었다.

시끄럽던 객잔 일층의 웅성거림이 이층 계단을 따라 올라오더니 이내 요란하게 계단을 밟는 발자국 소리가 들리며 일단의 무림맹 무인들이 검파(劍把)에 한 손을 올린 채 객잔 이층에 나타났다.

샛별을 이으며 자리한 노대에서 우르르 빠져나온 구경꾼들은 무림맹의 위맹한 모습에 기가 질려 버렸다.

마웅과 이훈직도 노대에서 몸을 돌려세웠다.

무림맹 호위대원 하나가 엄포를 놓듯 우렁찬 목소리를 쩌렁쩌렁 울렸다.

"잠시 객실 안으로 들어가 주시오! 전부—!"

강압적인 목소리에 이런 저런 불만을 구시렁대며 웅성거리긴 했지만, 대부분의 객잔 손님들은 무림맹 호위대의 사나운 기세에 눌려 자신들의 객실 쪽으로 고분고분하게 걸어 들어갔다.

마웅과 이훈직의 눈길이 객잔 손님들 속에 섞여 있는 형제들 쪽으로 향했고, 이훈직의 고개가 남몰래 작게 주억거려졌다.

마웅도 이훈직과 갈라서며 자신의 객실 안으로 들어왔다.

먼저 들어와 있던 손화수와 가창빈은 미닫이문 쪽에 바짝 붙어 선 채 객실 안으로 들어서는 마웅을 살폈다.

손화수의 음성이 낮게 깔렸다.

"확인했어?"

마웅이 제거하기로 한 반중휘의 용모파기를 확인했냐는 물음이었다. 마웅은 가만히 고개를 저으며 방문을 조용히 닫았다. 쥐 죽은 듯 잠시 정적이 흐른 후, 객실이 늘어선 복도 쪽에서 급박하게 움직이는 일단의 발자국 소리가 요란하게 들려왔다.

모두가 침묵하며 두 귀를 칼날처럼 세웠다.

요란하던 발자국 소리가 끊기고 잠시 후, 두세 명의 것으로 짐작되는 또 다른 발자국 소리가 이층으로 통하는 계단을 밟으며 올라왔다.

반중휘와 그를 대동한 무림맹 간부의 것이리라.

마웅과 형제들은 예민한 두 귀를 더욱 날카롭게 벼렸다. 발자국 소리가 복도 쪽으로 향하자 복도를 경계하던 무림맹 무인들이 요란스럽게 발소리를 내며 이 방 앞, 저 방 앞을 서성거렸다. 그 발자국 소리에 칠철각 후예들의 검미가 일제히 일그러졌다.

반중휘가 입실할 객실의 방향을 다른 사람들이 눈치채지 못하게 할 의도를 가지고 고의로 일으킨 시끌벅적한 발자국 소리들로 여겨졌다.

"입실!"

짤따란 명령과 함께 별스럽게 요란하던 발자국 소리가 일시에 뚝 끊기더니 한소리처럼 일제히 닫히는 미닫이문 소리.

쾅ㅡ!

곧바로, 가창빈의 입에서 새어 나오는 속삭임은 욕지거리였다.

"이런, 육시랄ㅡ!"

마웅의 눈길이 손화수의 얼굴 쪽으로 재바르게 돌아갔다. 손화수의 얼굴 표정 역시 난감함으로 찌그러져 있었다.

최소한 반중휘의 용모파악은 했어야 하는데, 그것도 여의치가 못한 상태에서 반중휘가 어느 객실에 들어갔는지마저 모르게 철저히 엄폐가 되어버렸다.

그렇다고 해서 대놓고 이 객실, 저 객실을 어슬렁거리며 반중휘의 낌새를 염탐할 수도 없는 입장이었고, 그럴 수도 없는 분위기였다.

반중휘는 당장 오늘 밤 안에 객잔을 뜰 것이다.

급박해진 시간상으로 봐도 상당히 난감한 상황이 되어버렸다. 사정이 그렇다고 하여, 칼끝처럼 예민해진 무림맹 호위대를 상대로 막무가내 치고 들어갈 수도 없다. 그렇게 해야만 할 시기로 내몰린다면 그렇게라도 해야겠지만, 그것은 최후의 선택으로 남겨둬야 한다.

난감해하는 손화수와 가창빈과는 달리 마웅은 떨떠름한 얼굴로 미닫이문 앞에서 물러나더니 잰걸음으로 창가 쪽으로 걸어갔다. 쪽창을 조심스럽게 열자마자 함부로 와락 달려드는 빗소리.

쏴— 아아아— 아!

창 아래로 보이는 곳은 중문객잔 뒤편 공터였고, 그 텅 빈 공터를 한가득 채우며 빗줄기는 간단없이 내리고 있었다.

두 눈 속에 보이는 것은 온통 침몰하는 세상뿐이었다.

그도 잠시, 젖은 풍경을 깨뜨리며 공터에 들어서는 일단의 무인들.

몇 명의 무림맹 호위대 무인들이 대여섯 필의 말고삐를 한꺼번에 움켜잡고 말들을 우르르 끌고 와선 뒷문으로 이어지는 긴 처마 속 난간에 끌고 온 말들을 묶었다. 무인들은 말 여물통을 찾아내어 피곤으로 지친 말머리 앞에 그것들을 늘어놓고 빗속으로 다시 뛰어들어 사라졌다.

곧이어, 질벅거리는 진창을 짓이기며 철버덕철버덕 굴러오는 사두마차.

사두마차를 몰고 온 마부는 한 귀퉁이에 사두마차를 세우고 말고삐를 길게 풀어 난간의 기둥에 설렁설렁 묶곤, 말들의 다리를 차례차례 들어 올려 진흙이 묻은 편자를 유심히 확인했다. 편자를 깐깐하게 확인을 한 마부는 몸을 돌려세워 감당도 못할 빗줄기를 피해보겠다는 듯 두 손으로 이미 흠뻑 젖어버린 정수리를 가리며 후다닥 사라졌다.

쏴— 아아아— 아!

쪽창으로 내다보이는 작은 세상은 다시 빗줄기가 다 차지했다. 그 속으로 말들의 거친 투레질 소리와 함께 말 울음소리가 길게 파고들었다.

푸— 두두두—!

히— 이이잉—!

마웅의 두 눈이 애달프게 우는 말로 향했다. 마차를 끌던 네 필의 말은 몹시 나댔다.

그 이유를 확인한 마웅의 두 눈에 이채가 스쳤다.

깜박 잊어버린 것일까?

다른 말들은 여물을 우물우물 씹으며 주린 배를 채우고 있는 데 비해, 정작 마차를 끌던 네 필의 말은 그것을 바라보며 자갈 물린 입 밖으로 진득한 침만 질질 흘리고 있었다.

진흙을 털어내며 편자까지 꼼꼼하게 살피고 갔던 마부가 정작 자신의 말들에게 여물을 주는 것을 잊었다는 말인가? 길게 풀어낸 말고삐를 난간 기둥에 대충 맨 것도 의아하다.

마치 금방 돌아와 다른 곳으로 급히 이동할 것처럼.

마웅의 두 눈동자가 작게 흔들렸다.

"창빈아?"

마웅이 부르는 소리에 가창빈이 무슨 일인가 하며 창가 쪽으로 다가왔다.

"왜?"

"육포 좀 있지?"

뜬금없는 마웅의 말에 가창빈은 대뜸 볼멘소리다.

"이 새끼가 내게 먹을 거 맡겨놨냐? 갑자기 육포는?"

"그러지 말고 조금만 줘봐. 나 지금 잠시 나갔다 와야 해. 빨리!"

가창빈은 의아한 얼굴로 마웅의 얼굴을 흘겨봤다.

"또 어디 가? 대사형이 너 찾으면 또 나만 욕을 바가지로 얻어먹게?"

"대사형이 물으면 반중휘를 잡으러 나갔다고 해."

"뭐? 반중휘를? 반중휘야 객잔에 들어와서……?"

"어서 꿍쳐 놓은 육포나 몇 점 줘봐."

가창빈이 침상머리로 걸어가 자신의 보따리를 뒤적거려 깊은 밤 남몰래 씹어대던 육포를 몇 점 꺼내 들곤 마웅 앞에 뚱하게 내밀었다.

"얼마 안 남았어."

마웅은 몇 점 되지도 않는 육포를 건네받아 그것을 가슴 앞섶에 챙겨 넣었다. 그제야 다섯째 손화수가 근심스런 표정을 지으며 마웅 앞에 슬금슬금 다가왔다.

"웅아, 이 마당에 어디 나가려고?"

"좀 찜찜한 구석이 있어서 확인하고 돌아올게요. 혹시 밤 늦게까지 제가 돌아오지 않으면 벌써 작업에 들어갔다고 생각하세요."

그렇게 빠르게 자신의 뜻을 전한 마웅은 곧장 한 사람의 어깨가 겨우 빠져나갈 만큼 좁다란 쪽창 속으로 몸을 날렸다.

가창빈과 손화수의 두 눈이 빠르게 창밖으로 향했다.

창밖을 빠져나간 마웅은 굵다란 빗줄기 속에서 두어 바퀴 공중제비 돌아 진창이 진 지면에 내려섰다.

지면에 안착한 마웅은 사두마차 쪽으로 신형을 날려 마차 밑으로 곧장 몸을 굴려 넣었다. 그 모습을 쪽창 너머로 내려다보던 손화수와 가창빈의 두 눈빛이 심하게 흔들렸다.

손화수는 낯을 차갑게 구기며 중얼거렸다.

"저건 자살 행위다."

가창빈도 손화수와 같은 생각이었다.

"사형, 저 새끼 저거, 미친 거 아닙니까?"

두 사람은 마웅의 행동을 너무 단순하게 생각했다.

도무지 거취를 알 길 없는 반중휘가 야심한 시간대를 이용해 객잔에서 몰래 빠져나와 야반도주하듯이 사두마차에 다시 타면 그때를 노려 기습하겠다는 뜻이 아닌가? 그렇게 생각했다.

이훈직에게서 반중휘의 목을 책임지고 취하라고 명을 받은 마웅이 달리 뾰족한 방법이 없어 답답하던 차에, 빈 사두마차를 보자 그만 눈이 뒤집혀 이판사판으로 몸을 날린 것이라고 판단했다.

두 사람으로선 달리 그렇게밖에 생각할 여지가 없었다.

하지만 그 당혹스럽고 근심스런 짐작은 이내 물려야 했다. 마웅이 마차 밑으로 몸을 숨긴 후 이내 사두마차를 몰던 마부가 빗속으로 바삐 뛰어들어 와 난간에 대충 매어둔 말고삐를 거두어들이며 주위를 두리번거렸다.

손화수는 급히 창문을 닫았다. 그리곤 가창빈의 얼굴을 가만히 쳐다보며 물었다.

"넌 짐작이 가냐?"

가창빈은 무언가 짚이는 것이 있다는 듯 조용히 고개를 끄덕이며 속삭였다.

"반중휘가 객잔 안으로 들어오지 않았을 수도……."

"그래, 호위대가 객잔으로 들어오면서 심하게 호들갑을 떨어댄 것은 자객의 눈을 속이기 위한 눈속임일 수도 있다. 그렇지? 또 좀 유치하고 단순한 방법 같긴 하지만 꼭 그렇게 했어야 할 속사정이 저들에게 있었다면… 그렇지?"

"사형, 대사형에게 가서 상황을 의논해야 하지 않을까요?"

손화수의 턱이 빠르게 객실의 문 쪽으로 움직였다.

"건너가자."

가창빈이 객실의 미닫이문을 도둑놈 문 따듯 조심스럽게 열자, 조심스런 가창빈과는 달리 손화수는 보란 듯이 복도로 성큼 나섰다.

손화수의 예상대로 객실 복도를 이리저리 서성거리며 객잔 손님들의 동태를 유심히 살피고 있는 무림맹의 호위대들.

손화수와 가창빈이 복도로 나서자 호위대들의 눈길이 두 사내의 왼쪽 허리 뒤에 걸린 장검 쪽으로 향했다. 매섭게 날아와 박힌 호위대들의 눈길은 끊어지지 않고 이어지며 두 사내 쪽으로 다가왔다.

"어이!"

손화수는 가뜩이나 사람 좋아 보이는 얼굴에 진한 미소까지 지어 보이며 허리를 숙였다.

"수고들 하십니다."

"어디 소속이냐?"

다가선 네 명의 호위대 모두가 손화수보다 두세 살 정도 많아 보이긴 했지만, 그렇다고 대뜸 반말은 좀 무리한 상황이었다. 하지만 손화수는 입가의 미소를 지우지 않았다.

"동정호 인근에 있는 청풍관이라는 무관 소속입니다."

"동정호 인근? 청풍관?"

손화수와 가창빈을 향해 신분을 캐묻던 호위대가 동료에게 자문을 구하듯 시선을 돌렸다. 시선을 받은 호위대 무인은 입가에 쓴웃음을 물었다.

"촌구석에 있는 무관의 이름이 다 그 모양이지. 청풍관 아니면 청룡관, 그도 아니면 청송관……. 그렇고 그런 무관 이름이 어디 한두 군데인가?"

동료에게서 뚱한 자문을 받은 호위대 무인의 검미가 언짢게 찌그러지며 시선이 다시 넉살 좋게 미소를 짓는 손화수의 얼굴로 꽂혔다.

"촌구석에서 예까지 여긴 무슨 일로?"

"제갈세가 쪽에 연줄이 있던 차에 제갈세가에서 논검대회가 열린다는 소식을 접하고 구경도 하고 안목도 좀 넓힐 겸, 겸사겸사 출행했습니다."

제갈세가는 한 해 걸러 한 번씩 무림제일세가라는 명성을 등에 업고 논검대회를 연다. 오 년마다 한 번씩 열리는 무림맹의 무림대회완 비교가 되진 않지만 그래도 적잖은 무림인들이 모여들었고, 그 논검대회를 통해 무림고수로 인정받은 무림인들 역시 적잖게 많았던 게 사실이다.

그러니 촌구석의 무관 출신들이야 제갈세가에서 두 해마다 열리는 논검대회를 신분 상승의 발판으로 알기 일쑤였다.

호위대 무인이 고개를 주억거렸다.

"그런데 둘이 동무해서 뒷간이라도 가려고 나왔나?"

"아뇨. 저쪽 객실에 동문들이 있어서 잠시 들르려고요."

그때, 호위대들의 등 뒤쪽에서 여인의 음성이 날아들었다.

"거기서 뭣들 해?"

복도를 가로막고 섰던 네 호위대 무인들의 시선이 뒤돌아섰다. 넷째 낙수련이었다.

까무잡잡한 얼굴에서 묘한 매력을 발산하는 낙수련을 확인한 호위대들의 몸이 시선을 따라 일제히 뒤돌아섰다. 호위대무인 하나가 손화수의 한쪽 어깨를 제 어깨로 슬쩍 건드리며 속삭였다.

"누구냐?"

"예. 저쪽은 저희들 사저 되시는 분으로……."

손화수의 대답이 끝나기도 전에 호위대의 얼굴이 대번에 화사하게 밝아지며 입꼬리가 희멀겋게 찢어졌다.

"고것 참, 예쁘구나."

보는 것만으로도 입이 찢어진 호위대 무인들을 향해 손화수가 한술 더 뜨며 거들었다.

"저희 고향에서 제일 미인이죠. 어디 얼굴만 예쁜가요? 마음 씀씀이도 비단 자락 같습니다."

호위대 무인의 입이 괜히 함지박만 하게 벌어졌다.

"오, 그래?"

낙수련은 그러한 분위기를 꿰뚫고 있다는 듯 엉덩이를 살랑살랑 흔들며 다가왔다.

"어머! 무슨 일이에요? 저의 동생들이 무슨 잘못이라도?"

낙수련의 물음에 무림맹 호위대들은 낙수련을 향해 일제히 포권을 해 보였다.

"소저, 아무것도 아닙니다. 의례적인 검문이었습니다. 신경 쓰지 마십시오. 흐흐흐!"

너스레를 떨 듯 웃음까지 흩날린 호위대 무인 하나가 손화수의 어깨를 툭 치며 괜히 친한 척을 했다.

"어서 가봐. 그리고 다음에 한번 보자."

눈웃음까지 건네는 호위대의 인사를 받은 손화수와 가창빈은 호위대들을 향해 다음에 만나면 술이라도 한잔 같이하며 견문을 넓히고 싶다는 인사치레까지 남기곤 낙수련의 뒤를 따라 대사형이 있는 객실로 들어갔다.

호위대 무인들은 살랑살랑 흔들리는 낙수련의 둔부에서 차마 시선을 떼지 못한 채 한동안 굶주린 개떼가 되어버렸다.

"햐! 고년 고거… 촌년치곤 아주… 쩝쩝—!"

입에 단것이라도 넣은 사람들처럼 입 안에 한가득 고인 침을 맛나게 다시던 호위대 무인들은 돌연 무언가에 화들짝 놀라며 두 패로 후다닥 갈라섰다.

복도 저 끝쯤에 나타난 검은 장의의 무인.

오십대 후반의 나이, 검은 미염(美髥)이 명치 바로 위까지 내려온 검은 장의의 오명탄은 무림맹 금율당(擒律黨) 당주이다. 반중휘를 호위한 호위대의 직속 책임자다.

금율당의 당주가 직접 강호에 나선 것도 이례적인 일이었지만, 그 자를 죄인 신분이 아닌 요인 신분으로 호위하며 직접 따라나섰다는 것 또한 근래에 보기 힘든 장면이었다.

금율당 당주 오명탄이 호위대에게 손을 까닥거려 보였다.

호위대들은 당주의 손짓에 제풀에 찔끔 놀라 서로의 눈치를 살피더니, 그중 누군가가 한 호위대원의 등을 은근슬쩍 떠밀었고, 등이 떠밀린 호위대원은 원치 않게 앞으로 나선 김에 잰걸음으로 오명탄 앞에까지 다가섰다.

오명탄의 두 눈은 잔잔했다.

"무슨 일이냐?"

"논검대회에 참가한다는 촌놈들의 객실 이동이 있었습니다. 촌놈들이긴 했지만 그래도 신분이 무인인 까닭에 지침대로 잠시 검문을 하고 재확인을 했을 뿐입니다."

"촌놈? 논검대회에? 어느 쪽 무인들이었더냐?"

"동정호 인근에 있다는 청풍관이란 무관 출신의 무인들이었습니다. 그냥 잡놈들입니다. 신경 쓸 만한 아이들은 아니었습니다."

오명탄은 복명하는 호위대원의 숙인 정수리를 무심한 눈길로 잠시 꼬나보다가 조용한 음성을 깔아냈다.

"근데, 너?"

오명탄의 앞에 서 있던 호위대원이 고개를 들어 올렸다.

"…예?"

호위대원은 의아한 얼굴을 들어 올렸고, 그 얼굴을 지그시 노려보는 오명탄이 이죽거렸다.

"너, 날아가는 참새의 뭐라도 보았느냐?"

당주의 뜬금없는 물음에 호위대원의 얼굴은 당황스러워졌다.

"저… 무슨 말씀이신지?"

의아한 목소리로 되묻는 호위대원 앞에서 오명탄은 헛기침을 토하며 돌아서선 가시 박힌 목소리를 남겼다.

"크—험! 침 좀 닦아라."

호위대원은 화들짝 놀라 손등으로 입 언저리를 급히 닦았다.

손등에 축축하게 묻는 타액.

낙수련의 살랑거리던 둔부 탓이었으리라.

얼굴이 불덩이처럼 확 달아오른 호위대원을 뒤에 남겨둔 채 오명탄은 자신의 객실로 조용히 들어섰다. 그리곤 늘 가지고 다니는 서책 몇 권을 찾아내어 그중 한 권을 뽑아 들었다.

두툼한 서책 표지에는 호남성 기명부(湖南省記名簿)란 제목이 적혀있었다. 호남성 내에 상주하는 군소 정파뿐만 아니라 과거와 현재 활동 중인 모든 무인에 관한 자료들이 세세히 기록된 장부였다.

동정호와 그 인근에 관한 기록들의 쭉 살피던 오명탄의 고개가 의아하게 갸웃거려졌다. 동정호와 그 인근 어디에도 청풍관이라는 무관에 관한 기록은 없었다.

산간벽지의 자그마한 무관까지 기록이 된 기명부에 기록이 없다는 것은 의아한 일이다. 정파가 아닌 사파 쪽이라면 가능할 일이지만 제갈세가에서 열리는 논검대회에 참석한다면 분명 정파 쪽 아이들일 것이고, 분명 정파 쪽에 몸을 담는 무관일 것이다. 그런데도 없다면 사무적인 착오거나… 수상쩍은 일이다.

오명탄은 다시 기명부를 찬찬히 훑어 내려갔다.

'동정호… 인근의… 청풍관이라…….'

＊　　　　＊　　　　＊

칠흑의 어둠 속에 간단없이 비는 내렸고, 중문객잔 뒤편 공터를 벗어난 마차는 새색시 발걸음처럼 조용조용 천천히 굴러갔다.

마웅은 사두마차 바닥의 보목에 두 다리와 양팔을 걸쳐 놓고 있었다. 마차 바닥에 매달린 마웅의 등과 진창이 진 길바닥 사이엔 두어 뼘 정도의 공간이 있었다. 그 정도면 난처할 일 없이 얼마든지 매달려 있을 수 있을 것 같았다.

사두마차가 말발굽 소리를 죽이며 한길로 나섰을 즈음, 마웅은 가슴 앞섶을 뒤적거려 가창빈에게 얻은 육포를 꺼내 입 안에 집어넣곤 질겅질겅 씹는 여유까지 부렸다.

사두마차가 향한 곳은 관문 쪽이었다. 마차는 그렇게 하염 없는 빗줄기 속에서 한식경가량 천천히 굴러가더니 돌연 급하게 방향을 꺾었다.

사두마차가 들어선 길은 폭이 아주 협소한 골목이었다.

마차의 옆면이 걸핏하면 민가의 담벼락에 닿아 긁히는 소리가 날 만큼 골목은 몹시 좁았다.

사두마차는 좁다란 골목 모서리 하나를 힘겹게 돌아 멈춰섰다. 마부가 뛰어내려 말을 끌고 가는 것으로 봐선 목적지에 도착한 듯싶었다.

사내의 목소리가 빗소리에 섞여 은밀하게 들렸다.

"왜 이렇게 일찍 오셨소?"

"일찍 왔다고요? 계획이 변경이라도 되었답니까?"

사내의 말을 의아하게 받아들인 목소리는 마부의 것으로 짐작되었다. 마웅은 한 손으로 질퍽한 땅을 짚고 얼굴을 마차 바닥 아래로 내밀었다.

진창 위에 서 있는 두 사내의 발.

사두마차 밖으로 얼굴을 완전히 내밀지 않는 한, 마웅이 확인할 수 있는 시야는 한정이 되었다. 마웅은 머리끝이 진창에 닿을 만큼 얼굴을 최대한 아래로 늘어뜨리곤 재빨리 주위를 둘러보았다. 어둠 속으로 흐릿하게 보이는 것은 담벼락 옆에 있는 굵은 나무 밑동과 그 아래에 쌓인 깨진 질그릇들.

이곳저곳 깨진 질그릇들이 저렇게 많은 것으로 봐선 여느 살림집은 아닌 듯했다. 그리고 보니 비린 빗물 냄새에 섞인 야릇한 향기는 약재 냄새 같았다.

약방(藥房) 뒤뜰.

두 사내의 네 발이 거센 빗줄기를 피하려는 듯 마웅의 시야 속에서 사라지면서 마부의 뚱한 목소리만 빗소리에 젖어 들었다.

"약속된 시간에 딱 맞춰서 왔는데 그게 무슨 말씀이시오? 도대체 어찌 돌아가는 일입니까?"

마부의 볼멘 물음에 약방에서 나온 사내가 바짝 목소리를 죽였다.

"금란(金卵)이 오늘 하룻밤은 여기서 그냥 머물겠다며 버티고 있는 상황입니다. 옴짝달싹도 하지 않겠다며 뻗대고 있어요."

"여태껏 지시에 잘 따르던 금란이 갑자기 웬 용심을 그리 부린답니까?"

마웅이 엿듣기에 '금란'이라 사용된 호칭은 바로 반중휘를 지칭하는 은어쯤으로 여겨졌다. 혹시나 하며 따라붙은 것이

적중했다. 당장에라도 마차를 박차고 뛰어나가고 싶었지만 타초경사(打草驚蛇)의 격이 될까 하여 늘어뜨렸던 얼굴을 마차 바닥에 붙이며 두 귀만 날카롭게 세웠다.

약방에서 나온 사내의 목소리에는 난처함이 적잖게 서려 있었다.

"이곳에 도착하기 전에 금란이 이곳에서 자신의 딸아이를 만나야 한다며 시간을 좀 넉넉하게 내어달라고 요구했습니다."

"잡혀가는 주제에 무슨 난데없는 부녀 상봉이랍니까?"

"잡혀는 가지만 아직 칼자루는 금란이 쥐고 있는 형편이잖습니까? 아쉬운 건 오히려 우리 쪽이지요."

"그래서 금란의 요구를 우리 측에서 수용해 주기로 했답니까?"

"받아주었으면 저렇게 뻗대고 있겠습니까? 당주께서 서로의 안전을 위해 일언지하에 거절했답니다. 그러니 금란은 한 발짝도 움직일 수 없다며 고집을 피우고 있는 중이고요."

"그럼 어쩌실 작정입니까?"

"좀 더 어르고 달래보고도 정 안 되면 강제라도 마차에 싣고 떠야죠. 당주의 명인데 별수 있겠습니까?"

"이곳을 지목하여 머문 것도 금란 그자라고 하던데? 딸아이란 계집은 이쪽으로 찾아왔습니까?"

"예. 바로 좀 전에 찾아와서 부녀 상봉을 했습니다. 그러니 인간사 정분 중에 제일 중하다는 부모자식 간의 혈육의 정을

모른 척할 수도 없고 해서… 당장 움직이라는 말을 차마 못 꺼
내놓겠더라고요."

"허어, 그것 참! 그렇기도 하겠습니다. 저렇게 끌려가면 훗
날 어찌 될지도 모르는 형편인 걸 뻔히 알면서 매달리는 혈륙
을 매정하게 내치기도 뭐하고……. 참! 난감한 일이긴 하군요.
딸아이는 제 아비가 처한 사정을 미리 알고 왔다고 합디까?"

"전혀 모르는 눈치였습니다. 과거를 숨기고 살았던 자가 자
기 딸에게 자신의 과거에 대해 밝히진 않았겠죠."

"그렇긴 합니다. 그래, 금란이 자기 딸아이에게 무어라 둘러
대던가요?"

"출세한 옛 지인이 자신을 아주 귀하게 초대한 것이라고 둘
러대기는 합디다만, 딸아이의 머리가 너무 굵어버렸는지 제
아비의 말을 쉽게 믿지 못하고 옥신각신하는 중입디다. 문밖
에서 엿듣고 있자니 나도 모르게 맘이 짠해지는 게… 영!"

"쯧쯧쯧—! 이거 그냥 돌아갈 수도 없고 무작정 기다릴 수도
없는데 어쩌죠?"

"어쩌긴 어쩌겠습니까. 인정상 시간을 조금만 더 주다가 마
차에 태워 계획대로 움직여야지요. 당주님의 지엄한 명 앞에
우린들 별수 있겠습니까?"

"그럼 얼마나 기다려 줘야 하죠? 시간을 너무 오래 지체하
면 나중에 제가 난처해집니다."

"글쎄요… 그게……?"

두— 두두두— 두!

그때, 진창의 흙탕물을 거칠게 튕겨내는 급한 말발굽 소리가 빠르게 다가오더니 이내 횃불로 여겨지는 불빛과 함께 사두마차 옆에 멈춰 선 말 울음소리가 마웅의 귀청을 때렸다.

히— 이이— 잉—!

이어, 횃불까지 챙겨 들고 온 마상무인이 말 울음소리만큼이나 긴 날숨을 뿜어냈다.

"휴— 우우! 아직 출발하지 않아서 다행입니다."

급보를 전하러 달려온 금율당의 호위대원인 듯했다.

처마 밑에 있던 마부와 약방에서 나온 호위대원이 거의 동시에 물었다.

"무슨 일입니까?"

"당주님께서 전하는 변경 사항입니다. 별도의 지시가 있을 때까지 절대 움직이지 말고 철저히 은신해 있으라는 명이 있었습니다."

"갑자기 왜요?"

"문제가 좀 생긴 듯합니다."

의아한 물음에 마상무인은 말을 탄 채 대답했고, 말은 급히 달려온 탓에 거친 숨을 몰아쉬며 이리저리 진창을 짓밟아대면서 몹시 나댔다. 약방에서 나온 호위대 무인이 재차 사연을 물었다.

"문제요? 갑자기 작전을 변경할 만큼 급박한 일이라도 생겼답니까?"

"자세한 내막은 잘 모르겠습니다. 하여튼 당주께서 어떤 낌새를 차린 듯합니다."

"낌새라면?"

의아한 물음에 마상무인의 대답은 자신감이 없는 듯 말끝을
흐려놓았다.

"이곳에 자객들이 출몰한 분위기 같긴 한데……."

무언가 알고 있으면서도 꺼내놓기를 꺼리는 마상무인의 흐
릿한 말이 마차바닥에 딱 붙어 있던 마웅의 귀에는 송곳처럼
날카롭게 날아와 박혔다.

'발각되었단 말인가?'

다시 바짝 예민해진 마웅의 귓속으로 마상무인의 목소리가
들려왔다.

"하여튼 급전은 전했습니다. 별도 사항이 있으면 또다시 연
락을 취하도록 하겠습니다."

그렇게 자신의 말을 전한 마상무인은 갑자기 무슨 생각에서
인지 마차의 문을 벌컥 열고 횃불로 마차 안을 살피더니 횃불
을 진창 진 바닥을 향해 늘어뜨리며 주위를 꼼꼼하게 확인하
는 눈치였다.

그러더니 말머리를 홱 돌려 되돌아갔다.

마상무인의 말투와 행동으로 봐선 칠철각 후예들의 정체가
확연하게 드러났다고는 볼 수 없었다. 만약 무림맹의 눈에 드
러났다면 칼부림부터 생겼어야 합당한 수순이다. 하지만 전령
으로 달려온 마상무인의 말투와 행동에선 어떤 피 냄새도 감
지되지 않았었다. 그러나 무림맹 쪽에서 무언가를 눈치를 챈

분위기는 확실한 것으로 여겨졌다.

마웅의 두 눈이 작게 흔들렸다.

그냥 자신의 계획대로 약방에 잠입하여 반중휘를 처단하느냐, 아니면 형제들의 움직임을 좀 더 예의 주시한 후에 움직이느냐, 마웅은 잠시 갈등에 빠졌다.

마웅의 마음이 그렇게 잠시잠깐 흔들리고 있을 때 마부의 목소리가 작게 스며들었다.

"그렇잖아도 마음 한구석이 켕기던 차에 잘됐네! 근데, 이제 난 어쩌지? 무슨 비가 이렇게 억수같이 내리붓는지? 그냥 돌아가기도 막막하고……."

혼잣말처럼 구시렁거리는 마부를 향해 약방에서 나온 호위대원이 마부의 속내를 훤히 들여다보고 있다는 듯 거들고 나섰다.

"어쩌긴 뭘 어째요, 돌아오라는 명도 없었는데? 그냥 저희랑 여기에서 하룻밤 머물다가 내일 아침에 돌아가면 되죠."

마부는 대번 반색을 보였다.

"그럴까요? 잠시 엉덩짝을 붙일 만한 빈자리라도 남아 있어야 할 텐데……."

"하하하! 자리야 넉넉합니다. 비좁은 객실에 비하면 이곳은 대궐입니다. 자, 안으로 들어가십시다."

절벅거리며 집 안으로 들어가는 발자국 소리가 조금씩 마웅의 귓전에서 멀어져 갔다. 마웅은 사두마차 바닥에서 조용히 몸을 내려앉혔다.

진창에 몸을 한 바퀴 뒹굴 굴러 사두마차 밑에서 빠져온 마웅은 곧장 약방 담벼락 위로 조용히 신형을 날렸고, 굵다란 여름비는 장맛비처럼 그칠 기색 없이 지루하게 내렸다.

　쏴아— 아아아!

　　　　　　*　　　*　　　*

　이훈직은 미닫이문 옆에 바짝 붙어 서선 손가락 하나를 빙글빙글 돌리며, 두 귀로는 복도를 반복하며 걸어 다니는 발자국 소리를 감지하고 있었다.

　술상까지 한상 크게 벌려놓은 칠철각의 형제들은 이훈직의 손가락 짓에 맞춰 희희낙락하며 떠들었다. 입으론 그렇게 수다스럽게 떠들고 있었지만 모두의 눈빛들은 사뭇 경직되어 있었다.

　이훈직은 손화수와 가창빈을 통해 마웅이 객잔 밖으로 은밀하게 빠져나간 이유를 귀엣말로 전해 들었다. 이훈직은 마웅의 갑작스런 돌출행동이 처음엔 몹시 당혹스러웠으나 곧 마웅의 행동에 작게 고개를 끄덕이며 가능성을 인정했다.

　문제는 밖의 낌새가 잠시 소란스럽더니 무림맹 쪽에서 애써 무언가를 인내하며 자신들 쪽으로 신경을 곤두세우고 있다는 느낌을 받았다는 것이다.

　이훈직은 객실 복도를 경계하는 호위대들의 발자국 소리가 자신들의 객실 앞을 지날 때면 여지없이 조심스러워진다는 것을 감지하곤 확신했다.

마웅과 함께 이층 노대에서 설핏 보았던 검은 장의의 무인이 만약 무림맹의 금율당 당주라면 무언가 꼬투리를 잡혔을 수도 있겠다 싶었다.

금율당 당주 모랑흑산(謨螂黑山) 오명탄은 심기가 깊고 매사에 치밀하기로 명성이 높은 자다. 그 꼼꼼하기로 소문이 난 성격 덕에 금율당 당주 자리까지 꿰찬 자다. 만약 사두마차에서 먼저 내렸던 그 검은 장의의 중년인이 모랑흑산 오명탄이 확실하다면 몸을 사려야 한다.

어쩌면 이미 꼬리가 잡혔을지도 모를 일이다.

거침없이 다가오는 발자국 소리가 있었다. 발자국 소리는 점점 가까이 다가왔다. 복도를 경계하는 무림맹 호위대원들의 검문도 없었다. 그렇다면 발자국 소리의 주인과 호위대들은 암묵적으로 서로를 알고 있는 자다. 발자국 소리의 일정한 간격과 발끝에서 느껴지는 기운은 무림인이다.

다가오던 발자국 소리는 이훈직의 객실 앞에서 멈추었다.

이훈직은 미세한 소리도 나지 않게 술상 앞으로 가서 앉았다. 곧바로 문을 두드리는 인기척이 전해졌다.

똑똑!

이훈직이 묘담에게 눈짓을 했고, 묘담이 재바르게 반응을 보였다.

"누구요?"

답을 한 사내의 목소리는 중년인이었다.

"객잔 주인장이올시다."

칠철각 후예들은 재빨리 시선을 교환했다. 묘담이 슬며시 일어섰다.

"무슨 일입니까?"

"그냥 인사치레 삼아 잠시 들렀습니다. 혹여 객잔을 이용하시는 데 불편한 점이나 불미스러운 일은 없나 해서요. 그리고 잠시 상의드릴 일도 좀 있고 해서……. 잠시 들어가도 될까요?"

묘담의 시선이 빠르게 이훈직의 의향을 살폈고, 이훈직이 조심스럽게 고개를 주억거려 보였다. 묘담이 문으로 다가가 조심스럽게 문을 열었다. 그리곤 대뜸 너스레부터 떨어 보였다.

"주인장께서 저희 같은 촌놈들까지 챙기시니 황공합니다."

사십대 중반의 나이. 얼굴은 유순하게 생긴 데 비해 눈매만큼은 매서웠다.

"무슨 당치도 않은 말씀을! 다 같은 손님이신데 촌사람, 도회지 사람, 귀천이 따로 있을 수가 있겠습니까?"

만만찮은 허우대를 가진 중문객잔의 주인 당가철이 객실 안으로 들어섰다. 가창빈이 손님치레한답시고 엉거주춤한 모양새로 엉덩이를 들어 올리며 일어서려 하자, 옆에 앉았던 손화수가 가창빈의 뒤춤을 몰래 잡아 가창빈의 가벼운 엉덩이를 도로 주저앉혔다.

손화수가 입가에 넉넉한 웃음을 물며 주인장을 반겼다.

"우선 좀 앉으십시오. 안주는 초라하지만 술은 아직 많이 남았습니다."

"그래도 되겠습니까?"

손화수의 말에 주인장 당가철이 넉살 좋게 자리 하나를 꿰차고 앉았다. 당가철이 앉은 자리는 이훈직의 바로 옆이었다. 이훈직이 자신의 잔을 당가철 앞으로 내밀곤 술병을 들었다.

술병을 건네던 이훈직은 당가철의 눈길이 자신의 손을 집요하게 바라보고 있다는 사실에 적잖게 당황스러웠다.

안목이 있는 무림인이라면 무인의 손 상태만으로도 무위를 짐작할 수 있는 법이다. 이훈직은 순간적으로 자신의 손을 허리 뒤로 감추고 싶을 만큼 당황스러웠다.

이훈직에게서 술을 받은 당가철의 목소리는 여유로웠다.

"저희 객잔을 찾아주신 형제분들이 모두 일곱 분이라고 들었는데 한 분은 어찌 안 보입니다?"

이훈직은 짐짓 입가에 미소를 물며 머뭇거림 없이 대답했다.

"막내가 배탈이 아주 심하게 났는지 뒷간을 부리나케 들락거리더니 그만 자리에 누워버렸습니다."

당가철의 눈이 커졌다.

"배탈이 났다고요? 혹시 저희 객잔의 음식 때문에……."

이훈직이 급히 손사래를 쳐 보였다.

"아닙니다. 음식 탓은 아닙니다. 막내 놈이 객지에 나온 게 이번이 처음이라 그런지 물갈이 배탈을 하나 봅니다."

"아! 물 탓이군요. 객지의 물이 몸에 안 맞는 사람이 많긴 하죠. 그렇지만 이쪽 물은 참 좋은 편인데…….”

“하하하! 물이야 좋죠. 막내 놈이 워낙 칠칠맞은 구석이 있
어서 그런 거니 마음에 두지 마십시오.”

객잔의 주인장 당가철이 입속으로 술잔을 털어 넣곤 다시
이훈직을 향해 빈 잔을 내밀었다.

“배탈에 좋은 약이 있는데 애들을 시켜 약을 좀 넣어드릴까
요?”

그렇게 말을 꺼내놓던 당가철은 무슨 생각에서인지 몸을 바
로 일으켜 세울 기미를 보였다.

“아닙죠. 제가 가서 약을 챙겨 막내 분의 상태를 좀 보
고…….”

옆에 앉았던 묘담이 당가철의 팔을 낚아챘다.

“그러실 필요까지 없습니다. 약은 벌써 먹였습니다. 곤히
잠들었기에 저희도 깨우지 않고 있습니다.”

“아, 그래요? 그럼 다행입니다.”

묘담의 만류에 당가철은 칠철각 형제들의 얼굴을 찬찬히 살
피며 들어 올렸던 엉덩이를 도로 내렸다.

낙수련이 생글생글 웃으며 당가철을 향해 입을 뗐다.

“근데, 여길 찾아오신 이유는 뭔가요?”

그제야 당가철은 깜박 잊고 있었다는 듯 자신의 한쪽 무르
팍을 소리가 나도록 탁 치며 입을 열었다.

“이런, 내 정신머리 좀 보게!”

자신의 정신머리를 탓하던 당가철은 엉뚱하게 낙수련의 얼

굴을 바라보며 괜한 소리를 꺼내놓았다.

"참 미인이십니다."

낙수련의 반응은 시답잖았다.

"늘 듣는 소리이니 이젠 반갑지도 않네요. 근대 여긴 왜 오셨나요?"

바늘 끝도 들어가지 않을 듯한 낙수련의 냉랭한 반응에 당가철은 겸연쩍은 웃음을 보였다.

"허허허! 재미난 소저입니다."

낙수련의 입에서 다시 가시 박힌 소리가 새어 나왔다.

"찾아오신 이유를 물었는데 왜 자꾸 딴소리세요?"

그때, 묵묵하게 있던 최대산이 짐짓 낙수련의 버릇없음을 나무랬다.

"사매, 왜 그렇게 못되게 굴어!"

"제가 뭘요?"

낙수련이 최대산을 흘겨보며 대들었고, 최대산의 얼굴이 단박에 사나워졌다.

"이년이! 귀엽다, 예쁘다 해주니까 이젠 아주 머리 꼭대기까지 기어오르려 드네! 당장에 이년을 콱—!"

"때려봐! 어디 한번 때려보라고!"

최대산이 낙수련의 뺨이라도 한 대 후려칠 기세를 보이자 낙수련이 아락바락 최대산을 노려보며 대들었고, 이훈직이 최대산과 낙수련을 지그시 보며 으르렁거렸다.

"손님도 계신데 그만 그 입 좀 다물라!"

분위기가 갑자기 험악해지자 난처해진 쪽은 객잔 주인장 당가철이었다.

　"왜들 이러십니까? 괜히 제가 좋은 자리에 불쑥 끼어들어 술판을 깬 듯해서… 이거야 원!"

　이훈직은 당가철을 향해 눈으론 웃으며 입가엔 냉기를 보였다.

　"아닙니다. 쟤들이 원래 경우가 없어서… 근데, 저희들을 찾아오신 이유가?"

　"아, 예! 벼, 별거 아닙니다. 갑작스럽게 무림맹 쪽 사람들이 들이닥치는 바람에 객실이 많이 부족하게 되었습니다. 단골손님들까지 방을 구하지 못하고 대기하고 있는 실정이라서……."

　"그래서요?"

　"언제쯤 객실을 비울 수 있나 궁금해서……."

　겸연쩍어하는 당가철의 대답에 이훈직은 눈길을 슬며시 돌리며 딱한 처지를 이해한다는 표정이었다.

　"단골손님들까지……. 음! 의논해 보고 내일 아침까지 알려 드리리다. 그러면 되겠죠?"

　이훈직의 은근한 말에 주인장 당가철은 입가에 쑥스런 웃음을 물어보였다.

　"그럼요. 그럼 되고말고요! 이거… 내쫓는 것처럼 보여서……. 장사치들의 속사정이란 게 원래가……."

　당가철이 미안해하며 몸을 일으켜 세우자 이훈직이 슬며시 따라 일어서며 쓴웃음을 내보였다.

"아닙니다. 미안해할 필요까진 없습니다. 서로 편의를 봐드려야죠. 주인장의 입장은 충분히 이해합니다."

당가철은 이훈직을 향해 연방 허리를 접어 보이며 과하게 인사치레를 했다.

"아이고! 고맙습니다."

그리곤 뒷걸음질로 물러나 편히 쉬라는 인사말을 남기고 자리를 떴다.

객잔 주인장 당가철이 떠나자 이훈직은 다시 자리에 앉으며 손가락을 빙글빙글 돌렸다. 그 손가락질에 형제들은 옥신각신하며, 때론 그 속에 웃음까지 섞어내며 진탕 술판을 다시 벌리는 시늉을 해댔다. 그 소음 속으로 이훈직이 묘담을 향해 속삭였다.

"어때?"

묘담의 얼굴은 차갑게 굳어 있었다.

"아주 나쁩니다."

이훈직은 술잔에 술을 가득 채우곤 술을 입속으로 털어 넣었다. 그리곤 작게 고개를 끄덕였다. 이훈직은 입속에 넣은 술을 삼키지 않고 우물우물 입 안을 가시더니 술상 밑에 숨겨뒀던 대접에 뿜어내듯 게워내곤 입맛을 쩝쩝 다시며 작게 한숨을 쏟아냈다.

"휴—! 생각보다 피를 많이 봐야 되겠는걸."

"어때?"

무림맹 금율당 당주 오명탄은 자신의 방으로 조심스럽게 들어서는 중문객잔 주인장 당가철을 확인하자마자 대뜸 물었다. 당가철은 잰걸음으로 오명탄 앞으로 다가서며 속삭이듯 말을 꺼내놓았다.

"짐작대로 냄새가 고약합니다."

당가철의 보고를 받은 오명탄의 입꼬리에 비린 웃음이 물렸다.

"내가 확인해 보라는 것들은?"

"예. 술판을 벌려 입에선 술내가 진동했지만 정작 취해 보이는 자는 없었습니다. 그 방으로 들어간 술의 양으로 봐선 쉽게 납득이 가지 않는 점이었습니다."

"그리고 또?"

"촌놈들이 아니라 상당한 무위를 가진 고수들이었습니다."

점점 윤곽이 뚜렷해지자 오명탄의 입에서 침음이 새어 나왔다.

"음—!"

"문제가 하나 있습니다."

작게 숙여졌던 오명탄의 고개가 들려졌다.

"뭐지?"

"놈들의 일행은 일곱이었습니다. 그중 하나가 자리에서 빠져 있었습니다."

"이유는?"

"배탈로 앓아누워 있다고 하긴 했지만 그것이 거짓인 것은 지금 바로 확인해 보면 될 일입니다."

오명탄이 의아하게 물었다.

"뭐라? 배탈을 핑계로 자리에서 빠진 자가 있어? 배탈은 확인해 보나마나 거짓일 것이고……. 그렇다면 객잔을 이미 빠져나갔다는 말인데? 우리 쪽 아이들의 눈에 왜 안 띄었지?"

오명탄의 의아한 말에 당가철이 잠시 생각에 잠기더니 낯을 구기며 손가락으로 어딘가를 가리켜 보였다.

"저기."

오명탄의 시선은 당가철이 지시한 곳으로 돌아갔다. 오명탄의 두 눈에 짧게 스치고 지나가는 이채.

당가철이 가리켜 보인 곳은 쪽창이었다.

"저 작은 창문으로? 쪽창을 미처 생각 못했군."

"객실마다 하나씩 있습니다."

"그자들이 묵고 있는 객실 창문을 통해 나가면 어디로 통하지?"

"뒤편 공터입니다. 말들을 세워놓은……."

당가철의 설명에 오명탄의 눈에 불통이 팍 튀었다.

"말들을 세워놓는 곳?"

오명탄은 무언가에 놀란 듯 벌떡 일어서더니 문으로 걸어가 호위대 한 명을 조용히 불러 몇 마디 전하곤 다시 돌아와 앉았다.

"사라진 놈은 어떤 놈이더냐?"

빠르게 묻는 오명탄의 질문에 당가철이 조심스럽게 대답했다.

"막내라고 들었고, 제가 기억하기로도 그들 무리 중에 제일 나이가 어린 놈이 자리를 비운 걸로 파악하고 있습니다."

오명탄은 의외라는 듯 고개를 갸웃거렸다.

"막내라?"

그때 누군가 조심스럽게 객실의 문을 열고 들어와 허리를 접어 보였다. 약방 쪽에 급보를 전했던 전령무인이었다.

"부르셨습니까?"

"변경 사항을 전하러 갔을 때 이상한 기미는 없었더냐?"

"전혀 없었습니다."

전령무인의 확고한 복명에 오명탄의 눈매가 설핏 찌그러졌다.

"없었어?"

"제가 급보를 전하러 갔을 때, 그쪽을 맡은 조장(助長)과 마차를 몰던 마부는 처마 아래에서 비를 피하며 사담을 나누고 있었습니다. 그것뿐이었습니다. 그리고 미리 주신 지시대로 마차 안과 뒤뜰로 들어서는 길을 꼼꼼하게 확인했습니다."

"확인해 보니?"

"마차엔 수상쩍은 기미가 없었습니다. 그리고 미행자의 흔적 또한 없었습니다. 땅이 진창이 진 까닭에 미행자가 있었으면 분명 발자국이 남았을 것입니다. 마차 바퀴 자국 외엔 그 어떤 흔적도 없었습니다."

실눈을 뜨며 잠시 생각에 잠기던 오명탄은 신음 같은 낮은 소리를 꺼내놓았다.

"됐다, 그만 나가봐."

전령이 물러나는 것을 힐끔 돌아보고 있던 객잔 주인장 당가철이 고심에 빠진 오명탄 쪽으로 얼굴을 가만히 디밀었다.

"너무 과하게 걱정하고 계신 것은 아닙니까?"

오명탄의 이맛살은 여전히 찌푸려져 있었다.

"왜 그렇게 생각하지?"

"놈들이 자객들이라면 미리 정보를 캐고 왔을 것은 확실합니다. 그렇다면 무당파의 지원대에 대해서 들었을 것이고, 그들의 입장에선 상당한 부담으로 작용했을 것입니다."

당가철의 어쭙잖은 추리에 오명탄은 별다른 관심을 보이지 않으며 건성으로 대답했다.

"그렇겠지."

"자리를 비운 아이 때문에 고심을 하시는 것이 아닙니까? 그들 무리 중에 막내라면 분명 무위도 제일 낮을 것이고, 그런 아이에게 맡겨질 임무란 게 한계가 있습니다."

오명탄은 그제야 당가철의 말에 관심을 보이며 구긴 이맛살을 폈다.

"그렇겠지. 그런데?"

"막내에겐 주어지는 임무란 게 원래 잔심부름 정도가 통례적인 일입니다. 대부분 그렇지 않습니까?"

"음! 보통은 그렇게들 하지."

"막내가 빠져나간 이유는 무당파에서 출발한 지원대의 도착을 염탐하기 위한 것일 수도 있잖습니까. 그들에겐 꽤 중요한 정보일 테고……."

오명탄은 당가철의 생각이 일리가 있다고 느꼈던지 입술 밖으로 날숨을 안도의 한숨처럼 가만히 몰아쉬었다.

"후우!"

그 숨결을 바라보던 당가철의 입가에 득의에 찬 미소가 번졌다.

"뭘 망설이십니까? 바로 놈들을 덮치지요?"

하지만 오명탄은 고개를 절레절레 흔들었다.

"심정만 있고 물증은 전혀 없어."

"물증이야 잡아놓고……."

당가철의 뚱한 소리에 오명탄의 검미가 사납게 찌그러졌다.

"우린 무림맹 사람들이야! 마구잡이로 때려잡아 놓고 보는 사파 쪽이 아냐! 죄인을 잡아들이기 전에 그에 합당한 순서가 있어, 이 사람아!"

무언가에 적잖게 심기가 뒤틀린 오명탄의 음성에 찔끔 놀란 당가철은 시선을 슬며시 돌려놓으며 구시렁댔다.

"그럼 언제… 저희도 마음 놓고 장사를 해야 하는 형편인데……."

"기다려야지. 적어도 내일 날이 밝기 전까지는 놈들이 먼저 움직일 거야. 그때 우리가 놈들의 뒤통수를 쳐야지."

"무당파에서 파견된 지원대의 힘을 기다리겠다는 뜻입니까?"

당가철의 뚱한 물음에 오명탄의 입가에 비웃음이 서렸다.

오명탄은 출세와 명예에 대한 욕심이 있는 자다.

욕심이 없었다면 자객의 기미를 감지했을 때 바로 달아나듯 호천관의 관문을 떠났을 것이다. 하지만 오명탄은 그렇게 생각하지 않았다.

오명탄은 도랑 치는 김에 가재까지도 잡고 싶었던 거다.

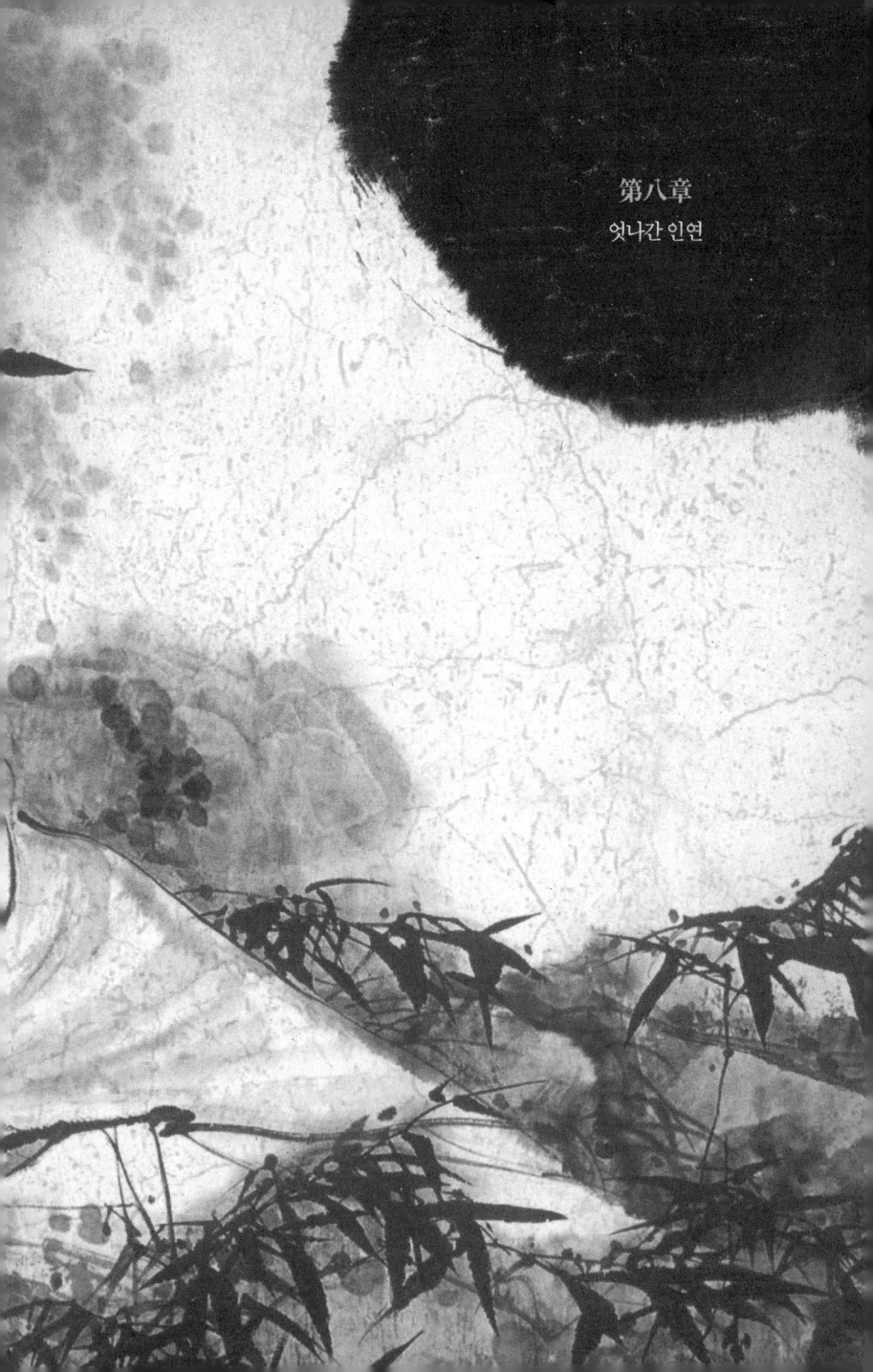

第八章
엇나간 인연

江湖苦行記
강호 고행 기

지루하게 내리던 장대비가 그쳤다.

비가 개이니 달빛도 흐릿하게나마 젖은 낯을 밖으로 내보였다. 밤 그늘이 심히 깊은 어느 담벼락 아래, 마웅은 한 덩이의 짙은 어둠이 되어 앉아 있었다.

가진 것이라곤 오만한 심성 하나가 전부인 비렁뱅이처럼 담벼락 아래에 책상다리를 하고 퍼질러 앉아 유등 불빛이 새어 나오는 어느 내실의 문을 뚫어져라 노려보고 있었다.

약방의 집채 수는 모두 여덟 채였다.

마웅은 지붕을 타며 '금란'이라는 은어로 불리던 반중휘의 임시 거처를 확인하고 다녔다. 그중 늦도록 불을 끄지 못하고 밤을 지새우는 두 개의 내실을 찾아냈다.

여닫이 문짝의 크기로 봐서 하나는 무척 큰 방이었고, 나란히 붙은 또 다른 방은 그 큰 방에 비해 다소 자그마한 내실로 여겨졌다. 불 켜진 두 방문 앞엔 두 명의 무림맹 호위대가 순번을 정해놓고 교대로 지키고 서 있었다.

큰 내실은 금율대의 대원들이 한 번씩 들락거렸고, 반중휘가 들어앉아 있을 법한 작은 내실엔 기척도 없이 고요하기만 했다.

언뜻언뜻 내비치는 자그마한 체구를 가진 그림자. 그 그림자의 주인은 반중휘의 딸아이 것으로 짐작되었다.

고요했다.

비개인 후의 밤이니 더더욱 고요했다. 그렇게 깊숙이 드리운 고요 속으로 처마 끝에 맺혀 있던 빗방울이, 담벼락 위에 무성하게 드리운 이파리에서 떨어진 빗방울이, 젖은 달빛에 묻어 있던 빗방울이 떨어져 말간 소리로 깨어지기도 했다.

자그마한 낙수 소리에 어둠이 여울질 만큼이나 고요했다.

그것뿐, 마웅은 지루한 시간과의 싸움부터 치러야 했다.

관문마을. 형제들에게 무슨 사단이 났으면 적잖게 시끄러워졌어야 마땅한데 이곳이나 저 먼 곳이나 고요하기는 매한가지였다.

그러니 아직 무탈하다.

하지만 불안감을 영 떨쳐 버릴 수는 없었다. 아침까지는 결과를 들고 돌아가서 형제들의 상황을 확인해야 한다.

그런데 반중휘를 눈앞에 두고도 함부로 치고 들어갈 수가 없다.

반중휘가 딸아이와 함께 있다. 자식이 빤히 지켜보는 눈앞에서 일을 치를 수는 없지 않느냐. 마웅은 딸아이가 밖으로 나오기만을 기다렸다. 자신의 손으로 죽임을 당해야 할 자에 대한 마지막 배려다.

지붕 위쪽의 어둠보다, 담벼락 너머에 높이 자란 감나무의 우거진 이파리 속보다 담벼락이 꺾이며 이어진 그 심연 같은 그늘 아래의 어둠을 선택하여 마웅은 정물처럼 퍼질러 앉았다. 움직이지 않는다면 마웅의 형체는 그저 고여 있는 한 덩어리의 어둠일 뿐이었다.

누가 옆을 스쳐도 모를 만큼 어둠과 마웅은 일체가 되어 있었다. 그 속으로 지루한 시간이 흐르고 있었다.

마웅은 숨소리마저 어둠에 갈무리한 채 벼르고 또 별렀다.

망태 사부의 말씀을 곱씹으며 또 곱씹었다.

'장기판 위에 기물(棋物)……. 적과 우군, 그리고 나.'

마웅은 졸리지도 않으면서 눈매를 가늘고 흐리게 떴다. 입술 밖으로 새어 나오는 호흡은 적막강산의 강물처럼, 그 강물 위의 바람처럼 흘러나왔다.

망설일 필요는 없다. 그런 것은 개나 줘버려.

천 년을 살아온 바윗돌이 그러하듯, 수백 년 하늘을 앙망하던 나무가 그러하듯 마웅은 그렇게 지루한 시간을 침묵으로 견뎠다.

　　　　　*　　　*　　　*

　　"대사형······?"

　　두 눈을 지그시 감고 앉은 이훈직의 옆으로 낙수련이 바짝
다가앉았다. 이훈직은 낙수련의 타 들어가는 속내 앞에서도
끝내 눈을 뜨지 않았다.

　　"왜?"

　　"우린 포위되었다고요. 그냥 이렇게 무작정 막내를 기다릴
일이 아니잖아요."

　　"그래서 어쩌자고?"

　　"움직여야죠."

　　낙수련의 애타는 목소리에 이훈직은 두 눈을 천천히 떴다.

　　"움직여야지. 하지만······."

　　"하지만 뭐요? 대사형답지 않게 뭘 망설이세요?"

　　"아직은 때가 아니다."

　　"막내 때문인가요? 연락이 끊긴 막내도 문제지만 곧 새벽이
라고요! 날이 밝으면 우리 쪽이 불리한 상황으로 내몰리기 십
상이라고요. 어디 날만 밝나요? 점점 다가올 무당파의 지원대
는 어쩌시려고요? 왜 대사형답지 않게 상황을 악화시키며 뻗
대세요?"

　　종알종알 나무라는 낙수련의 얼굴을 이훈직이 힐끔 흘겨봤
다.

"넷째야?"

이훈직의 담담한 눈길을 마주한 낙수련의 눈동자는 흔들렸다.

"…예?"

"밤을 꼬박 새워서 그런지 얼굴이 많이 까칠하구나. 잠시만이라도 눈 좀 붙여라."

낙수련은 어이없는 눈으로 이훈직의 얼굴을 흘겨봤다. 흘겨는 봤지만 정말이지 싫지 않은 사내다.

"에휴!"

낙수련은 속 깊은 곳에서 솟구친 숨결을 입 밖으로 길게 뿜어내며 물러나 앉았다. 그렇게까지 다정하게 구는 임 앞에서 길게 앙살을 부린다면 여러모로 자신이 손해라는 것을 잘 아는 낙수련이다.

낙수련이 한쪽으로 물러나 두 무릎을 세우고 그 위에 턱을 괴는 것을 본 이훈직이 다시 조용히 눈을 내리감았다.

"어이, 최대산!"

이훈직의 갑작스런 부름에 둘째 최대산의 고개가 들려지며 뚱한 대답이 입에서 나왔다.

"왜?"

"분명히 술 마시지 말라고 했다."

이훈직의 벼려놓은 목소리에 최대산은 막 입으로 가져가던 술잔을 입술 앞에서 멈춰 세웠다.

"적적하잖아?"

이훈직의 감았던 두 눈이 다시 번쩍 떠지며 검은 눈동자에서 서슬 퍼런 안광이 폭사되어 나왔다.

"벌써 몇 잔째야?"

"내 주량 몰라서 물어?"

"그러다가 가랑비에 속곳 젖는다!"

최대산은 이훈직의 경계심을 딴 곳으로 돌렸다.

"막내의 뒤를 바로 따라 나갔어야 했어."

최대산은 그렇게 빗나간 대답을 하며 입술 앞에 멈추었던 술잔을 기어이 입속으로 털어 넣었다.

그 모습에 이훈직의 눈빛이 칼날이 되어 최대산의 얼굴로 날아가 꽂혔다. 눈빛보다 더 날이 선 것은 이훈직의 목소리였다.

"도로 뱉어!"

최대산의 눈초리에 설핏 언짢은 웃음이 물리더니 대번에 머금었던 술이 입 밖으로 뿜어져 나왔다. 입에서 뿜어진 술은 고스란히 술상 위에 주르륵 떨어졌다.

최대산은 입가에 묻은 술의 흔적을 손등으로 쓱 닦아냈다.

"됐어?"

이훈직의 대답은 누그러졌다

"좀… 적당히 하자."

하지만 이번엔 최대산의 목소리가 날카로워졌다.

"막내가 걱정이 된다."

"잘 해낼 거야."

"곧 날이 밝아."

"아직 안 밝았다."

"관(棺)을 본 후에 곡(哭)을 하겠다는 뜻이야?"

"보기도 전에 미리 곡을 하는 것도 우습잖아."

빠르게 오고 가던 이훈직과 최대산의 대화는 최대산이 눈을 치켜뜨며 잠시 뜸을 들인 것으로 숨 가쁘던 호흡의 맥이 끊겼다. 곧이어, 최대산의 굵직한 저음이 이훈직을 향해 묵직하게 날아갔다.

"만약에 막내가 잘못되면… 내가… 너 깐다."

돌연한 최대산의 태도에 흩어져 있던 형제들의 시선이 일제히 이훈직의 얼굴로 향했다.

이훈직은 심심하게 보일 만큼 담담한 표정으로 눈을 내리감았다.

"그래, 그래라."

*   *   *

손을 뻗으면 잡힐 만큼 가까운 거리. 그 나뭇가지에 조그만 참새 한마리가 앉아 밤톨보다도 더 작은 머리를 까불거리며 지저귀다가,

포―르―륵!

붙임성이라고는 없는 작은 새가 촉촉하게 젖은 이파리의 빗물을 날갯짓으로 흩뿌려 놓았다. 작은 새는 저만큼 떨어진 지

붕 위를 향해 폴폴 날아가 용마루에 옹기종기 모여 앉은 제 친
구들과 떼를 이루며 또 조잘댔다.

　마웅은 어둠이 한 꺼풀 벗겨질 즈음, 담벼락 너머에 있는 감
나무 위로 몸을 옮겨놓았다. 그리곤 어둠이 되었던 것처럼 또
그렇게 나무가 되어 자그마한 내실의 문을 노려보고 있었다.

　여름 한철의 감나무 잎은 푸르고 무성했으며 빗물에 젖어
무척이나 비렸다. 그렇게 비린 새벽이 왔다.

　내실 앞을 지키고 섰던 호위대 무인들은 새벽녘에 다른 자
로 교대되었다. 몸이 찌뿌드드했던지 연방 기지개를 켜대던
한 호위대원의 눈길이 자그마한 내실 쪽으로 향했다.

　그러더니 호위대원은 무언가 탐탁찮았던지 고개를 절레절
레 흔들며 옆에 선 동료를 향해 구시렁거렸다. 호위대원 하나
가 못마땅해 하던 이유는 곧바로 마웅의 귓속으로도 들려왔
다.

　흐릿하게 들리긴 했지만 소녀의 앙칼진 목소리임은 확실했
다. 반중휘의 딸아이가 제 아비의 말을 거역하며 무어라 대드
는 것으로 여겨졌다.

　소녀의 목소리는 밤을 꼬박 새운 탓인지, 아니면 간밤에 내
렸던 빗물에 젖어서인지 몹시 잠겨 있었다.

　제법 먼 거리, 대화의 내용은 알 수 없었다. 그 옥신각신하
던 다툼의 소리는 어느 한순간에 뚝 끊어졌다.

　잠시 후,

　드디어 작은 내실의 문이 스르륵 열렸다.

내실의 문이 열리자 제일 먼저 반응을 보인 쪽은 문 앞을 지키고 섰던 두 호위대원이었다. 호위대원들은 의외라는 듯 흠칫 놀라는 투였다.

중년사내의 한쪽 어깨 위에 축 늘어진 소녀의 몸.

반중휘가 떠나야 할 시간이 다 되었음에도 말을 듣지 않는 딸아이를 감당할 수가 없어 딸아이의 수혈(睡穴)이라도 짚은 모양새였다.

반중휘는 두 호위대원에게 무언가를 간곡하게 부탁했고, 두 호위대원은 고개를 마냥 주억거리다가 큰 내실을 향해 동료를 불러내어 그 동료에게 반중휘의 딸아이를 건네받게 했다.

연녹색의 장의를 곱게 차려 입은 반중휘의 딸아이가 축 늘어진 채 한 호위대원의 어깨에 걸려 어느 곳인가로 사라졌다.

소녀의 자그마한 체구와 그 소녀의 맥없이 흔들리는 긴 머리카락밖엔 보이지 않았다. 반중휘는 호위대원의 어깨에 걸쳐진 딸아이가 집 모서리를 돌아 더 이상 보이지 않을 때까지 멀거니 지켜보고 있다가 작은 내실 쪽으로 몸을 돌려세웠다.

두 호위대원이 반중휘의 뒤를 따라 작은 내실 안으로 들어서며 큰 내실 쪽으로 고함을 질렀다.

"준비들 해!"

두 호위대원이 반중휘를 따라 들어간 작은 내실의 문은 닫혔고, 대신 큰 내실의 문이 활짝 열리며 여덟 명 정도의 사내가 모습을 보였다. 그 속엔 마부도 끼어 있었다.

그중 조장으로 보이는 자가 이런 저런 지시를 하곤 밖으로 나와 허리를 쭉 펴 보였다. 그 옆에 다가와 서는 마부도 입이 찢어져라 하품을 했다.

환하게 날은 밝았으나 아직은 새벽이었다.

이젠 마웅이 움직일 차례다.

열 명의 호위대원과 마부, 그리고 반중휘.

도합 열두 명을 홀로 감당해야 한다. 차례차례 줄을 세워가며 하나하나 상대할 수 있으면 좋으련만 그럴 만한 상황도 시간도 되지 못했다.

그것도 적수공권만으로 상대해야 한다.

이젠 망설일 시간도 없다.

망설일수록 골만 지끈거릴 뿐이다.

그래서 마웅은 곧장 감나무에서 뛰어내렸다. 마웅의 착지 소리는 작정을 한 듯 컸다.

하늘에서 뚝 떨어진 듯 마웅이 갑작스럽게 나타나자 낮도깨비이라도 본 듯 모두가 얼떨떨한 표정으로 마웅을 바라보고만 있었다.

그들의 시선이 확인한 것은 마웅의 손이나 허리 쪽에 있을 법한 살상 무기였다. 없었다. 그러니 잠시잠깐이나마 의아한 생각을 했을 것이다.

"누구냐?"

라고, 그들은 마웅을 향해 인사치레를 했다.

마웅은 대답을 하지 않아도 된다.

대답은 오직.

타— 타타— 탓—!

바람처럼 치닫는 마웅의 신형.

화들짝 놀란 무림맹 호위대의 입에서 날카로운 소리가 터졌다.

"적이다—!"

그래, 그게 정답이다.

호위대의 허리에서 일제히 장검이 발출되는 소리.

채— 채채— 앵!

이어진 타격음과 단말마.

파— 파— 악!

"커— 억!"

폭넓은 툇마루 끝에 서 있던 무림맹 금율당 제삼조 조장이 조장답게 빠른 발검 솜씨를 뽐내며 신형을 박찼다가, 눈 깜짝할 사이에 질풍처럼 불어 닥친 마웅의 신형에 휘말리며 널브러졌다.

마웅의 세운 오른쪽 무르팍과 오른 수도(手刀)에 제삼조 조장이 가격당한 곳은 명치와 뒷목.

찰나지간, 연이어 끊어진 조장의 숨통은 다시 붙지 않았다.

그것을 일컬어 흔히 즉사라고도 한다.

조장이 어이없이 당한 믿기지 않는 상황에 금율당 호위대들은… 멈칫!

그 순간, 마웅은 급박하게 갈무리했던 날숨을 일시에 뿜어냈다.

"후—!"

그 힘찬 날숨이 마웅의 신형을 붕 띄워놓았다.

잔영을 그려놓는 두 발의 선축(旋蹴).

폭풍을 만난 바람개비처럼 빠르게 돌던 마웅의 두 발이 달려드는 두 명의 호위대원의 정수리에 각각 내리꽂혔다.

빠— 빠— 각!

마웅의 신형이 착지하기도 전에 정수리가 찍힌 두 호위대원은 사지의 뼈와 척추가 일시에 녹아내린 사람처럼 땅바닥에 흘러내리며 무너졌다.

정수리의 두피가 째지고 그 속의 두개골마저 으깨진 듯 너부러진 두 호위대원의 머리통에선 희묽은 핏물이 울컥울컥 게워졌다.

그때, 착지하는 마웅의 목덜미를 향해 날아든 장검의 궤적.

쉭—!

탓!

목을 설핏 젖힌 마웅은 장검을 뿌렸던 놈의 팔오금을 짧게 끊어 친 동시에, 튕겨 나가는 팔의 반동에 의해 역으로 다가오는 놈의 반대쪽어깻죽지마저 주먹으로 쳐 날렸다.

파악—!

찢어진 종잇장이 날려가듯 몸을 좌우로 심하게 뒤틀며 주르륵 뒤로 미끄러진 놈은 끝내 진창 진 땅바닥에 철버덕 나자빠졌다.

한순간에 네 명의 동료가 널브러지자 마당에 남아 있는 자는 칼을 뽑아 들고 가세한 마부까지 합해도 네 명뿐이다.

두 명은 반중휘의 내실에 들어간 후 급박한 이 상황에도 밖으로 뛰어나올 생각을 하지 않았고, 나머지 한 명은 반중휘의 딸아이를 어깨에 메고 간 자다.

마웅은 사방을 포위한 칼끝 속에서 두 팔을 허수아비처럼 벌리고 간간이 불어오는 바람을 느꼈다.

문제는 반중휘의 딸아이를 어깨에 메고 자리를 떴던 호위대원이다. 지금쯤 비명을 들었을 테고, 듣는 적시 바로 중문객잔으로 달려가 지원을 요청할 것이다. 놈이 바보가 아니라면 분명 그럴 것이다.

미동도 하지 않고 서로 대치하던 칼끝. 그 칼끝이 침묵하는 이유가 바로 그것이리라.

그러니 신속한 선공밖엔 답이 없다.

답은 이미 얻었고, 충분히 바람의 기운도 감지한 터다.

타— 앗—!

마웅의 신형이 먼저 가볍게 바람을 탔다. 푸른 잎사귀 사이를 노니는 바람처럼 마웅의 신형은 짧은 거리를 짧게 흘렀다.

바람에 흔들리는 무인들, 그리고 격한 타격음.

파— 파— 파— 악!

마치 섬전이 하늘을 먼저 할퀴고, 우레가 뒤늦게 울리는 것처럼 타격음은 흔들림 후에 들렸다.

마웅이 향한 곳은 마부 쪽이었다. 마부는 본능적으로 몇 걸음 뒤로 물러날 듯 몸을 사렸고, 그 순간 작렬하는 타격음이 터졌었다.

짧은 움직임을 따라붙은 세 명의 호위대 무인.

그들은 오히려 마웅의 권각에 당했다. 정작 몸을 사리던 마부는 장검을 삐딱하게 치켜 든 채 몸이 정지했다.

정말 몸이 정지한 것일까?

마부는 의아했다. 마치 시간이 정지한 듯이 느껴졌기 때문이다. 그것은 그만의 착각이다. 힐끔 돌아보는 마웅의 얼굴. 그 얼굴에 스치는 짧은 눈웃음. 정지한 시간 속에서 스치는 웃음을 볼 수는 없었을 터.

늦었다.

빠각!

그래, 늦었다.

마부는 장검을 내리그었지만, 그전에 이미 마웅의 한쪽 발이 마부의 가슴팍을 차 날렸다. 발에 차여 날아가며 장검은 뒤늦게 허공을 그었다.

쉭—!

마부의 몸이 날아가 등짝이 처박힌 곳은 처마를 떠받치고 있던 나무 기둥이었다.

쿵—!

주검이 날아와 거칠게 부닥친 충격에 처마 끝자락에 묻어 있던 빗물들이 우수수 떨어졌다.

빗줄기의 추억.

되찾은 정적을 이어 마웅의 가쁜 날숨.

"후— 우!"

마웅의 시선이 작은 내실 쪽으로 빠르게 휙 돌아갔다.

침묵. 그 속에 서린 살기… 기다림.

기다림이 늘 다정할 수는 없다.

때론,

쾅—!

마웅은 작은 내실의 문을 발로 부수곤 재빨리 한 걸음 퇴보했다. 하지만 고집스런 기다림.

내실 안에 보이는 자는 오직 중년인 하나.

목표물… 반중휘.

하지만 서두르면 안 된다. 반가움을 미루자.

두 호위대원들은 어딘가에 몸을 은신시켜 놓고 마웅이 안으로 들어서기를 기다렸다. 보이지 않는다는 것만으로 우위를 점했다곤 말할 수 없다. 설령 그것이 사실이라 치더라도 그것보다 우위에 있는 것은 분명히 있다.

쾌(快)라고 불리는 신속함, 정해진 승부마저 갈아엎을 수 있다는 쾌의 속도, 그리고 망태 사부가 보였던 적과의 일심동체. 툇마루에 올라선 마웅의 상체가 앞뒤로 흔들렸다.

술 취한 사람이 바람에 흔들리듯 마웅의 상체는 점점 크게 흔들렸다.

팔황무영신법.

츠— 츠— 츠— 츳!

흔들리던 마웅의 신형은 툇마루에 서 있었고, 또 그것이 잔영이 되었다. 분리된 몸은 앞으로 조금씩 나아갔다.

하나, 둘, 셋, 검은 환영(幻影).

쉬— 쉑!

빛살처럼 번쩍이는 칼의 궤적.

궤적에 검은 환영은 네 동강으로 난도질이 되어 흔적도 없이 사라졌다. 그것이 주검이었으면 흔적이 남는다.

아니다. 사라졌으니 환영이었을 뿐.

극성 가까이 끌어올렸던 팔황무영신법의 갈무리.

츠—!

허공을 그었던 두 개의 칼날은 멈칫하는 당혹감도 없이 다시 그어졌다. 그늘 속, 칼날의 푸른 빛살. 그 속으로 흐르는 부드러운 바람의 기운.

하지만 그 부드러움은 폭풍의 전령이었을 뿐.

그렇다.

빠— 빡!

쿠— 쿵—!

바닥에 너부러진 두 호위대원의 얼굴은 피떡이 되어 애초의 형체가 사라져 버렸다. 이렇게 될 거였으면 얼굴이나 환하게 내밀 일이지……. 아쉬움.

"자넨 누군가?"

마웅은 반중휘 쪽으로 시선을 돌렸다.

자신의 운명을 알 터인데도 너무나 단순한 표정. 마웅은 반중휘의 태연자약한 모습에 자신도 모르게 입가에 웃음부터 물었다. 이제 반갑게 만나야 할 시간이다.

깍듯한 인사.

"선배님, 그동안 안녕하셨죠?"

반중휘의 얼굴 표정은 변하지 않았다.

"좀 삐딱하긴 하지만 그래도 선배라고 불러주는 마음이 고맙군. 칠철각인가?"

"그럼요."

"확실한가?"

의심하는 반중휘의 시선 앞에 마웅은 제칠각주가 자신에게 남겼던 오비령(烏飛令)의 옥패를 꺼내 보였다.

반중휘는 옥패를 지그시 바라보더니 고개를 끄덕였다.

"제칠각주님의 명패로군. 그렇다면 자넨 칠각주님의 제자분이시겠군."

"그렇다고 할 수 있죠. 선배님, 아쉽게도 우리에겐 긴 시간은 없습니다."

그렇게 이죽거린 마웅은 호위대원이 떨어뜨린 장검을 발끝으로 휙 걸어 올려 반중휘에게 날렸다.

반중휘는 장검의 검파를 낚아챘다.

"내가 항거하기를 원하나?"

마웅은 반중휘가 저항할 기색이 없다는 것을 진즉에 알고 있었다. 마웅의 고개가 작게 가로저어졌다.

"아뇨. 자결하기를 권합니다."

반중휘의 얼굴에 회한이 스치듯 지나갔고, 그의 손에 들려져 있던 장검은 맥없이 바닥에 떨어졌다.

　철—그—렁!

　"고맙긴 하지만, 내겐 너무 과분한 예우라네. 그러니 후배의 손을 좀 빌림세."

　"꼭 그것을 원하신다면……."

　마웅이 다가서자 반중휘는 마웅의 아래위를 찬찬히 훑어보며 나지막한 음성을 깔아냈다.

　"참 잘 다듬어놓았구먼."

　"고맙습니다."

　"올해 몇인가?"

　"약관입니다."

　"오호! 한창 좋을 때군."

　"선배님, 제게 주어진 시간이 별로 없습니다."

　마웅의 고저장단 없는 말에 반중휘가 가만히 고개를 끄덕였다.

　"음—!"

　"고통은 없을 것입니다. 두려우십니까?"

　"기다렸던 일인데 뭘. 무림맹에 끌려가 고초를 겪느니 차라리 이렇게 되길 원했지."

　"끝내겠습니다."

　"한마디만 함세."

　"……."

마웅은 침묵하는 것으로 그 한마디를 허락했고, 반중휘의 한마디는 그 뜻과는 달리 다소 길게 이어졌다.

　"내가 지금 이 자리에 서 있는 이유는 실수를 했기 때문이지. 순응하지 못한 실수. 큰 고기는 작은 고기를 잡아먹지. 그 작은 고기는 그보다도 더 작은 고기를 잡아먹고……. 그것이 세상의 이치임에도 어느 날 문득 난 그게 싫어졌어. 결국 난 나의 한계를 보고 말았지. 욕심이었어. 후배, 살면서 욕심이란 걸 경계하게."

　마웅의 눈빛이 작게 흔들렸다.

　야릇한 아쉬움.

　"그러지요. 그런데 선배……?"

　"왜 그러나?"

　"용목과 봉조에 대해서……."

　마웅의 은근한 물음에 반중휘는 두 눈을 질끈 감아버렸다.

　"욕심을 경계해야 한다고 방금 말하지 않았던가?"

　피식—!

　마웅은 애초부터 반중휘를 처단하기 전에 용목과 봉조란 것에 대한 정체를 은근슬쩍 물어보려 했다. 그 속내가 미리 반중휘에게 간파당했던 것인지, 반중휘는 욕심을 경계하라는 유언 같은 말을 마웅에게 남겼다.

　그렇다고 해서 그냥 고분하게 물러서기는 못내 아쉬웠다. 마웅은 빤한 것에 궁금증을 드러냈고, 반중휘는 마웅의 속내를 훤히 들여다보고 있다는 듯 입을 열지 않았다.

피식거린 웃음에는 큰 의미가 없었다. 굳이 의미를 말하라면 그냥 겸연쩍음.

파— 악!

마웅의 주먹이 반중휘의 미간에 박혔다.

눈을 지그시 감고 있던 반중휘는 마웅의 주먹에 침상까지 날아가 침상 위에 상체를 걸친 채 널브러졌다.

경기를 일으키듯 잠시잠깐 사지를 부르르 떨던 반중휘는 침상 위에 걸쳐 놓았던 상체를 바닥으로 주르륵 흘려내리며 주검이 되었다.

그것으로 끝이다.

마웅은 반중휘를 처단하고 머뭇거림 없이 작은 내실을 빠져나왔다. 마당에 내려선 마웅은 빠르게 주위를 둘러보며 신형을 쏘아내려다 멈칫하고 말았다.

스치듯 무언가를 본 것이 있었다.

집채 모퉁이 아래에 살짝 삐져나온 연녹색 장의의 치맛자락.

옅은 바람 탓이었을까, 마당으로 막 내려서는 마웅을 확인하고 급하게 몸을 숨기느라 미처 긴 옷자락 끝을 마저 갈무리하지 못했던 탓일까?

모퉁이 너머에 숨은 사람은 반중휘의 딸아이가 확실했다.

빌어먹을!

반중휘가 자신의 딸아이의 수혈을 확실히 짚지 못했나 보다. 하기야, 혈도를 짚는 일은 항상 위험이 내포된 일이다. 그러니 아직 어리기만한 자신의 딸아이의 혈도를 확실하게 짚지 못했던 아비 반중휘의 손끝을 이해할 만도 했다.

깊은 잠에 빠지지 못했던 반중휘의 딸아이는 낯선 곳에 있는 자신을 발견하곤 놀라 달려왔으리라.

반중휘의 딸아이가 저렇게 마음대로 나다니는 것으로 봐선 반중휘의 딸아이를 어깨에 걸치고 갔던 호위대원은 이미 중문 객잔으로 향했을 것이 확실하다.

곧 몰려오리라.

반중휘의 딸아이가 숨어 있다는 것은 이미 자신의 모습을 보았고, 자신의 정체에 대해서도 어렴풋이나마 짐작은 하고 있다는 말이 된다.

쌉싸래해지는 입맛.

마웅은 선뜻 몸을 빼지 못하고 작게 삐져나온 연녹색 장의의 치맛자락 끝을 힐끗 노려보고 있었다.

그리 긴 시간은 아니었다.

짧지만 고통스런 시간이었다. 모퉁이 너머에 몸을 숨긴 반중휘의 딸아이는 뒤늦게 삐져나온 치맛자락 끝을 발견했는지 치맛자락을 슬며시 거둬들여 모퉁이 뒤로 숨겼다.

그 모습에 마웅의 입에서 참았던 한숨이 쏟아졌다.

"후우—!"

그냥 잊고 가버리면 마음이 편할 일을 마웅은 그러지 못하고 무언가에 옭아 매인 듯이 발을 떼지 못했다.

무언가는 남겨주고 가야 했다.

"큰 고기가 작은 고기를 잡아먹는 게 세상의 이치라고 하시더라! 그게 네 아버님이 마지막으로 남긴 말이다! 꼭 명심하고 살아라! 알았냐?"

모퉁이 뒤에선 대답이 없다. 대답을 들으려고 소리친 말은 아니었다. 사르르 저린 마음은 미안하게 되었다는 말 한마디쯤 남기고 싶어하는데 정작 입은 그 말을 꺼내놓지 못하고 엉뚱한 소리를 남기고 말았다.

"이 바닥이 원래 이래! 알았냐, 꼬맹아?"

『강호고행기』 2권에 계속…

은하의 계곡

무천향
武天鄉

허담 新무협 판타지 소설

뿌리를 찾아가는 목동 파소의 여행.
그 여정의 끝에서
검 든 자들의 고향 대무천향 (大武天鄉)을 만난다.

검객 단보, 그는 노래했다.

…모든 검 든 자들의 고향 무천향.
한 초식의 검에 잠든 용이 깨어나고, 또 한 초식의 검에 잠든 바다가 일어나네.
검의 흐름을 따라가다 보면 어느새, 세월도 잊어버리고, 사랑도 잊어버리고,
무공도 잊어버려…….
결국에는 자신조차 잊어버리는…….

은하의 가장 밝은 빛이 되어버린다는
그 무성(武星)들의 대지(大地).

아, 대무천향(大武天鄉)이여!

유행이 아닌 자유추구 ─
WWW.chungeoram.com
Book Publishing CHUNGEORAM

유행이 아닌 자유추구 -
WWW.chungeoram.com
Book Publishing CHUNGEORAM

낭왕 狼王

별도 新무협 판타지 소설

살내음 나는 이야기에 여러분은 가슴 졸인 적이 있는가?
남들이 볼까 두려워하며 책을 가리면서 읽었던 구절을 몇 번이나 반복하며
읽은 적이 없는가?

구무협의 향수를 그리워하던 별도가 결국은
〈무협의 르네상스〉를 부르짖으며 직접 자판 앞에 앉았다.

"제가 무협을 쓰기 시작한 이유는 더 이상 읽을 책이 없었기 때문입니다."

모든 일은 4년 전부터 시작되었다.
살인사건을 배경으로 펼쳐지는 음모와 배신, 사랑과 역공작,
그리고 정사!

우리 시대의 이야기꾼, 별도의 새로운 글, 〈낭왕狼王〉!
〈천하무식 유아독존〉, 〈그림자무사〉, 〈검은여우黑心狐狸〉에
이은 그의 또 하나의 역작!

화공도담

畵工道談

촌부 新무협 판타지 소설

예(禮)와 법(法)을 익힘에 있어
느리디 느린 둔재(鈍才).
법식(法式)에 얽매이기보다 마음을 다하며,
술(術)을 익히는 데는 느리지만
누구보다 빨리 도(道)에 이를 기재(奇才).

큰 지혜는 도리어 어리석게 보이는 법[大智若愚]!

화폭(畵幅)에 천지간(天地間)의 흐름을 담고
일획(一劃)에 그리움을 다하여라!

형식과 필법을 익히는 데는 둔하나
참다운 아름다움을 그릴 수 있게 된
화공(畵工) 진자명(陳自明)의 강호유람기!

유행이 아닌 자유추구 -
WWW. chungeoram.com
Book Publishing CHUNGEORAM

狂龍記
광룡기

장담 新무협 장편 소설

미친 바람이 동해에서 불기 시작했다!
둥지를 떠난 광룡(狂龍)이 강호에 나타났다!

내가, 가고 싶은 대로 간다.
내가, 하고 싶은 대로 한다.
누구도 내 앞을 막지 마라!

한겨울, 마침내 광룡의 전설이 시작되고,
천하가 광룡과 빙심에 뒤집어졌다!

유행이 아닌 자유추구 -
WWW.chungeoram.com

Book Publishing CHUNGEORAM